山不过来，我就过去；

你不回来，

我就只能过来了。

有爱的青春陪伴者

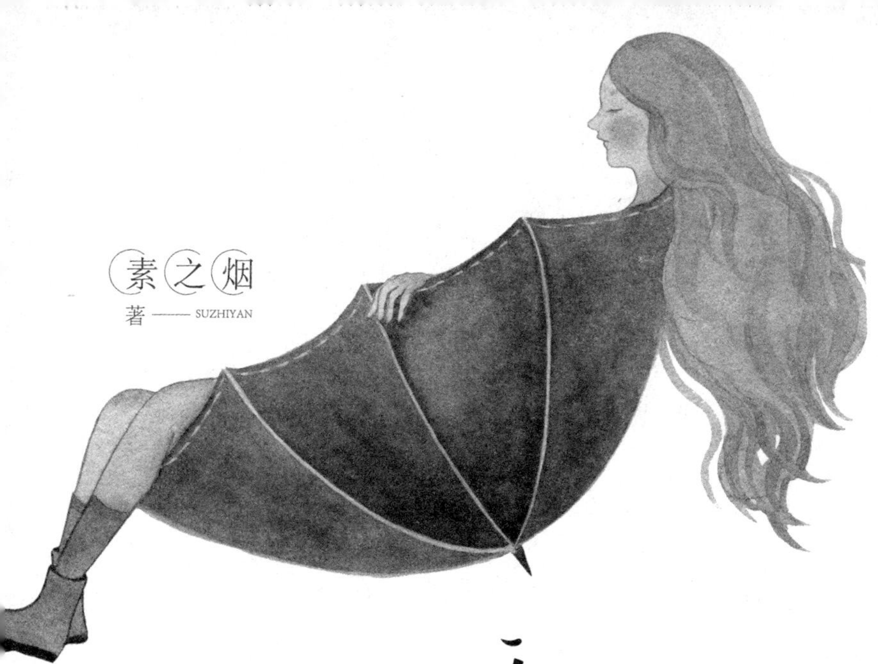

素之烟 著 —— SUZHIYAN

初初见你已心动

贵州出版集团
贵州人民出版社

图书在版编目（C I P）数据

初初见你已心动 / 素之烟著. -- 贵阳：贵州人民出版社, 2019.1
ISBN 978-7-221-15084-4

Ⅰ. ①初… Ⅱ. ①素… Ⅲ. ①长篇小说－中国－当代
Ⅳ. ①I247.5

中国版本图书馆CIP数据核字(2019)第006547号

初初见你已心动

素之烟/著

出版统筹：陈继光
选题策划：大鱼文化
责任编辑：胡 洋
特约编辑：伍 利 琵 琶
装帧设计：刘 艳 西 楼
封面绘制：潘小寻
出版发行：贵州人民出版社（贵阳市观山湖区会展东路SOHO办公区A座
邮编：550081）
印 刷：长沙鸿安印刷有限公司
开 本：880×1230毫米 1/32
字 数：218千字
印 张：9
版 次：2019年4月第1版
印 次：2019年4月第1次印刷
书 号：ISBN 978-7-221-15084-4
定 价：36.80元

贵州人民出版社微信

初初见你 已心动

第一章 >> 001
“鬼兄”好巧

第二章 >> 025
你未来的女朋友

第三章 >> 051
我可能有喜欢的姑娘

第四章 >> 072
神秘“金主”

第五章 >> 092
人在家中坐，锅从天上来

第六章 >> 115
神秘粉丝

第七章 >> 138
拜师礼

目录

contents

初初见你
已心动

第八章 >>　163
告白

第九章 >>　184
我可能有一个假男朋友?

第十章 >>　203
情敌暗算

第十一章 >>　229
优雅回击

第十二章 >>　253
努力的方向是你

第十三章 >>　274
千言万语不敌我愿意

目录
contents

第一章 『鬼兄』好巧

G 城。

4 号线地铁永远都是那么拥挤，满车厢的乘客摩肩接踵，密封狭长的空间充斥着劣质香味及浓烈汗臭，如一盒过期的沙丁鱼罐头。

江小鹿如入定的老僧，安静地蹲在座位旁，抱着手机玩《峡谷战纪》。

刚加载进入游戏，几个穿着校服的小学生就扒开人群，紧紧围过来，一双双“求知若渴”的大眼睛紧盯着江小鹿的手机屏幕，时不时大喝一声：“快走，打野要来 gank（游戏术语：多人围剿的游戏战术）了。”

“又四杀超神！阿姨，你好厉害，我加你，带我飞。”

……

小学生们清脆的吼声盖住了车厢的喧闹。瞬间，全车人很有默契地将目光聚焦在江小鹿身上。

旁若无人，江小鹿依旧风骚地操作着游戏角色，纤细的手指在屏幕上灵活移动，飘逸美艳的游戏角色在杀气弥漫的敌方围堵中，如入无人之境。

但，微皱的眉头却露出几分窘迫与不耐烦。刚才没听错？她被叫阿姨了？

她才大二，就被小学生叫阿姨了？这群陌生的熊孩子居然还要她带飞？

视力很差，脸皮倒很厚嘛！

她故作未闻。

约莫几分钟后，游戏结束，屏幕上立马就闪出夺目的胜方 MVP（本场游戏战绩最佳的成员）画面。屏幕也提示游戏者成功晋级为“闪耀传说Ⅵ”段位。

《峡谷战纪》分“黑铁、青铜、白银、黄金、白金、钻石、传说、王者”八大段位，每一段位都分五小段，对于普通玩家来说，白金是正常水平，而高两个段位的传说级别更是了不得的。小学生的眼里盛满了星星，其中一个小男生鼓起勇气道：“阿姨，我加你好友，你带带我好吗？”

江小鹿不答话！

旁边伶俐的小女孩翻了个白眼：“人家是姐姐。”

小男生立马见风使舵地改口：“姐姐，你好厉害，你带我玩好不好？我的账号是‘春眠不觉晓’。”

隔壁男生接话：“我是‘处处蚊子咬’，姐姐加我！”

周边乘客亦笑。

这群小孩子眼力见儿虽“感人”，但不乏小聪明，知道给江小鹿戴高帽子或许能哄得她开心。于是几个小男生一口一个漂亮姐姐、厉害姐姐。

江小鹿飘飘然，把手机递给小男生，小男生忙不迭添加了自己的账号，其他学生见状，也纷纷效仿。

刚加完好友，地铁也行进到小学生们的下车站。他们恋恋不舍地下车，还频频回首，不忘叮嘱江小鹿："姐姐，我回家后邀你组队，你一定要带我们飞哦。"

江小鹿也不作答，只是笑眯眯地挥手。

她本人嘛，是可以带带他们的，但刚才她玩的可是坑货好友金镶玉的游戏账号呀！

"刚才给你上分，大片小学生要加你好友，来，你们相互伤害吧！"她低声发微信语音给金镶玉，随即准备小憩，然而在闭眼的最后一瞬间，她的眼睛重新焕发一道 24K 纯金钛合光——对面竟然坐着一个超级帅哥！

帅哥身姿挺拔颀长，五官白净温润，穿着纯白麻质衬衫，浅灰休闲裤，如青春言情出版物中的主角，气质俊逸清爽。他仿佛听到了她的心声，原本漠然的嘴角浮起一丝隐约的笑。

这完全就是江小鹿心目中男神的范本！

她激动地、小小地犯了一下花痴，随后满足地眯上了双眼。

毕竟，她从小就懂，随缘邂逅的美好于她来说，只可远观不能亵玩！

可巧的是，男神竟然和她同一地铁站下车，江小鹿微微诧异这小小的缘分，目光锁定男神清挺的背影。可很快，男神被涌动的人流推搡着，消失在电梯转角处。

江小鹿意犹未尽地叹了口气，走出地铁站，坐上了回家的公交车。

盼望已久的暑假终于开始了！不过可能和以往略有不同，她除了帮妈妈照看小卖部，还多了一项兼职工作——给人代升游戏段位！

自从MOBA（多人在线竞技手游）《峡谷战纪》面世之后，很快爆火，席卷全国，玩家群体涵盖上至年逾花甲的大爷大妈，下至刚上幼儿园的小屁孩……如此庞大的玩家群体也催生了大量高端玩家及游戏代练。死党金镶玉入坑之后，拉江小鹿玩了几把，没想到竟然挖掘出了江小鹿隐藏的游戏天赋。闲着无聊的时候，江小鹿偶尔会给好友免费上分。直到有一天，金镶玉把她战队中的某渣渣富二代玩家的游戏账号给了江小鹿，从此，江小鹿开始风风火火走上了代打赚生活费的路子。

不过……老妈始终认为"玩游丧志"，要是当着老妈的面玩游戏，那这个暑假估计少不了她的"狮子吼"！

约莫半个小时后，江小鹿跳下了公交车。不过她家在半山腰，离山脚下的公交车站有一两公里的距离，得步行而上。

此山名为静途，青翠万顷，枝叶葳蕤，是城北之肺。早些年颇有眼光的房地产商傍着山腰兴建了一批联排小别墅，这里算是有名的富人区。不过……江家小平房是绽放在别墅群的一朵奇葩。当年这片地区征收之时，政府部门、地产开发商前来谈判的人换了一拨又一拨，但硬汉江爸爸因爱妻心肺问题需静养，哪怕对方价格开出天价，他都不为所动。几年鏖战之后，政府和地产商终于败下阵来。

江小鹿经常和朋友调侃，曾经她也是有机会成为顶级拆二代的，可惜爸妈错过机会了！

"静途，我江汉三又回来了！"

尽管G城紧邻热带，但好在地处沿海，在其他城市早笼罩在平地蒸鸡蛋的恐怖酷暑下时，G城依旧凉爽宜人。特别是在这重峦叠嶂、绿荫环绕的静途山中，气候简直天壤之别。

江小鹿哼着小调，撑着遮阳伞慢慢步行。

距家还有一半上坡路时，她发现邻居斐家大屁股的路虎卫士停在路上……斐家的胖子司机飞叔正望着罢工的车一筹莫展，看见江小鹿，尴尬又颓丧地打了一声招呼："小鹿，放假了啊。"

"飞叔，好久不见啦，这车？"

飞叔窘迫地擦了一把汗，也不知是热，还是尴尬，说："唉，我给承乐接个兄弟，没想到车坏在这里，这么高，我们怎么爬得回去嘛。"说罢，他望了一眼半山腰，胆怯之情溢于言表。

他口中的兄弟正在公路那边的绿荫树下接电话，车子拦住其身影，见不着容貌。

举目望去，这近五公里的环山公路蔓延到绿林深处，于飞叔这体型而言，无疑是个大折磨。江小鹿家与隔壁斐家走得近，加上她曾在已故父亲的修车厂做过几年业余学徒，便当仁不让地接过飞叔手中的检修工具。

柏油公路有点滚烫，地面的热浪混合着车底浓烈的汽油，江小鹿差点被熏吐。虽然她曾在父亲的汽修厂捣腾过几个寒暑假，可毕竟从没真正派上用场，这次话是撂得痛快，待会儿要是没修好，那打脸可够疼了。

汗滴密密麻麻从脸上渗出，头、眼、手有条不紊地配合着。约莫十分钟，她终于找出了症结所在！

旁边的男生一直在打电话，字正腔圆，声线低沉醇厚，像极了无线电台里的男播音员。

她在车底暗道："好听！"

麻利地修好车子，她正想起身，谁知道一个"头"就悬在她头顶之上。乍一看，本就头昏眼花的她更吓了一大跳，碎碎念："就算到了中元节，'鬼兄'也不带白天跑出来吓人的吧！"

不过，这倒是一只挺好看的鬼呢，而且有点儿面熟！

她自言自语地嘀咕。

“鬼兄”站直了身子。

飞叔在旁介绍：“小鹿，这是我老板的堂弟斐承清。”

江小鹿拍了拍身上的污渍，再次正色一看贵客时，表情又如见鬼一般惊诧，怎么……怎么是他？地铁上偶像一般的小哥哥！

好巧……又遇见了。可自己这副鬼样子……为什么刚才不在地上打个洞钻进去？失策！

“好巧，又见到你了！”她举起满是油污的爪子，打了个招呼。

“鬼兄”眸光很淡：“好巧。”

那么，他言下之意是刚刚在地铁上，他也留意到她了吗？

她以呵呵的干笑掩住内心的小兴奋：“对了，小飞叔，车修好了，我先回家了。”说完，她欲拔腿就跑。

飞叔又扬声叫住了她：“小鹿，听你妈妈说你早考好了驾照，要不……你帮我开上去吧。”

“可我其实也是半吊子哎。”她转身，回头看小飞叔抖得如筛糠一般的腿，内心腹诽着，这可怕的综合素质，是靠什么才当上隔壁斐总的司机的。

江小鹿的父亲曾是闻名全市的静途山车神，所谓虎父无犬女，刚满十八岁时，她就拿到了 C1 驾照。可同年年底，她父亲因车祸去世，从此她对方向盘形成心理阴影，她不再确定自己还懂不懂开车！不过既然飞叔开口，就算硬着头皮，她也只能上了。

对了，离合器、油门在哪儿？是先松手刹，还是先挂挡呢？

一上驾驶座，她才真正手忙脚乱。爸爸，对不起，你当年是静途山车神，可我……估计就是人人喊打的马路杀手吧。

“一踩二挂三打四鸣五拉，最左边是离合，中间是刹车，右边是油门！”副驾驶座上的胖子飞叔看出了她的无助，像教练一般把口诀背给她听。

……

一直处于紧张状态的江小鹿还是没有顺利发动路虎，后座的“鬼兄”终于看不下去，拉开车门，淡淡地对她道：“我来开吧！”

江小鹿感恩戴德地爬到后座。

在斐承清的操纵下，路虎平稳地起步，悠然驶向了静途半山别墅群。

她嘀咕：“这车的性别怕是母的吧，异性相吸啊！”

斐承清看了一眼后视镜中的她，眸光微微抬亮，嘴角的弧度转瞬消逝。他封闭训练颇久，周围所见人事有限，很久没见过如此生动的人了。

下了车，她推开院门，“西红柿”立马就扑了过来。

“西红柿”是她上个月在学校捡的一只哈士奇串串（杂交狗），一人一狗一见如故，颇有缘分。她不忍心抛弃它，所以花了小半个月生活费，打车把它送回静途老家。老妈倒也不嫌弃它，因此江家又多了一个“原住民”。

这次半个月未回，“西红柿”长了不少膘。

狗汪汪地吠着，表达与主人重逢的喜悦。她弯腰摸了摸它的头，无意识地看向隔壁的别墅院子，斐承清正静立在繁花之中。

如静途山碧波万顷凝结的一滴晨露，洁净而温柔！

至此，她终于明白什么叫“神魂颠倒”，也终于明白，她已动贪念，不再想将两人的关系一直定义成“随缘邂逅的美好”。

她在院外站了很久很久，老妈出来一见，眉头一皱：“回来了啊，怎么搞得这么脏兮兮的，满身的汽油味，还不快去洗个澡？怎么像丢魂了一样。”

没错，魂已经丢了。

她在心里轻轻回答。

与江小鹿的待遇天渊之别，迎接斐承清的不仅是一条名贵秋田犬，还有热情的堂嫂与侄儿。侄子小胖墩是个游戏迷，他前脚刚迈进客厅，侄子就连珠炮般发问：“小叔，你会不会玩手游《峡谷战纪》啊，不会玩的话我带你玩，很好玩哦。”

“没玩过。”

“嘿嘿，那你注册一个号，我带你飞。不过我现在的段位是隔壁的小鹿姐给我打上去的，真实水平也在黄金Ⅰ哦！”

黄金段位可算是这游戏的底层，只是初生牛犊不怕虎，黄金Ⅰ的小孩子竟然还敢学人说带飞！

斐承清当然不会打击小朋友的热情，只表示没有注册游戏账号的欲望。

他只想安静地待着，就像——隔壁院落里的女生。

阳光透过绵密的树叶，投进江小鹿家的小院子，举目所望皆是一片深深浅浅的绿，这绿意融化在轻薄的阳光中，连女孩周边的空气仿佛都充满着带着清香的绿。

此时，女孩慵懒地坐在藤椅之上，认真地翻着书，萌萌的哈士奇串串趴在她脚边呼呼大睡。

时光、夏风仿佛止于静途山上。

阅读本是江小鹿为数不多的雅趣。

但现在，她心有旁骛——连书页上密密麻麻的文字都仿佛在调侃她凌乱浮躁的心绪。她从没有过如此状态——蠢蠢欲动又无可奈何。

她正想拿出手机小玩一局，一群爬山的年轻人来她家的小卖部买水。

游戏搁浅，她开始招呼顾客。

去年，她妈妈把家改造为小卖部，虽然平均售价比外面的小超市要贵些，但消费者不多，因此平时这个家庭的生活开支从没有富余，连学费都是贷的款——这也是江小鹿勤于代练的唯一原因。

忙碌大概是世上最有效的情绪转移之法。

中饭过后，爬山的人寥寥无几，江小鹿想趁机小眯一会儿，隔壁小胖墩却举着手机过来了：“姐，再给我升两颗星呗！”

“不行，小孩子沉迷游戏不好。”

“我今天的家庭作业做完啦，妈妈说可以玩两局！哎呀，你就给我玩两局嘛，对了，我有零花钱，给你！”说罢，小胖墩从兜里掏出了红艳艳的百元大钞。

在小屁孩眼里，游戏段位绝对比零花钱重要。

“……”把她当作什么人了？虽然她穷成狗，但还不至于掉到钱眼里吧？

她正欲伸手回拒，目光一扫，斐承清正站在隔壁院子里，不动声色地打量着她。

这就尴尬了！他不会以为自己在骗小孩子的钱吧。

江小鹿哭丧着脸，故意将拒绝的动作幅度拉得更大：“小爷，钱你收回，我给你打还不行吗？”

小胖墩顿时心花怒放地打开游戏界面，进入排位模式，给她挑选了一个刺客英雄，随即就美滋滋地把手机递给江小鹿。

江小鹿再一侧头，斐承清已不见了。

她心不在焉地玩着游戏，问：“你们家好像来客人了？他玩这个游戏吗？”

小胖墩承袭他父母的外向开朗，话匣子说开就开，立即答道：“他不玩的呢，其实我以前也很少见他，这次他是来这边办公事才顺便在我家住几天。据我老爸说，他工作很忙的。嘿嘿，小鹿姐，你还想问什么呀！至于有没有女朋友呢，我就不知道了。”

仿佛自己的心事被窥见，江小鹿又羞又躁：“你瞎说什么呢？”

心一乱，游戏操作也失去了节奏。她操作的刺客角色过早正面切入了中路的团战，被对方的法师和射手集火秒杀。

队友开始骂了：“你不是坦克，等别人消耗一波了，你再切后排，懂吗？”

“暑假了，小学生出没。”

小胖墩在旁也遗憾地说：“小鹿姐，你这个失误好低级哦。”

江小鹿玩这游戏从没因技术被骂过，基本都是她带动全场节奏，队友给她喊666。这次一个偶然失误，队友就追着骂街，她气不打一处来。可毕竟是团队游戏，一旦内讧，胜算更低。于是，她继续憋屈着打野发育，但MOBA手游就是一个无限滚雪球的玩法，第一波团战失利，对方人头经济也越来越多，尽管事后江小鹿力挽狂澜，但还是无法挽救颓势，第一局以失败告终。

而这边，妈妈已经开始吼人了：“江小鹿，这么大个人了，还抱着手机，有没有出息啊！”

她抱歉地把手机递给小胖墩，低声道：“今晚你从我家后门把手机给我，我给你再上一个段。”

小胖墩知道她把妈妈的话当圣旨，也只能不甘不愿地拿回手机：“谢谢小鹿姐哦，你今晚再给我上三颗星吧。”

妈妈的骂声嘹亮而尖锐。江小鹿忍住心酸，打算进屋去，这时，又看到斐承清站在隔壁院子里，他并没有看向江家方向，但肯定听到了这段责骂。

半天之内，数面之缘，但她可能每一次给他留下的都是糟糕的印象吧，如修车后的邋遢、发不动车的窘迫，还有这次被老妈大骂后的尴尬……

夜晚的静途山静谧而祥和，偶然有夜莺长啼，更显得山中万籁俱寂。

向来忙碌的斐承清很喜欢这种前所未有的静，正要安然入睡，就看到一墙之隔的邻居家的灯亮起。

窗纱素白浅薄，并不遮光，房子的摆设与人事一览无遗——白天所见的女孩子此时正换睡衣，年轻而妙曼的胴体在暖黄的灯光下展现诱人的曲线。

约是这间客房平时不曾住人，所以这女孩并没有留意到他的窥视。

斐承清立马别过头，心底有一头猛犬似乎要挣脱理智的禁锢。

电竞事业是他人生的唯一伴侣，平时他穿梭在训练场馆、比赛现场与宿舍之间，很少动过这般绮念，但今天……

"该死。"

他低低地骂了一句，压制住心头的绮念。约过了一会儿，目光再瞟过窗户时，女孩子已经收拾齐整，在玩游戏了。

这款手游真有那么好玩吗？身边的人都深深沉迷，平时战队同事结束PC端《峡谷战纪》的重度训练后，都要抽时间玩几局。他自己其实也算是个资深游戏爱好者，平时有新款游戏上市，必会图个新鲜，但这一年准备第一届世界联赛，作为队长，他没心思，也没精力去尝试其他游戏。

然而，他到底还是按捺不住好奇，下载了手游版《峡谷战纪》。

约莫十点半，江小鹿顺利完成小胖墩拜托的任务，正准备睡觉时，突然记起自己的号今天还没登录领取奖励。一上游戏，她就看到一个好友申请：西红柿真好吃。

她莞尔，瞄了一眼躺在床边的“西红柿”，这人的ID和自家傻狗倒遥相呼应。

通过！

很快，“西红柿真好吃”就发出组队邀请。

这个游戏是5V5的对战游戏，己方的3位路人玩家很快就秒选了英雄，她选择了新出的射手月神，此时队伍里缺一个坦克，“西红柿真好吃”替补这个位置，选定系统自动赠送的坦克沙僧。

坦克在匹配局并不受欢迎，大部分玩家酷爱法师、射手、刺客等输出位置，享受带动全场的感觉，而这个玩家不抢位置，甘为补位，江小鹿心里不由得对他涌起一丝好感。

大神她见多了，但心态好的队友尤为可贵。

对战正式开始！

新手“西红柿真好吃”屁颠屁颠地尾随着她，给她当辅助。不一会儿，这位新手显出良好的游戏意识，安心在草丛探视野，也不上兵线蹭她射手的经验和经济，偶尔跑出来，甩上两个技能威慑出塔补兵的敌人。在“西红柿真好吃”的配合下，敌方刺客几次来gank（多人围剿），均以失败告终。

敌方被严重压制，着急了，打野的刺客和中路法师开始频繁地光顾下路，并强行开团。

2V3总归处于弱势，但在“西红柿真好吃”的牺牲下，他们这方一换一，顺便还推掉了第一塔，算是不错的结果。

之后的游走，“西红柿真好吃”像一只跟屁虫一样，黏在她身后，给她探草丛、当视野，用控制技能来保护她……总之是一条非常不错的忠犬。

这一局，她打得很舒服！

游戏结束后，她打字："谢谢你。"

"不用。"

"你才玩这个游戏？"

"嗯。"

"玩得挺好的，很有天赋。"

"谢谢。"

气氛感觉越来越冷，明明她才是个 carry（带动节奏，控制大局）全场的人，这聊天听起来却像她在感谢"大神"一样……江小鹿默默翻了一个白眼，决定结束这场尴尬的对话。

谁知道对方又发了一个对战邀请，她犹豫了一会儿就接受了。

这一局缺打野。

新人不知道打野位置的重要性，带崩三路是很正常的。她本想自己选打野位置给他示范一遍，谁知道不小心点了确认。

算了，反正是匹配局，随便玩什么位置，开心就好！

他选了一个极度需要手速的刺客紫霞！

好吧，这英雄玩得溜则伤害无上限，逆天一挑五，但新人嘛，坐等被虐！

但"西红柿真好吃"再次让人大跌眼镜。整场游戏下来，他的刺客秀翻全场，连招基本没有断过，团战之中取核心首级，再一个风骚的跳跃躲掉砸过来的控制技能，再连招进团……

敌方的人都忍不住夸赞："你们这边的刺客怕是王者玩小号吧。"

"简直被秀瞎了眼！"

……

“嘿嘿，最强王者在此。”但她汗颜地看了一下自己的战绩，灰溜溜地删掉了对话框的这行字。

小透明是没资格嘚瑟的。

不过这个新手大神显然很低调，也并没有因为敌方的狗腿而手下留情，依旧大杀四方。

最后，敌方投降了。

游戏结束后，“西红柿真好吃”发来一个“拜师”请求。

这就让人为难了！她不爱带新手，除非别人出钱找她陪练……收他为徒吧，自己没那么多精力带他做师徒任务，可这种极有天赋的新手万里挑一，还真让人惜才。

纠结啊！她抓狂地揪揪胸前的一绺散发。

先加吧。

以后把他培养出来，要他也做代练接单，自己顺便抽抽成，念及此，她贱兮兮地点了“通过”！

咳咳，她正要显摆一下师道尊严，训几句师门规矩，谁知道“西红柿真好吃”的头像一片灰白——他下线了。

难道他不激动吗？不高兴吗？自己可是全区第一的60星王者哎！无数陌生玩家想拜她为师，她都统统拒绝了好吗？谁知道这个区区新手竟然冷落了她一个最强王者。是可忍，孰不可忍啊！

她沮丧地退出游戏，睡觉。

在她熄灯之后，隔壁房间的灯光也悄然而灭。

按照江小鹿的生活哲学来说，一场慵懒舒适的晚起是幸福假期的开端。

但……晨曦微露，妈妈就隔门来了一道狮子吼：“丫头，起床了，吃早餐了。”

“妈，我想多睡会儿。”

“不行，快点起来，不然我要生气了。”江母的吼声更有气势。

一听生气，江小鹿一个鲤鱼打挺：“好的，马上就来。”

她哀怨地回头看了一眼尚有一丝暖气的被窝，心不甘情不愿地走出卧室。

洗漱完，吃罢早餐，她牵着“西红柿”溜达了一圈，隔壁小胖墩家的别墅门才缓缓开启。

“西红柿，看到没，这才是有钱人的生活，连觉都比我们睡得多。”

“西红柿”欢快地嗅着路边沾着夜露的野草，对这等小格局的“仇富”吐槽充耳不闻。她没好气地道：“你个傻狗，信不信我把你炖了吃了。”

“西红柿”仿佛听懂了她的威胁，转头朝她狂吠。

“哎哟，比我还凶，怎么不上天？”

一人一狗在马路上来来回回打闹溜圈。约九点时，小胖墩偷偷摸摸地对她说：“姐姐，你帮我升段了没有？”

“嗯，搞定了。”

“谢谢，以后我介绍我的同学给你，你可以代练赚很多钱。”

“另请高明哈。”赚小学生的钱后患无穷。她不仅是个有职业道德的代练，更是一个怕麻烦的代练！

“好吧。对了，我小叔要去市区办事，但飞叔送我爸爸上班去了，走路去公交车站太远了，你能不能送他到山下的公交车站啊。”

“我？用这台粉色小绵羊？”她哭笑不得，指着停在院内的女士电动车，“载不动吧？”

“肯定行。”小胖墩信誓旦旦。

虽然江小鹿是很想找个机会和男神单独相处啦，但她可不想成为一个骑着粉色小绵羊的“摩的司机”。

小胖墩看着她为难的模样，继续游说：“小叔人很好，不会为难你的。”

她还怕他为难啊？就怕他不为难，毕竟小说里的欢喜冤家都是从“撕逼”开始的！

“好吧，我先去准备一下。”说罢，她一溜烟走进洗手间。

小胖墩一头雾水，不就是送小叔下山打个的吗，还需要准备什么？

洗手间内，洗脸、爽肤水、乳液、眉毛，对了眼影是在眼线之前，还是之后呢？平时室友大谈化妆术时，她一心只玩游戏，结果现在连顺序都搞不懂。纠结许久后，她终于放弃打扮的念头，算了，素面朝天就素面朝天了。

所以，当她走出门时，在小胖墩眼里，她与之前并无任何区别。

“所以，你的准备是上个洗手间吗？”

她扯出一个生硬的笑：“呵呵，是啊。”

此时，斐承清正站在院门口，长身玉立，似恍惚出神，他的眼底蓄着淡淡的雾气，时隐时现。

一时间，她看呆了。

“小叔，美女摩的司机来啦。”小胖墩嚷嚷着。

两人均回过神。斐承清朝她淡笑：“早，麻烦你了。”

“没关系，上来吧。”她把另一个头盔扔给斐承清。

斐承清帅帅地接住了飞过来的头盔。在他跨上小绵羊的时候，小绵羊的两个轮子明显沉下去，他有些尴尬：“我来开吧。”

江小鹿这次又乖乖地让出了驾驶权。

静途山山势较为陡峭，在下一个大斜坡时，斐承清尽管提前控住了刹车，但惯性使然，江小鹿的身体还是不由自主地往他身上贴，温温软软的身体紧紧贴合在他后背之上，心尖尖上顿生一朵酥暖的电花，随后蔓延成一束束电流，透过层层肌肤，通达全身。

他的脑海里不由自主地浮现出昨晚的旖旎。

江小鹿有些别扭，努力让两具年轻热情的身体保持着一定距离：她的确对他有好感，但肢体冒然接触太过轻浮。

临到公交车站，斐承清道了一句谢，随即想开口说些什么，江小鹿正好拦住了一辆的士："的士到了，快上车吧。"

斐承清钻进车里，看着笑得一脸灿烂的女孩，心里竟然有微微的郁闷。

"城事汇广场。"

的士疾驰离去。

江小鹿看着逐渐消失在马路尽头的的士，开心地骑着小绵羊上山回家了。

今天，终于实现了和男神的第一次亲密接触。

城事汇是G城定位高端的商业综合体，它的主力产品写字楼以5A级管理闻名诸多G城商务圈，但同时，高昂的租金也让多数人望而却步。来G城之前，地产中介给斐承清甄选了好几个闲置的办公区域，他打算选择两家对比，其中城事汇就是他的第一站。

从地段、配套、物管来说，这地方的确是精英白领心仪的工作环境。但据说另一个地方综合环境也不错，他不想马上做决定，于是又和中介打车，去看第二家。

第二家也是一家5A写字楼，它坐落于重点大学J大附近，环境优美，价格也更实惠。综合对比过后，斐承清心中做出了初步的判断。

正要返回静途山时，他的手机铃声响起——"杜艾莎"来电。

他的战队队友，也是战队唯一的姑娘，主打辅助位。

“斐承清，我也来 G 城了，你在哪儿，我来找你玩。”杜艾莎声音很是雀跃，她妆容精致，站在人来人往的高铁出站口，非常引人注目。而她似乎知道自己的美貌是一道闪亮的光芒，因此脊背更挺拔，这光芒仿佛也更凌厉！

斐承清头疼。

他对战队队友只保持着最单纯无害的同事之情，特别是对杜艾莎，更是避而远之。现在，他休假，杜艾莎专门跑到 G 城来找他，这份心思，他再木讷也多少猜出了一些。

“J 大正门口。”他望了望斑驳而透着辉煌的校牌，不咸不淡地回应着。罢了，姑娘家人生地不熟，待会儿先把她安顿好再说吧。

“那你别走哦，我现在打车来找你。”似乎怕斐承清拒绝，杜艾莎急忙挂断了电话。

二十多分钟后，杜艾莎俏生生地站在他面前：“哇，我们才两天不见，但感觉过了好久。你住哪里，我也去你住的酒店住吧。”

“我住我哥家。”斐承清双手插裤兜，环顾四周，发现不远处有家装潢豪华的酒店。他接过杜艾莎的行李箱，神情淡淡，“我送你去酒店。”

杜艾莎一愣，很快抢回行李箱，以示抗议。

“人生地不熟的，我一个人怕。”

虽然堂哥家是大别墅，拥有好几间闲置客房，但冒然把异性同事带回去，他怕引起哥嫂误会。

杜艾莎才不管这些——她本意就是如此，别人误会越深，她越开心。

斐承清蹙眉，一瞬间也不知道怎么办才好。十分钟前，老板嘘嘘哥特地打电话过来叮嘱他好好照顾杜艾莎，不是原则性的问题，就尽量迁就她——其实嘘嘘哥也知道，斐承清前脚休假，艾莎后脚就跟上的原因，更看得清神女有情，襄王无意。但国内像杜艾莎这种顶级电竞女选手凤毛麟角，拥有如此颜值的更是世上无双，网络话题对他们俱乐部的关注七分来自战队本身实力，三分源自杜艾莎。

嘘嘘哥当然想全力留住杜艾莎，而除了高薪，另一种方式就是斐承清的美色！

“G 城是省会，治安很好。不用担心！”

“如果我是普通女孩子，倒也罢了，可是你知道我们这行的性质呀。特别是我，经常被老板推在媒体面前。再说联赛还有两个月，你也不想横生枝节吧。”杜艾莎侃侃而谈，她看斐承清稍有犹豫，又幽幽地叹口气，“不过，我明白你的难处，你怕亲戚误会。行，我待会儿自己去找酒店，要不，你先回去吧，也快到晚饭的点了。”

这招以退为进起到了作用，斐承清思忖道：“嗯，那就先去我哥家住一晚。”

“好啊，我突然上门打扰，会不会麻烦他们？”

“不会。”

斐承清拦下一辆的士，直接驶往静途山。

中途他眯眼小憩，杜艾莎很识趣，并没有开口打扰。待差不多到了斐家别墅，斐承清才提示司机停车。

“哇，好清净雅致的别墅，像隐士一般的生活呢。”

小胖墩听到声音，忙出来迎接。看到杜艾莎，不由得一愣，今天小叔说的工作就是迎接这位阿姨吗？

“我侄子，斐子瑄。”说罢，他又对小胖墩道，“我同事，杜艾莎。”

“我叫你小叔，那我该叫她什么呢？”早熟的小胖墩挤眉弄眼，意有所指。

但斐承清并没有兴趣回答这个问题。

倒是杜莎莎笑答："那就叫我阿姨吧。"

"不过你看上去很年轻，叫你阿姨太显老，叫艾莎可以吗？"小胖墩热情地拉起杜艾莎的手，把她迎进客厅。

斐承乐今天下班算早，一见堂弟带个姑娘回家，不由得眉开眼笑。他幼年受斐承清父母抚养，对斐承清家一直有着深厚的感恩之情。早几年，斐承清父母出国定居，对于相伴长大的小弟，他自然而然就担当起长兄如父的职责，平时对斐承清的终身大事也处处留心。

"爸爸，你叫艾莎就好。"热情的小胖墩主动介绍起来，俨然是自己女朋友一般。

斐承乐狐疑的目光投向斐承清，显然是想求证他们之间的关系。

"同事。"斐承清神色淡淡的，不想太过热情，以免哥嫂误会。

哥嫂俩也是人精，当下就明白弟弟的本意。虽然有些遗憾，但对待杜艾莎多了几分寻常客人般的客套，礼节滴水不漏。

杜艾莎倒是很热情，晚餐时，主动帮忙盛饭端菜，乖巧可爱得不得了。

别墅隔壁的老房子。

下午，江小鹿的好友金镶玉穿过半个城市，来找她玩。一听说隔壁斐家入住了个男神，八卦的小火苗熊熊燃烧，形成燎原之势。明明自家有饭局，但偏不走，要等到隔壁男神归来，一睹真容。

但她在窗口偷窥的同时，也隐隐约约看到跟在斐承清身畔的高挑佳人。

"你的小哥哥回来了，好像还带着女朋友哦！"

"这……可能只是好朋友呢。"江小鹿理不直气不壮地回答。

"好朋友会带来见家长，一起过夜吗？"

“谁说他们会一起过夜啊？”

“那你看人家待会儿走不走？江小鹿，醒醒吧。反正现在到处都是男神，没必要吊死在这一棵树上嘛，玩玩游戏不好吗？要有一颗甘为一条 24k 纯金单身狗的心，多洒脱。”金镶玉如此劝慰好姐妹。

她其实深深明白好友萌动的情愫，也能体会到这种求而不得的无望。可有时候，你喜欢的人不喜欢你，能怎么办呢？

“我待会儿就去探探情况。”江小鹿笑嘻嘻，一副不认命的模样。

这时，江母拿着一袋娘家捎来的土特产，要江小鹿给斐家送去。

真是母女连心！天赐良机！

八卦的金镶玉可不会错过这等好戏，她也屁颠屁颠地跟在江小鹿身后去了。

敲门而入时，斐家正在吃晚餐。

“斐哥斐嫂，我小舅从老家带了一些野生蘑菇，挺好吃的，给你们也拿点尝尝。”话虽对着斐承乐二人，但眼睛却瞄向了斐承清与杜艾莎。

“太感谢了。镶玉，你可好久没来找小鹿玩儿了啊？都放假了吧？”斐嫂热情招呼道。

“嗯嗯，斐哥斐嫂好久不见，嫂子你怎么比之前更年轻漂亮了，透露下保养秘诀呀！”金镶玉嘴巴甜，一句话出来，逗得两人呵呵大笑。

女人的直觉最灵敏。此时，杜艾莎狐疑地望着这两个颜值不低的姑娘，暗猜这两人醉翁之意不在酒。心念电转，便夹了一块鸡肉送到一旁斐承清的碗里，头微微侧向他：“斐承清，你不是最喜欢吃这个菜吗，来，多吃一点。”

斐承清眉头浅皱，微不可察地移动了一下位置。

斐承清哥嫂相视而笑，但这样无疑给江小鹿和金镶玉释放出一错误的讯号——他俩不是恋人是什么！

江小鹿眸光黯然："那你们先吃饭吧，我先走了。"

"好，待会儿和小玉过来玩啊。"正在吃饭，斐嫂也不好多留。

古灵精怪的金镶玉却瞬间看透杜艾莎的挑衅。她朝杜艾莎翻了个白眼，随即跟着走了出去。

"嫂，这两个姑娘真漂亮，是你们的邻居吗？"她们刚走出门，杜艾莎看似随意地问道。

"那个高一点的姑娘是我们邻居，叫江小鹿，她爸爸早些年因一场车祸去世了，现在和妈妈相依为命，不过她妈妈精神有点……"

斐承乐轻咳一声，斐嫂意识到自己多舌，立马噤了声。

餐桌旁的斐承清执筷的手微微一滞，但依旧沉默如初。

"后面出去的那个妹子叫金镶玉，和小鹿是好朋友，不过这半年来得少，今天应该是来找她玩的。"斐嫂怕气氛陷入彻底尴尬，又开口道。

什么来玩，摆明就是来勾引斐承清的！杜艾莎猜测。但看斐承清漫不经心的模样，她又放下了心。做他们这行，美女见多了，斐承清应该是不会"感冒"的。

吃过饭，斐承清回到自己房间，微微的好奇心驱动他的脚步走近窗户，往隔壁望去，江小鹿与金镶玉正趴在床上玩手机。

金镶玉的声音很大："江小鹿，草丛草丛，我看到对面有人埋伏。"

"小鹿，帮我报仇啊。"

一声一声的"小鹿"，清新别致，在这个寂静的夜晚尤为动人。

海蓝逢鲸，林深见鹿！江小鹿，真是一个美得滴水的名字。

江小鹿打完一局，发现新收的徒弟"西红柿真好吃"上线了，随即组上金镶玉和徒弟，进行匹配。

“这是我昨天收的一个新手徒弟，让你见识一下什么是天赋玩家。”

“西红柿真好吃？这人的名字和你家土狗好有缘哦，会不会是熟人啊？比如你的男神斐承清哥哥？”

“纯巧合，昨天我偷偷问了小胖墩，他说斐承清不玩手游的。”

“可惜了，你得想其他勾引办法了。”

江小鹿选定了一个小短腿、无位移的后期射手，金镶玉选了一个身段婀娜的女法师，其他两位路人玩家抢了打野和上单位置。大概是新手，拥有的游戏角色不多，徒弟“西红柿真好吃”选择了一个丑陋笨重但抗打的便宜坦克。

刚进游戏，金镶玉的“香芋”就开始调侃“西红柿真好吃”。

“小西西，叫声师伯来听听。”

“西红柿真好吃”不理。

“香芋”开始全屏调侃“西红柿真好吃”：“打野、上单，我们坦克是幼儿园的孩子，坑了莫怪。”

打野：“没事没事，反正娱乐局。”

上单：“小学生就应该乖乖躲在妈妈的怀抱吃奶。”

“西红柿真好吃”继续不理。

金镶玉很没面子：“哇，你徒弟好高冷，不会真的是不会打字的小学生吧？”

江小鹿回复：“没错，他对我这个师父都爱搭不理。”

明明面对面组队，但两个女人就是有这种神奇的本领，不嫌麻烦在游戏里打字聊天。

“西红柿真好吃”：“胡扯。”

冰山终于说话了，言简意赅，以一种化腐朽为神奇的力量——让气氛彻底冷场。

金镶玉决定闭嘴，好好虐菜。这局她选的是她的本命英雄，她轻轻松松就 carry 全场，而江小鹿心绪不宁，不在状态，纯打了一盘酱油："西红柿真好吃"跟在他师父江小鹿的屁股后面，无脑又忠犬地保护着她，但小短腿的射手被敌方几个突进英雄见面就秒，"西红柿真好吃"有心无力："梦游？"

"胡扯！"江小鹿模仿他说话的口吻，呛回去。

西红柿又不说话了。

"你师父的男神有女朋友了，她失恋了。"金镶玉逗趣道。

这一打字的空当儿，法师被刺客偷杀成功。

金镶玉很气愤，在剩余的时间里，只逮对面刺客。游戏终于在一片安静祥和之中，结束。

他们这边以压倒性的胜利结束战斗。MVP 竟然是 5 杀 0 死 20 助攻的坦克"西红柿真好吃"。

一结束游戏，"西红柿真好吃"的头像立马就灰了。

"果然高冷！"

金镶玉想调侃几句都找不到对象，于是只能对旁边的江小鹿嘟囔。

第二章 你未来的女朋友

平日，斐承清的日常作息十分规律，晚上结束集训之后，洗漱完毕，再看会儿书，然后安然入睡。初来静途山度假的他远离高强度集训，作息时间更为提前，一到晚上就早早放下手机。他正准备睡觉时，门外传来一阵敲门声。

“承清，你睡了吗？”

斐承清开门：“有什么事吗？”

“我们明天去哪儿玩啊？”

“你想去哪儿？”

“你去哪儿，我就去哪儿。”女孩子浅笑，酒窝荡漾，妩媚至极，沐浴过后的身体散发着清香，随着动作舒展时淡时浓，在万籁俱寂的夜晚，这无疑是一种致命的诱惑。

大概也只有斐承清这种人才能抵住这种诱惑，他甚至无须刻意保持距离，神色泰然地道：“这里有座民俗古镇，半天能逛完，你有兴趣吗？”

“好耶，那明天几点出发呢？”

“我哥明天大概 7 点半上班，我们可以坐他的顺风车。”

“嗯嗯，可以。”但杜艾莎并没有结束话题的意思，“你还没睡吗？”

“准备睡了。”斐承清说完准备关门。

“我有点睡不着，怎么办？”

“数星星吧。”

“你？”杜艾莎快被气得吐血。她已经放下矜持，意思那么明显了，怎么这块木头就看不出来呢？

“我困了，明天见。”斐承清下起了逐客令。

无奈，杜艾莎败兴而归。

但她并不知道，这一切已被上厕所途中人小鬼大的小胖墩看了个彻底。

次日，大清早，小胖墩就被斐承清叫醒了。尽管扰他美梦的是小叔，但他的起床气可没有长幼之分，他照发不误：“小叔，你怎么这么坏，我正在做梦快打上王者了，这么早你叫我干吗？”

“去水上乐园玩吗？”

“不去不去不去。”一连三个不去，可想而知小胖墩被破坏美梦的心情有多气恼。

“我给你买变形金刚的全套手办。”

即将跌入另一场美梦的小胖墩瞬间惊醒：“什么，全套手办？”一个鲤鱼打挺，上一秒还在发起床气的小男孩，下一秒就精神抖擞地跑进了盥洗室。

斐承清微笑着看着小男孩的背影，也不顾门口的女子拉长了脸。

小胖墩几人上车之时，江小鹿正准备溜“西红柿”。“西红柿”看到杜艾莎后很花痴，立马挣脱缰绳，热情地扑上去。杜艾莎一个劲儿往斐承清身边靠，连连娇呼：“承清，承清，它想咬我。”

江小鹿怒从心起，蠢狗，看到美女节操就碎了一地，重点是还被人家嫌弃，真够丢脸。

“西红柿，给我滚回来，信不信我拿你做狗肉火锅？”

“狗狗那么可爱，你怎么忍心吃它。”一看江小鹿这么凶残，杜艾莎忙为“西红柿”求情。

“这种色狗留着，也是为祸人间。”

一旁看着的斐承清笑而不语，他不自觉地看向了杏眼圆瞪的女孩子，嘴角浮起一丝浅笑，但语气却清清淡淡：“我们现在去古镇玩，你要不要去？”

他竟然在邀请她？不怕她成为闪亮大灯泡？虽然，她很想和他一起去，但谁要做“第三者”！

刚出大门，正伸着懒腰的金镶玉耳尖得很，她兴致立马就来了：“好啊好啊，美女，不介意多我们两个电灯泡吧。”她望向杜艾莎，笑容中带着一丝揶揄。

谁知道杜艾莎落落大方，甚至更为热情：“对啊，一起呗。承清平时朋友也不多，正好人多热闹。”

俨然一副女主人的模样！

金镶玉铩羽而归，求助地望向了江小鹿。她知道好友江小鹿其实骨子里是个凌厉麻辣的性子，根本不像外表那般傻白甜。情敌段位这么高，她看得下去？还不快找回场子？可此刻的江小鹿眼神却呆呆的，不知道在想什么。

“小鹿姐姐，你去嘛，顺便在路上还给我玩几局，上上分。”小胖子也别有用心地邀请着。

“小孩，你也玩《峡谷战纪》呢？”杜艾莎问。

“对啊，就是上分老难了。”

“《峡谷战纪》上分很容易的呀，我来给你上分？”杜艾莎的吴侬软语中含着一丝丝意味不明的挑衅，她这话表明她玩游戏可比江小鹿厉害多了。

“真的吗？太好了。那我们出发吧！”在杜艾莎的“引诱”之下，小胖子华丽丽地倒戈。

顿时，继“西红柿”之后，江小鹿又受到友军一阵暴击。

斐承清望着她：“去吗？”

“不去，你们玩得开心。”江小鹿收回略显失落的神情，闪躲着男生清风白露般的目光。

她叫回“西红柿”，独自往回走去。

金镶玉望着不远处的一人一狗，叹了口气。小鹿约莫是动了真情，可杜艾莎明显就是“绿茶婊”中的最强王者。小鹿这种思想单纯的姑娘，估计只有被虐的命。她折回卧室，还是继续睡个美美的回笼觉吧。

待会儿“24 孝”好男友麦芽糖就来接她，她又能快活地浪上一天了！

下午，爬山的游客多了起来，江家的小卖部开始忙不过来，尽管当天还有好几个代练单没有完结，但江小鹿分身乏术，无可奈何。

江妈妈午睡起床后，替代了她的岗位。于是，她借口上山走走，带着“西红柿”跑到半山的湖畔，打开了《峡谷战纪》。

晚风习习，夕阳西下。

心情愉悦，游戏运气也跟着顺畅起来。她代打的排位连胜七八局，晚上再玩几把，就可以顺利交差了。

“风景不错。”一个声音乍然在她耳旁响起。

她吓了一大跳，险些跌进湖里，幸亏这人眼明手快，把她拉入怀中。

淡淡的清香袭入鼻孔，心心念念的脸近在咫尺！

“我好像很吓人？”

他眉目轻勾，似调侃，又似反问。

她吞咽一口口水，脑袋像拨浪鼓一样：“不不，是我太大惊小怪。”

他的瞳孔是浅浅的褐色，澄澈得如脚下的这汪湖水。

她迷了，醉了。

而搂她的手臂力道不变，仿佛想维持一怀旖旎。

斐承清扶正她的身子，略显清冷的脸好似被春风拂过，寒意解冻，丝丝微笑若隐若现。

“你怎么上来了？”

“我哥说山上有一个湖，很美。”

“是啊，这湖特别漂亮，大家都喜欢来这边纳凉。”她呆呆地看着他的脸，不知道接什么话了。

良久。

“那个……你们今天玩得怎么样？”

“一般般。”

一般般？想来就是开心了。也是，佳人在旁，岂能不快？

浮着红霞的脸慢慢僵了。

游戏还在继续，操纵游戏的动作不再凌厉肃杀，失误连连。他安静地坐在她旁边，也不开口打扰她。

落日熔金，暮云四拢，湖面铺满浓郁到近乎黑色的橙芒，如火焰余烬拼尽全力的最终绽放。

最后江小鹿惊险获胜，她再也无心开局，空虚的心中升起一股淡淡的惆怅。

“回去吗？”他默然，站起来。

两人一前一后。江小鹿突然发问，声音仿佛被夜露打湿，沉沉的：“你女朋友怎么没和你一起来？”

斐承清很意外：“谁说我有女朋友？”

“难道杜艾莎不是你女朋友吗？”她回头，纯黑的瞳孔渐渐放大，惊讶地反问。

“我确定她只是我同事。”斐承清无奈地肯定。

“这样呀。”她忙别过头，不让双眸中的意外之喜泄露自己的心情。

强大的情敌障碍被解除，她下山的脚步都变得欢快了！

身后的斐承清盯着她的背影，却有些出神。

江小鹿，江小鹿，她刚才的神色多像一只被惊吓的深林小鹿啊！

他默然咀嚼着她的名字，慢慢地发觉心内暗暗流转起一丝丝旖旎。

快到家时，江小鹿突然叫住斐承清，快跑到他身边，混合着夜露的鼻息萦绕在斐承清耳畔。

“小哥哥，我长得是不是很像你一个朋友啊？”

他愕然：“我朋友？谁？”

“你未来的女朋友。”甜甜的嗓音带着些许底气不足的怯懦。

江小鹿咬牙，鼓起勇气继续道：“那个……我追你的时候，你跑慢点，我腿短。”

斐承清终于明了江小鹿的潜台词，所以她是？

在此之前，他可没看出这姑娘家家这么麻辣大胆啊！

可一刹那后，江小鹿像一只被戳孔的气球，满满的勇气泄尽，她红着脸，略结巴地道：“……要不你先想想吧。”

她仓皇的背影消失在江家小屋之中。

斐承清双手插裤兜，嘴角浮起浅浅的笑，从不乏女子主动撩他，他惯性般拒人于千里，但如果是这个有趣的江小鹿呢？

此时，站在斐家大门口的杜艾莎眉头紧皱，她恨恨地盯着屋外两人，就知道不能放斐承清独自出俱乐部的门。瞧瞧，这才两天多，就有两个女人不知廉耻，投怀送抱。

“艾莎姐，赢了没？”在隔壁客厅看动画片的小胖墩大声问着。

杜艾莎忙换了一副模样，笑答：“快了，快了。”

晚上，和男友麦芽糖浪了一天的金镶玉又挤进了江小鹿的“窝”，目的自然很明确——让江小鹿给她排位上分。

金镶玉：“哎呀，射手躲在草丛里，快去切！”

呵呵呵，难道她没看到对面刺客也在草丛里？这是鼓动自己去送人头吗？

“你快点把兵线推过去！”

呵呵呵，自家水晶营地都快被小兵推完了，自己还不回去收兵线？

……

金镶玉如老佛爷一般指点江小鹿对战，似乎她才是那个战绩煊赫的最强王者。江小鹿翻给她一个大大的白眼，忍不住开口：“请你卷成一团，给我圆润地滚开！”

金镶玉被抢白之后，终于乖乖闭嘴。无聊的她打开江小鹿的电脑，她知道江小鹿这种单纯的傻白甜不会藏匿隐私与心事，于是毫不客气地在电脑里乱翻乱看，这一翻可不得了——搜索引擎历史记录：

“怎么勾引男神？”

“怎么撩男人？”

“怎么征服男神？”

“性感的穿衣打扮……”

……

“天啦，江小鹿，你现在好淫荡，竟然想要靠性感风骚的穿衣风格去勾引征服男人，是去征服隔壁的斐大帅哥吗？”

“你闭嘴。”江小鹿又羞又恼，对大大咧咧的死党非常无语。

“哎呀，你这种单纯可爱聪明伶俐的小女神……”金镶玉回头看了一眼正以一种奇怪姿势半跪在沙发上的江小鹿，嘴角一扯，“……经，你若裙摆打开，男神自来。”

“恶不恶心，下不下流啊，金镶玉。”

“一点点恶心，一点点下流。我看斐承清这种清冷的禁欲系男人，可能比较闷骚……”话匣子一旦打开，金镶玉必喋喋不休。江小鹿可不喜欢谈这个话题，于是灵机一动：“哎呀，你一说话，我团战分心，死了。”

金镶玉心疼得要死，忙紧闭着嘴。

之后，游戏顺利结束。江小鹿登上自己账号，徒弟“西红柿真好吃”也正好在线。

“西红柿真好吃”发来一则游戏申请。

她同意了。

作为一个专业代练，自然要熟悉已有的各种英雄技能及打法，才算知己知彼，提高胜算。江小鹿选了一个极为冷门的战士，而“西红柿真好吃”选了一个射手。

可不巧，团队其他几人都在练英雄，前期处于大劣势，在一波团战中，江小鹿为救“西红柿真好吃”，英勇壮烈地牺牲了。

“西红柿真好吃”：“谢谢！”

“保护小徒弟，是师父的责任。”她回答。其实这本也是游戏的规矩：保护输出，必要时，不惮于牺牲自己。

“西红柿真好吃”经济慢慢发展，装备成型，打出的伤害渐渐让人胆寒。

最后一波团战，对方几人先后向“西红柿真好吃”交出了全部控制技能，想集火“西红柿真好吃”，但“西红柿真好吃”巧妙地脱离了主战场，己方队友在吃掉对方大部分技能后，无一幸免。这也给“西红柿真好吃”争取了绝佳的输出环境，他对对方技能的预判极为精准，走位灵敏风骚，平 A（普通攻击）暴击，手速惊人：

一杀。

二杀。

三杀。

四杀！

五杀！！

团灭！！！

天下无双！

队友沸腾了，不停地刷“666”。

“漂亮！”

连对方都忍不住被其折服：“你们射手的确牛，这意识，这手速。”

对方法师大概是个妹子，她开口撒娇：“哎呀，你真不怜香惜玉，打得人家好疼。”

“就是，干吗对我们班花那么凶？”

沉浸在刚才精彩团战里的江小鹿忍不住笑，心想，这惜字如金的“西红柿真好吃”会回答才怪。

谁知道，屏幕上很快显示一行字：“谁允许你们杀我师父？”

团队氛围有些尴尬……

江小鹿看着屏幕上移动的射手，竟然有一点点感动。从没有人在游戏里维护过她，哪怕带同学组队开黑！但素未谋面的小徒弟却主动替她“找回场子”，虽谈不上多感动，但心里难免有一番小感慨。

对面的班花问：“你师父是谁？微雨燕双飞？”

“西红柿真好吃”不再回答。对方法师大概被激恼，她和对面刺客及射手专门针对江小鹿的脆皮战士，几分钟下来，江小鹿竟已然是十分难看的负战绩。

不知为何，“西红柿真好吃”突然躲进了对面野区草丛，五秒、十秒、二十秒……始终没有移动步伐，队友都以为他挂机了。这时，对面法师想收掉减冷却的 Buff（强化某一能力），“西红柿真好吃”动手了，一套技能加高爆发的普攻，瞬间就终结了法师。

不远处的刺客想赶来替法师报仇，千钧一发之际，“西红柿真好吃”购买一套专门针对刺客伤害的装备，残血反杀刺客。

对面两人的屏幕秒变黑白，气愤不已。

“战士真垃圾啊，如果不是射手替你报仇，你不就是个渣吗？”

“估计是靠男人上分的婊子吧。”

从没想过女孩子骂人会这么难听，江小鹿想回呛过去，谁知刚复活的敌方法师和刺客又被射手和己方队友杀死。

原来，“西红柿真好吃”并没急于推塔，而是在对方的泉水旁专盯着嘴贱的刺客和法师。等他们一出了泉水，满神装的“西红柿真好吃”立即开始杀人。

这种无言而强大的维护，让江小鹿极为开心。这个徒弟真是没白收！

江小鹿的手指停在打字的界面，这时系统报出激昂的“VICTORY”

（胜利）。

胜利时机真妙，江小鹿想到那两人想回骂却再无机会的嘴脸，便忍不住笑出声。

最近系统好像快上线送礼功能了，她得好好为徒弟准备一份特殊大礼！

正想找“西红柿真好吃”聊，他的头像又黑了。

这人，怎么下线这么快！

躺在江小鹿游戏好友栏的人不计其数，亲朋好友、三姑六婆，还有中介代练，最多的当然是游戏路人，他们是江小鹿的“衣食父母”。每次有路人主动加好友求带，只要有时间，她都不会拒绝“父母们”的请求，然后……适时表明自己代练身份，拉单的成功率竟然还挺高。

胸大无脑的金镶玉曾提议：“小鹿，你直接把你ID改为“美少女代练”，估计会有渣渣玩家闻风而来，‘趋之若鹜’，到时候你致富之路指日可待啊！”

“学渣难得用上成语，而且语法词意竟毫无偏差，这简直可歌可泣！”江小鹿调侃道，“不过，你不知道被人举报的下场吗？”

如玩家透露代练的信息，被人举报会被系统封号，毫无商量求情的余地！所以，江小鹿一直乖乖用着“微雨燕双飞”的ID。

她漫无目的地把“游戏好友”的页面翻来覆去地看，最后停留在“西红柿真好吃”的ID之上。

她游戏好友众多，却从没有收过徒弟！她并不想把网友发展到现实情感中。网友在她眼里是一个单纯的符号——可交学费、可购新书、新衣服的“毛爷爷”。

“西红柿真好吃”是个例外！

毕竟，她碰到的网友千千万，但是说她家傻狗“好吃”的他属第一人，以新手之姿，在游戏中力挽狂澜带飞全场的，他也属第一人。

此时，金镶玉也玩完一局，凯旋收官。她愉悦地道："我的主播室快装修好了，我也请了一个工作室做营销传播。首日直播，你代打几局排位，我好拿话题去炒作。"接着，她又详细阐释了她为家族服装品牌卖衣服的直播与营销计划。

金镶玉一点都不像短视暴发户的女儿，有时候她身上所表现出来的心机与老谋深算，就像一个经常盘剥老百姓的吸血资本家。

从不自诩诚实孩子的江小鹿自然还没觉悟到这是欺骗观众的感情，只是向来谨慎的她隐隐担忧东窗事发。

"你担心个屁啊，你要是不说，谁知道呢？你也知道我们家的服装品牌客户都是年轻人，现在男男女女都爱玩这游戏。我叫你直播赚钱，你又不乐意，那你就帮我代玩几把嘛。"

江小鹿还欲拒绝，金镶玉耍无赖："亲爱的，就这么美美地决定了！"

次日清晨，江小鹿起了个大早，强牵着"西红柿"在马路上溜了一圈又一圈，终于等到斐家小胖子出门，她忍不住问："你们家的客人今天准备去哪儿玩啊？"

"他们今天赶七点钟的高铁，回S城了呀。"

那岂不是五点多就起床了，那个时候自己正睡得昏昏沉沉，还做着美美的春梦呢。梦里，斐承清一脸荡漾地说："小宝贝，尽情地撩，放肆地撩，撩不动算你输。"

来如春梦几多时，去似朝云无觅处。

她恍惚地望向天空，天际的最后一片云彩悄然离去，而后只呈现出万里无云的碧朗晴空。

就如斐承清，静静地来，悄悄地走！

她长吁，罢了，想必这就是他的答案了。

所有的假期总是惊人地相似——跑得飞快。

给家里的小卖部卖卖货，逮到机会就给玩家代练，一个暑假下来，江小鹿竟然把开学的学费赚到了。

当时妈妈还怀疑她是不是走不正当路子才赚了这么一大笔钱，可江母上下打量自己女儿后，又否定了自己的想法：“有钱男人应该看不上你这种没发育完全的小丫头。”

江小鹿低头看了看自己如平板电脑一样的身材，无力地抗议：“有这么说自己女儿的吗？”

当江小鹿把自己和玩家的聊天记录及账户余额给江母看过后，江母打消了自己的疑虑。不过病情使然，她对江小鹿依旧动辄即骂，因此江小鹿的暑假过得并不算愉快。

当然，她返校时，对她最恋恋不舍的人并不是老妈，而是把她当上分神器的小胖墩。

离家那天，小胖墩带着“西红柿”把她送到山脚下的公交车站，嘴里一直问：“江小鹿姐，你以后周末会不会回来啊？”

“看情况吧。”

“我求求你，回来吧。我和西红柿都会想你的。”

想她？不不不，只是想她回家帮忙上分而已！

江小鹿是本地人，因此离校返家不积极，回校更不积极。当她出现在宿舍门口时，同寝的姐妹们早已收拾利落，一个个正举着手机组队玩《峡谷战纪》。连平时最自律的学霸秋秋都操纵着小短腿射手在野区一蹦一跳地刷着红 BUFF。

这游戏害人不浅哪。

“大神，你回来了啊，快点帮我打完这把排位，团战几次都输了。”

“小鹿，我这几天晋级赛老是输，求你帮我开光渡劫。”

……

“好吧。”

当晚，室友小双边玩游戏边闲聊：“我看了一个服装搭配主播‘香芋’的游戏秀，哇，那游戏操作可比舞蹈系臻臻厉害多了。”

臻臻是J大校花，肤白貌美、多才多艺，又有游戏天赋。直播《峡谷战纪》手游后迅速蹿红，不到半年，粉丝都几百万了。据说已经代理了好几家品牌，国内某小有名气的化妆品牌已经在和她洽谈，说不定以后她们学校要出个大明星了。

臻臻这名字嘛，江小鹿也略有耳闻，至于室友口中的新主播“香芋”……

半个月前。

金镶玉在“狐狸”直播平台首播。因家庭富裕，经济实力雄厚，在直播之前，她就请了营销工作室，精心策划了直播话题，并通过微博KOL（意见领袖）不动声色的广告植入方式，提前进行一轮造势，当天她的首播就吸引了几十万玩家。

金镶玉对自己直播的定位非常清晰——抢夺对服装搭配感兴趣的年轻白领及大学生玩家，偶尔来一局游戏直播秀给观众换换口味。

当天出镜的则是精致妆容的金镶玉本人，江小鹿坐她旁边玩游戏，她根据游戏对局情况进行临场发挥。

“香芋”选了一个难度极高的打野女战士——紫霞。

“香芋”语音：“唉，队友看我是妹子，还选了紫霞，让我轻点送。”

弹幕：“你长得美，胸又那么大，换我，直接投降都愿意。”

弹幕：“要我就换作那个有皮鞭抽的英雄，SM（性虐）应该很爽。”

……

“香芋”回答：“要是下次匹配到你，你信不信我让你的屏幕永远是黑的？”

弹幕：“有自信，我喜欢。”

江小鹿无语。

发送字幕的基本都是嘴贱的玩家，真正沉迷于游戏直播的玩家则安静地等着阵容。话说间，双方阵容已然确定，敌方选的都是强势英雄，而己方阵容却都是前期弱势的英雄，如果没有机会发展到后期，那么这把对局胜率不大。

旁边的金镶玉心急如焚。

《峡谷战纪》毕竟是个团队游戏，江小鹿英雄再强势，队友不给力，阵容不行，翻车的可能性也是极大的。

完全加载进入游戏，紫霞确定草丛没有躲英雄后，开始交技能刷蓝 BUFF，谁知到了关键时候，上路敌方射手和辅助两个技能抢掉了 BUFF，还把紫霞打残血。

紫霞回城，江小鹿道：“唉，上路队友只顾闷声发大财，也不给我打个信号。”

游戏还在继续，紫霞打得更稳妥，升到四级后开始游走，慢慢帮队友弥补了一些先天弱势，好在中路法师够猥琐，后期一套带走敌方输出，之后的一波关键团战，紫霞靠着飘逸走位，无限连招秀翻了全场，三杀！四杀！五杀！

“香芋”说出早已准备好的胜利结语：“今天能取得超神五杀，团灭对方那群虎狼之贼，首先我要感谢 CCTV，其次我要感谢队友这么早就死了，人头都送给我，最后感谢我的观众……”

弹幕：“6666，香芋，我对你的崇拜简直如滔滔江水，连绵不绝。”

弹幕：“神操作。能把紫霞玩好的妹子万里挑一。”

弹幕："我快爱上你了，全部花花都给你，女神。"

……

整个直播房间沸腾了，弹幕一条接一条飞出了屏幕。

"香芋"语音："我虽然是一个集美貌与实力于一身的小仙女，但大家要低调，低调。"

弹幕："你说话还挺逗的，我喜欢，今后多多直播。"

弹幕："其实99区的第一王者'微雨燕双飞'玩紫霞也很厉害。"

但这条弹幕很快消失在密密麻麻的滚动字幕之中。谁也不会去猜测两个"紫霞"的联系，而已被这热烈气氛冲昏头脑的两人更没有留意到这句话。

游戏结束后，"香芋"退出游戏界面，换金镶玉真人上场陪观众闲聊。真正操作紫霞的江小鹿也放下手机，悄无声息地退出了游戏直播间。

一把传说段位的排位而已，她本可以轻轻松松碾压全场，但今天这把排位情况特殊，她背负着重重压力，看到屏幕显示胜利，她才终于放下心头大石。

麦芽糖坐在客厅里，用手机看女友的直播首秀，见到江小鹿出房间，忙给她斟茶："大神，辛苦了，辛苦了，你的紫霞太厉害了。"

"这种代打好折寿啊。"

"……"

"其实，我之前就劝过香芋，咱们自己玩玩就可以，不要搞出这么大的阵仗，以后要是被人发现，怕是难以收场。"麦芽糖忧心忡忡。

"我也担心，不过香芋是个谨慎的人，不会露出什么把柄，以后我也只会偶尔帮她打打。再说她自己也是直播卖衣服，不用担心露馅。"

"她这游戏水平不适合去直播游戏！真希望她以后安分地直播服装搭配。"

江小鹿望了望直播间，心下苦笑，以香芋的性子，她怕是不会安分的，可作为她的铁杆死党，自己又能说什么呢？

他们仨从穿开裆裤时期就结下了互损互害的孽缘，只不过到了高中，金镶玉和麦芽糖两人王八对绿豆，对上眼了，偷偷地把纯洁无邪的友情发展为“奸”情。这段铁三角的关系多少开始不牢固，好在江小鹿心儿大，在他们一顿大餐的贿赂之下，乖乖地认命了，也从此走上被虐之路，连金镶玉这种后患无穷的代打请求，她都不忍心拒绝。

ROD电子竞技俱乐部是国内顶级竞技俱乐部。

它旗下的战队涵盖了好几款全网最火爆热门的竞技游戏，网罗了国内一批顶级的选手，在各大国际赛事上大放异彩。其中PC（个人计算机）端《峡谷战纪》的战队“风之谷”正在紧锣密鼓为GPL（全球超级联赛）第一届世界联赛做准备。

此时“风之谷”一名参加青训的职业选手趁着下午歇息的空当，正在休息室看直播。

斐承清端着咖啡经过时，那名小学员突然开口惊叫：“太漂亮了，这手速可以。”

“哪个战队的？”

“不，手游主播，手速快，反应快，而且是长得挺漂亮的妹子。”小学员啧啧惊叹着。

任何游戏直播或电竞事业的金字塔基本都是男性的主场，总体而言，女孩子的确欠缺了些天赋，像杜艾莎这种玩得溜又长得美的姑娘自然都被俱乐部网罗了。不过偶尔也会出现几颗遗留沧海的“明珠”，这“香芋”主播或许就是……

说话间，游戏的团战已完结。

“紫霞”正打大龙，飘逸的身姿在野区之中飘来飘去，高防御、高攻击的野区第一 BOSS（最终魔王）在她的无限连招下，痛苦号叫着死去。

的确是很漂亮的打法。

这种灵动而凌厉的打法，他曾在一个女孩子身上见过。那天，她在山湖边代人上分，选的就是紫霞这种难以操作但非常强势的快节奏英雄。

那个女孩子还说要撩他，要等自己回复，但第二天大清早自己就离开了，说来也是遗憾。

现在这个主播不就是她的那个好友金镶玉？莫非是她在代打？斐承清饶有兴趣，多瞄了屏幕几眼，但并没多嘴揭露这个主播的真实身份。

游戏中，紫霞号召队友，发起最后一波团战，正在精彩处，杜艾莎在门口叫他回训练室开会，教练及经纪人有事要公布。

小学员羡慕地看着：“真羡慕你们这种正式上赛场的。”

“下一届就是你们的天下了。”斐承清笑笑，离开了。

他虚岁 23 了，在电竞队伍中，已经算是高龄选手。一个月后的 GPL 世界联赛是他人生中最重要的一战，同时也是最后一战。

端游《峡谷战纪》目前是全世界最热门的一款 MOBA（多人在线战术竞技游戏），尽管发行不到 4 年，但目前全球玩家已高达 5 亿人。国内赛事竞技体系已经非常成熟，今年游戏开发商及运营商将赛事推及国际，联合举办世界第一届 GPL 全球联赛。斐承清所属的电子竞技俱乐部对具有特殊意义的首届 GPL 冠军野心勃勃，集齐了斐承清、杜艾莎等国内顶级玩家，在赛前又临时加强战术分析及技术培训，想一举在国际电竞圈上打下名头。

下午，又是一轮乏味枯燥的训练。

终于熬到下班休息，他正准备回家，杜艾莎叫住了他：“承清，晚上有约吗，要是有空的话，我们楼下商场新开了川菜馆，味道很赞的哦。”

其他队友啧啧打趣听者有份。

斐承清不为所动，漠然拒绝：“有点累，我先回去了。”

“最近斐老大好像很不热衷参加我们集体活动啊，是老板给的压力太大了吗？”专注于打野的二小刀接话。

射手深蓝酸笑：“可能怕失败吧，他又不是神，百战百胜。”

明褒暗贬，旁人听得分明。毕竟深蓝屡屡对艾莎示好，但艾莎眼底眉梢都是斐承清，深蓝自然就把斐承清当作情敌。

斐承清甚至看都没看深蓝一眼，径直坐电梯离开了俱乐部。

“承清是我们队长，资历比我们高，技术比我们好，整个战队这么多人和他 SOLO（单挑），包括你，难道他输过？而且，他在其他游戏大赛上的成绩哪次不是第一？你是瞎吗？”目送斐承清离开的杜艾莎转头，没有好气地呛深蓝。

深蓝哑口无言，他舍不得对艾莎生气，于是又暗暗将一腔愤懑记在斐承清头上。

特训刚结束，斐承清的确有些累，不过回家洗完澡就清爽许多，随后心情愉悦地登上游戏。

手游《峡谷战纪》相对端游来说，易上手，节奏快，同时对局也很轻松愉快。现在他晚上偶尔会上线，玩一两局。他胜率极高，一百多局下来就升到传说了，传说级别已然可以和王者段位的人开黑打排位了。

恰逢周五，没有晚自习，江小鹿钻进了金镶玉的直播室，看金镶玉直播了一局匹配赛。尽管金镶玉玩的是她的本命英雄，但偶见空大或走位失误的尴尬，好在她随机应变，每次都能把自己的失误用幽默的自嘲圆过去，所以也没有谁刷字幕嘲讽。待游戏结束，江小鹿刷了几朵小红花，顺手打开了自己的游戏客户端。

谁知，她刚上线，就收到好几个组队邀请，两个路人邀请，一个金镶玉，一个徒弟“西红柿真好吃”。

好纠结！

那就五人组队开黑吧。

“西红柿真好吃”进队之后，发现是五个人的局，他没有说什么，默默等补位。

金镶玉自然是选本命的中单英雄，两个路人秒选了上单和射手，江小鹿问：“徒弟，你先选吧。”

“女士优先。”

“这……一个游戏而已。”江小鹿虽如此说，但还是颇欣赏他的绅士风度。

她选了一个刺客，“西红柿真好吃”继续甘为补位，选了一个血厚肉糙的坦克。

这个游戏的机制就是，如果是五人组队，那么对面匹配的五位敌人也是组队的，显然对手沟通配合的默契度远远不是江小鹿这方可比的。两个路人水平一般，被对方打得落花流水，心态也崩了，他们三番五次想发起投降。

“哎呀，我在直播呢，小鹿，你带的车队要翻车了，你的英名、我的老脸往哪儿搁啊。”

第二波团灭之后，金镶玉敲下一行字。

尴尬了，这姑奶奶怎么不早说。

可这局势回天乏术，就算她是王者也赢不了啊。这是一个滚雪球的游戏，前期己方经济差，后期反败为胜的可能性很低。

可此时，万年冰山“西红柿真好吃”突然发言：“不投，守塔，开语音，听我指挥。”

低低的嗓音透着莫名的熟稔感，又或是感冒，他的声音带些沙哑，让江小鹿无法辨别。

但这能翻盘吗?

金镶玉求胜心切，开口 :“死马当活马医啦，大家都开语音。”

“把兵线清到二塔方向就回防高地，故意守上塔，把战场拉到上塔攻击区域。上单出肉，你的硬控用来保护射手，法师你的装备成型，绝对要找好输出位，估计对方的两个肉控会最先集火你，你的先闪现骗一套技能，绕到塔后输出……打野拿到红 BUFF，绕后排切射手。”

“西红柿真好吃”的话刚落音，对面就拿下主宰，准备发动最后一波强攻。

最后一波团战与他的分析丝毫不差，对方有些心急自大，冒着防御塔的风险，发起了猛攻，最后三换五，江小鹿的刺客和“西红柿真好吃”的坦克丝血存活。然而，对面还有六七条生龙活虎的龙已到己方路线上，正气势汹汹地奔过来。

“唉，翻车了，翻车了。”香芋哀叹。

但此时中路兵线很给力，一群小兵正雄赳赳地推掉对方二塔，与龙鏖战。

“刺客速中推。”

江小鹿操纵着的刺客二话不说，极快地带着一波兵线推进了对方水晶。“西红柿真好吃”操纵的肉坦也不甘落后，亦步亦趋尾随其后。

此时，局势紧张，所有人都盯着复活时间，对方还差三秒复活。3 秒……2 秒……1 秒，复活。

“西红柿真好吃”再次开口 :“别管，点塔。”

在两人的攻势下，敌方水晶的血条也渐渐变空，但糟心的一刻来了，对方高爆发的法师复活，一套技能甩下来，江小鹿和“西红柿真好吃”的游戏世界画面变为黑白。

有心杀贼，无力回天啊！

但他们这方运气奇佳——己方的小兵负隅顽抗，为他们的胜利做出了伟大的贡献，推掉了仅剩丝血的水晶营地。

己方“VICTORY”的声音响彻峡谷。

这场对局惊险万分，最终胜利来之不易，江小鹿算是“久经峡谷”的老手，也依旧忍不住心潮澎湃。游戏结束，系统盘算成绩，她竟然看到“西红柿真好吃”在推水晶的时候换成了纯攻速装，怪不得塔掉血那么快，单薄脆皮的身板也瞬间被对方法师秒杀，不过兵行险招，万幸赢了。

之后，江小鹿点开“西红柿真好吃”的窗口，问：“你的声音有点像我一个熟人。”

“谁？”

“我邻居的亲戚。”

“是我。”对方改为打字。

江小鹿心想，虽然你的声音有一点像我男神斐承清！但斐承清都不玩游戏的。考量到这人不经意间讲了一个尴尬的冷笑话，她又干巴巴地转移话题：“你经常指挥五黑吗？最后你对战局的推测几乎没错啊！好厉害！”

“巧合而已。”

江小鹿怕又开始一场尬聊，下了线，准备洗漱就寝。

谁知道，金镶玉的信息立马就钻来：“你那小徒弟真的是新手吗？刚才这局翻盘完全就是他的功劳啊！”

江小鹿沾沾自喜：“名师出高徒嘛。”

“问问你小徒弟在哪座城市，如果近，我就约他吃个饭，下次组他玩游戏呀。”

这……虽然她承认对这小徒弟印象不错，但奔赴现实成为朋友，好像太过麻烦。她很忙，忙于学业，忙于代练赚钱，没心情去维系太多的社交关系。

和金镶玉闲聊了一会儿，江小鹿正准备关手机睡觉，隔壁寝室的同学突然风风火火奔进她们寝室，一惊一乍地叫道："小鹿，求渡劫，我上钻石就差最后一颗星了，但老是反反复复失败。"

彼时，江小鹿已经戴上了眼罩，钻进了被窝，准备呼呼大睡了。

寝室的姐妹说江小鹿刚躺下，可能睡着了。

那个妹子怏怏不快，失望地欲折身离去，江小鹿瓮声瓮气地开口："嗯哼，再晚一分钟，我可能就睡着了，手机给我吧！"

对于这种低端局，她轻而易举可带飞。约莫几分钟后，妹子的KDA[游戏术语：击杀（Kill）、死亡（Death）、助攻（Assist)按照一定比率来算的一个数值]战绩由负变成全场MVP，胜利的结局也毫无悬念。

妹子美滋滋地接过手机道谢，提出支付相应报酬给江小鹿，江小鹿拒绝了。

毕竟是同班同学，对方又是妹子，她怎好意思收钱。

不过当得知江小鹿在找兼职家教，妹子很热情地表示自家亲弟正在找家庭教师，并当场打电话给自己妈妈商量好面试时间。

"这？可以吗？"江小鹿知道对方家庭条件优越，对家教老师的要求肯定非同一般，自己能胜任吗？

"当然可以，我们学校的怎么可能连个初中生都搞不定，不过……"妹子嘿嘿地笑着，"只要你不教他玩游戏就好。"

扎心了！

她虽然是游戏代练、网瘾少女，但并不意味着她毫无节操，把自己的学生带上一条不归路啊。

南国的秋夜，浸透着薄凉。妹子离开后，江小鹿塞紧了海绵耳塞，全身蜷进了毛毯中。

她想起暑假里隔壁家的斐承清，浑身透着安静疏离感，但一旦靠近，又莫名温暖。

起初，耽于颜值，之后，沉于气质。

当她想继续靠近时，他消失了。

她明明知道，他本就是斐家的客，迟早要走。但他的不告而别，让她自觉理解为告白失败。于是，或多或少就有些挫败！

有些人，一旦擦肩而过，可能就是永别。

周六的面试是学生本人亲自上场，范程虽然才初二，但少年老成，对她也颇为认可，很快就定下了家教合约。

江小鹿本想新官上任三把火，在学生面前树立起教师的权威，没想到范程开局就给她一记凶残的下马威，定了三项军令状。

第一，辅导他课程的时候，不许玩手机、开小差。

接受！本职工作嘛！

第二，思考课题作业不能超过 10 秒。

勉强接受，毕竟再难，也不可能超过初中生的习题范畴。

第三，必须辅导他成为班级第一名。

什么？一个老在 30 名上下徘徊的渣渣要在一个月之后的期中考试力挫“群雄”，登上第一名的宝座？

“一个学期我有自信，但一个月之内要上升那么多名次，怕是有点困难。”江小鹿干笑，敲响了退堂鼓。

范程恨铁不成钢地白了她一眼：“怕什么，我肯定会配合你的辅导，只要你靠谱，第一名绝对没问题。”

“心急吃不了热豆腐欸！”

“第一届世界联赛总决赛的比赛在S市举行，我只有考到班级第一名，我爸才会允许我去现场支援神谕战队。”

神谕是A国主玩端游《峡谷战纪》的明星战队，此次与另外两个国家的战队竞争世界总决赛冠军，一些国内玩家秉承着电竞无国界的理念，对这支国外战队寄予了无限期望。

“这样，我们一起加油吧！不过听说、据说、好像……现场门票已经炒到了5000元一张！”

“这是你应该担心的事情吗？”范程又开口呛道，“你好好干，要是我考到第一，你也有大红包。”

在高薪的诱惑下，江小鹿接下了这不着调的兼职！

整整一个月，她都没有怎么打开过游戏，全身心投入这兼职中。

期中成绩出来了，范程领先第二名0.5分，成为排名榜上最受瞩目的第一名。范程的妈妈恨不得大宴亲戚，昭告天下。范程本人倒是很淡定，只是连连催促老爸赶紧为他订票，毕竟越临近决赛，越一票难求。

某天晚上，江小鹿收到了范程一个大大的红包。同时，他爸爸开口拜托她带范程去现场看比赛，费用全包！

嗯哼，可她对端游《峡谷战纪》的电竞比赛没太大兴趣！不过念在假期，又费用全包，她勉为其难地答应了吧！

人逢喜事精神爽，当晚，江小鹿打开了手游《峡谷战纪》，预备大战三百回合。

刚一上线，好多聊天窗口弹出来，多日未见的小徒弟“西红柿真好吃”恰巧也在线，还发了一则信息：“玩一局？”

她组队，邀请了他。

算下来，师徒两人整整一个月没有相见了。

江小鹿偶尔会登录游戏，领下活动奖励，但他的头像总是灰蒙蒙的一片，难得碰面，她当然要带徒弟飞上一局咯！

匹配局不比排位，玩法更随意轻松，半局下来，两人的优势像滚雪球一般，到处游走，逢人就秒，但向来意识极好的他们却不急于推塔，两人仿佛都想延长这半会儿的光阴，但都绝口不提久不相见的事情。

江小鹿抱着手机，突然觉得简简单单地和朋友组个队，虐虐菜鸟的游戏时光很静好！这种感觉，从未有过。

以前从不主动开口的“西红柿真好吃”突然打字：“明天我比赛。”

“啊，什么比赛？”

“没什么！”

江小鹿见他不愿意透露，也不准备穷追猛打：“加油，有好消息一定要和我分享。”

“我同事有急事找我，你们玩吧！”说完这句话，他的角色就原地不动——挂机了。

江小鹿有些郁闷，这人来无影，去无踪，大晚上的对战之中都能玩消失，职业到底有多特殊！

第三章 我可能有喜欢的姑娘

翌日清晨，晨曦照耀下的J大校园阒静无声。江小鹿背着书包，雀跃着前往高铁站："嘿，世界联赛，我来也。"

虽然她和范程到达会场的时间比正式开赛提前了两个多小时，但会展中心早已处处挤满了工作人员、COSER（角色扮演者）、玩家、媒体……简直水泄不通。

除了校运会，象牙塔里的江小鹿可没见过如此热闹的阵势。她天生好奇，每每问出的问题都让范程很无语，一副"你怎么可以这么白痴"的表情。

她乖乖地保持了沉默，毕竟她事先没做过功课，简直就是一个真白痴。

之后，开场倒计时开始，他们费了九牛二虎之力，终于从人潮中挤入了入场通道。刚准备入座，周围就传来一大片男性的欢呼呐喊:“艾莎，我爱你。”

而女观众也不甘示弱：“深蓝，你好帅。”

“神谕，神谕！”

氛围热烈到仿佛这不是一场电竞对决赛，而是一场顶级流量的演唱会。不过这倒也不奇怪，在这两支总决赛战队中，好些人经常代表战队亮相于世界游戏媒体与网络，因此粉丝号召力颇强。

历经前期的几轮激烈角逐，国外强队神谕和本国风之谷双双走上了总决赛的争冠舞台。

总决赛舞台上的大屏幕投射出两支战队的准备情况，虽然 10 名选手都穿着低调的战队服，但另一队却尤为瞩目——唯一的女选手，而且是网红脸级别的，另外四名男选手颜值也各有风采，其中一个男选手的颜值和气质更卓然不凡，令人惊艳。

而他的过往十分低调，名字和照片极少出现在媒体之上，前来的观众只知其主打位置，但认不出脸，对不上号。当他的脸部特写出现在大屏幕上时，众人都倒抽一口气，电竞圈竟然有如此俊逸的选手，这资质去混美男当道的演艺圈，怕是也能火上一把。

为什么以前从没媒体报道?

隔壁有声音传来：“那个是‘风之谷’的神秘中单，他自己很低调，从不曝光于媒体，但他补刀、意识、走位、技能预判完全碾压其他人，好期待他今天的表现！”

自从选手入场，江小鹿脸上的震惊就再未消失——数月不见的斐承清竟然是国内电竞市场顶级战队风之谷的人?

此时，屏幕恰好切换到他们风之谷的特写镜头。镜头中，杜艾莎望了斐承清一眼，满溢着似水柔情，金童玉女，看上去无比般配。

江小鹿心中略酸涩，不过就算没有杜艾莎的存在，她一介素人，对他也只能远观，而不可近处。

可是，自己对他的想念一直绵绵不绝啊！

惊喜与犹豫在心中纠结，她的脸色越发苍白。

范程不解地望了她一眼："你怎么比我还紧张的样子？你不是对这些东西不感兴趣吗？"

"我是不感兴趣啊，但台上这么多帅哥，我看了把持不住呀！"

其实，她只对斐承清的出现，把持不住。

范程翻给她一记高冷的白眼。

决赛采取 BO5 的赛制，即五局三胜。虽然江小鹿从未关注过端游《峡谷战纪》，但它的玩法、规则和手游《峡谷战纪》本质上是一模一样，因此她对现场战况也算了然于胸。斐承清是风之谷的中单，同时也是队里的战术家。一开始，对手"神谕"下路气势汹涌，把杜艾莎和射手压得透不过气，连兵线都不敢向前清理。随后，斐承清在清完中路小兵后，潜入河道，在下路取得双杀。

解说很激昂："'风之谷'中单巧妙预判'神谕'辅助的硬控，一个大招拿下双杀，这是世界赛的第一个首杀兼双杀！非常精彩！风之谷的这位中单其实一直以来都很低调，之前也参加过各种赛事尽管表现可圈可点，但他很少露面接受访谈，所以大家对他不是很了解……不过没关系，相信今天他会让我们见到他强大的实力。"

因这次小团，原本平缓的局势开始紧张。现场略微低沉的气氛也嗨起来，赞叹和辱骂齐飞耳畔！

之后，"风之谷"以神挡杀神的气势，不停地推塔围剿，雪球越滚越大，连续两局轻松击败对手"神谕"，两次成绩结算时，斐承清都是胜方 MVP。

两支战队正要中途休息，主摄像机突然扫到观众席上的江小鹿！

“你还挺上镜的啊！”范程打趣道。她一脸懵懂地望着大屏幕，心中的小鼓咚咚作响——天，那么斐承清会不会看到自己？

时机刚好！

斐承清的目光正好对上屏幕，但隔得太远，看不清他的表情。很快，他也收回了目光。

江小鹿又有些失落，他或许并没有看到自己。

这会儿，双方战队都趁着休息时间，回到了休息室总结战况，调整心态。

范程因他支持的神谕战队明显失利，有些闷闷不乐。于是，邻座的江小鹿不敢显露因斐承清获胜的喜悦。

之后比赛中，走位灵活、意识极好的斐承清数次成功逃脱对手的围攻，团战一旦发动，他常取得三杀、四杀，这首届世界联赛简直就是他的专场表演秀。

最后一局，“风之谷”战队以大顺风的优势推掉“神谕”阵营的水晶，在中单法师斐承清的带领之下，以 3 ： 1 的佳绩获得第一届世界联赛的冠军！

会场沸腾了，欢呼之声夹杂着抽泣与咒骂声。

“神谕”是世界级明星战队，在国际电竞舞台上屡获殊荣，拥护人数众多，是很多骨灰级粉丝的终极信仰。之前媒体也一直看好他们，谁知道遭遇滑铁卢，竟然被新队“风之谷”全方位碾压，选手自身伤心欲绝，他们的粉丝也失望不已。

可惜赛场无情，镁光灯只属于胜者。

当绝对王者风之谷站在舞台中央时，江小鹿的心脏几乎停止跳动了。

她很明确，舞台上最夺目的存在——斐承清正在看她的方向！可她今早起得太急，甚至都没有擦护肤品，肯定憔悴得跟个鬼一样。如果早知道斐承清就是上场选手，她才不会那么随意呢。

女主持很钟情斐承清的对局表现，不停地朝斐承清提问。斐承清冷淡应对，仿佛当一场寻常闲聊。旁边的深蓝倒很乐意表现，数次插话，主持人为化解尴尬，也愿意积极和深蓝互动。

江小鹿在台下看着斐承清挺拔颀长的身姿，心中更甜蜜了。

此次再遇，她更加确定——他值得这份喜欢。

只是这条楚河汉界太过艰难，她一个小卒子又何德何能敢厮杀到终点，将他这高贵的“将帅”吃干抹净呢?

例行的流程过后，《峡谷战纪》运营商替冠军队“风之谷”颁奖。

为冠军队颁奖的是游戏运营商的总裁。舞台之上，瘦瘦高高的总裁正准备把奖杯递给队长斐承清，斐承清礼貌地笑道：“奖杯和美女更配！”

“谦谦绅士。”总裁赞道，随即把奖杯递给杜艾莎。杜艾莎受宠若惊，连连道谢，望向斐承清的目光更蓄满了浓情。

她对斐承清向来是喜欢的，但当他绅士地把这份沉甸甸的荣誉与桂冠披于她身之时，她的爱慕和征服欲更为浓烈。

她，杜艾莎，天之骄女，她想得到的东西，从来都不忌惮有多麻烦！

而这一切，台下的八卦观众纷纷把它解读成一份暧昧之情。包括内心戏向来丰富多彩的江小鹿，她出神地盯着舞台中央，黯然神伤。

她的手机提示灯在包里一闪一闪，在光线暗淡的观众区中，着实醒目。

范程友好地提醒她。她掏出一看，已经有多个未接来电，均是邻居小胖子的夺命连环催。

她以为是小胖子要她上分，于是利落地摁掉了。谁知道，小胖子不依不饶继续拨来，嗯，没事，她继续摁。

大概一分钟后，来电提示偃旗息鼓，一条短信跃入手机屏幕上："小鹿姐，你妈妈出事了，你快点回来！"

容纳千人、座无虚席的会场中飘着一丝丝燥热，但江小鹿满身寒意，如坠冰窖。

妈妈又发作了吗？

她稳了稳心神，颤抖地走出会场，拨通了电话。那边小胖子还不待她开口，就带着哭腔道："伯母她动手把山下王婶给打破头了，飞叔和我爸刚把王婶送进了医院，但是你妈妈情绪还很激动，现在又在你房间砸东西，你快点回来啊。"

发作了，一定是发作了！她脸色苍白地挂断了电话，返回会场问范程什么时候走，她必须提前回家，范程因神谕战败，对后续流程兴致缺缺，于是两人决定立马买高铁票回 G 城。

而这边舞台上主持人继续走流程，分别宣布五个位置最佳获得者，斐承清毫无悬念地获得最佳中单，最佳 ADC（指物理伤害输出型英雄）和辅助也分别为深蓝和杜艾莎所摘获，其他两个位置则为亚军队"神谕"获得。

在这场全世界玩家共同关注的直播盛典上，斐承清无疑成为最闪亮的赢家。

主持人问："我想问问你获奖后，短期内你会做什么？"

"这是我第一次参加战纪 GPL 联赛，但也是最后一次，之后我会进入商业圈。"斐承清云淡风轻地说道。全场哗然！包括他战队的队友及俱乐部工作人员都面面相觑。

他的电竞事业才起步，尽管刚夺冠，但远没达到人生巅峰，以他的天赋，绝对能产生第二、第三个冠军，但怎么才惊鸿一现，就向全世界玩家宣告永久退出电竞圈。

斐承清的反应无疑显示了这是一个筹划已久的决定！

“为什么，难道你已经厌倦《峡谷战纪》了吗？还是你们家老板给的薪水不够？”男主持用打趣方式提出了大家共同的疑问。

“ROD 俱乐部其实给了我很多照顾，无论学习电竞知识，还是电竞之外的成长，我很感激 ROD 和我们老板。退役这事其实我跟老板和经纪人说过，他们也是支持的。之所以没公布，是不想影响大家对决的情绪，现在结局已定，也是时候了。”

中规中矩又得体客套的说辞。主持人想继续深究，但斐承清打太极糊弄过去了，他向来是个稳重的人，在事情没有彻底成功之前，他不愿弄得尽人皆知。再说，于他的角度来说，这份分享已非常详实具体了。

“那么，你有女朋友吗？”女主持人意味深长地笑问。

“我可能有喜欢的姑娘。”斐承清回答。

队友啧啧感叹，打趣：“谁啊，谁啊？我们俱乐部的吗？”

“可能就是我们艾莎哦！”二小刀道。

深蓝狠狠地望着斐承清，这场赛事上他本就大出风头，难道还要在这么多人面前，向艾莎告白吗？

他敢！深蓝咬牙切齿，额上青筋暴露。

俱乐部里所有人都知道，他深蓝爱着杜艾莎，他斐承清怎么能横刀夺爱？

而台下的观众更是哗然，八卦的火苗熊熊燃烧，到底什么样的姑娘撩动了如此惊才绝艳的天赋选手的心呢？

不少人的目光望向了杜艾莎。

本抱异样心思的女主持人略失望，旁边的杜艾莎更是脸色苍白，死死盯着斐承清，心中狐疑：她明确斐承清现在的动心对象并不是自己，那他又是什么时候遇上了喜欢的姑娘，为什么作为朝夕相处的队友，她不知道、不明了？难道是上次在他哥哥家遇上的两个姑娘之一吗？不行，下场后，一定要打探清楚。

然而，斐承清并未向公众释疑。

约莫中午饭点，决赛盛典彻底结束。

观众意犹未尽地走出会场，开始在各自的社交圈内分享观感。

当晚，斐承清“世界第一中路杀神”的名号在电竞圈、八卦版爆炸了，有玩家把他总决赛的精彩镜头合成剪辑成视频，流传甚广，甚至他这个名字立马升级为一个传奇般的精神符号，激励着无数青少年玩家对电竞的热情与向往。

不少玩家想把他的生平扒个底朝天，但是一无所获。他好像凭空出现在《峡谷战纪》的电竞殿堂里，不知从何而来。直到网络世界中有微弱的声音响起——早些年其他几款风靡一时的世界级游戏的电竞冠军也姓斐名承清。玩家们才蓦然发觉，原来游戏终归有天赋一说！

一下高铁，江小鹿立马就赶回老家处理这场意外。

家中早已一片狼藉，但江母依然没有停止砸东西，情绪激昂时甚至撞墙自残。江小鹿护母心切，急忙制止，但江母随手操起一块碎玻璃就往她身上砸。

千钧一发之际，隔壁斐嫂眼明手快将她拉出了房间。

江小鹿见事情已完全不可控，终于痛苦地拨通了李医生的电话。

李医生是市精神病医院负责江母疾病的主治医生，当初江小鹿接母亲出院之时，她对江小鹿表示，江母的病并未痊愈，如果再次发作，必须立马联系医院。

每次母亲无缘无故冲江小鹿发脾气时，她心里都暗暗祈祷，不要再次引发母亲的狂躁症。没想到千防万防，母亲还是发作了，并且打伤了山下村民。

在隔壁斐哥斐嫂的帮助下，江小鹿费尽力气把母亲送入医院，之后匆忙探望完伤者王嫂，时间已到半夜。

望着家里满地的物品残骸，江小鹿流下了无声的泪水。

自从父亲发生事故之后，江小鹿感觉人生开启了 Hard（困难）模式。当年母亲沉浸在父亲去世的巨大悲伤中，引发了抑郁焦躁症。尽管在医院住了小半年，隐约恢复正常，但事后经常发脾气，并常常散发强烈的攻击倾向。平时，自己受罪也就罢了，但这次打伤别人，巨额医药费和赔偿可如何负担啊？

收拾完毕后，她躺在冰凉的被窝中，无心睡眠。

白天还惊喜着与斐承清的重遇，但现在她不敢再去想赚钱以外的任何绮念……

她打开手机浏览器，检索着赛事新闻，“斐承清”的名字自然高频出现在新闻的摘要里，媒体的通稿中充斥着浓浓的赞赏与惊艳，不惜用“天才”“被神眷顾的男人”等词眼形容，人物配图尽管不清晰，但隐约可见斐承清青竹美玉般的风姿。

如今电竞脱离了玩物丧志的定义，被国际奥林匹克委员会列为正式比赛项目，端游《峡谷战纪》第一届 GPL 世界联赛的最佳 MVP，其重要程度无疑堪比奥运冠军吧。

江小鹿关掉手机，木然地闭上双眼。

承认吧，江小鹿，“斐承清”三字只是你无比漫长的命运字典里的“错过”字眼下的一小行注脚。

深夜的静途山冷清寂静，偶然传来夜枭的凄啼，让人不忍耳闻。

下半年，声名鹊起的直播平台“Showtime”整体搬迁至J大附近的5A级写字楼。

江小鹿望着这栋富丽堂皇的楼宇，深吸一口气，迈进了电梯。

她从没想过通过直播的方式赚快钱，可目前形势迫人，她只能出此下策。

半个月之前，她找闺蜜金镶玉家借了二十万缓解燃眉之急，这数字对于金家并不算大，金镶玉也明确表示这几年都无须偿还，可江小鹿总觉得浑身是压力，恨不得立马还债解脱。

于是，她白天教室、医院两头跑，深夜也不惜给人代练上分。给人上分不难，但每次的单也就几十块钱或者上百块，这些小钱对于这笔二十万巨款，实在是杯水车薪。

最后，金镶玉看不下去了，再次推荐江小鹿去做直播：“最近新崛起的直播平台Showtime年薪百万招聘主播，你真的不去尝试一下吗？”

她对直播向来不感冒，也很讨厌部分粉丝脏话连篇的弹幕。可是，直播应该是来钱最快的，她思前想后，点开Showtime官网，尝试了解下这个计划。

“Showtime”年薪百万聘主播的计划类似“卖身契”的玩法，签约，高额底薪+提成，然而在签约期间，每天必须直播5小时，并且2年之内，不能去其他平台直播，其他条条框框不胜枚举……但钱与名对人的诱惑实在太大，不少人愿意接受苛刻的约束，挤破头都想成为Showtime签约主播。

江小鹿也心动了，下载好Showtime APP，点开了相关的招募页面和报名通道，最后她在网站底部地址栏发现，Showtime公司就在学校不远处，于是决定登门自荐，提高入选概率。

出门之前，她请室友给她化了个美艳型的浓妆。

毫不知情的小双调侃她是否有约会，她含糊其词，敷衍过去。目前，她并不想透露出家庭状况，再说这背水一战也未必能成功，还是先保密吧，免得让人笑话。

当她化完全套妆，换上浅蓝连衣裙出现在室友眼前时，寝室内一片抽气惊叹声，连平时专注力极高的学霸秋秋都从课本中抬头，连连感叹！

化妆之前的江小鹿只能算邻家小美人，但清新寡淡的脸经彩妆修饰后，立马变得精致生动，碾压众多大眼睛、锥子脸的网红，且不缺辨识度。

在室友的啧啧声中，江小鹿红着脸跑出了宿舍楼，坐上了去Showtime的公交车。

Showtime直播租赁了整层办公室，新装修不久的办公区域处处透着一股时尚优雅的范儿，可能因为是注重颜值的互联网直播行业，进进出出的女员工都很高挑出众。江小鹿有些自卑，打起了退堂鼓。

可一想到巨额债务，她又咬咬牙，缠着前台姑娘引荐，最终敲开了运营总监何松明的门。

江小鹿礼貌性问好后，开门见山："我想成为你们'Showtime'的签约主播。"

何松明估莫着不忙，饶有兴致地问："自信有，颜值也算有辨识度，但直播并不是凭借颜值就能红的，现在有多少姑娘都是照着明星范本整，然后出来跑直播，可大火的也就那么几人。再说，你凭什么觉得你能成为我们的签约主播？"

"我，《峡谷战纪》最强王者101颗星，曾在服务器里创造200局排位不败的记录，迄今为止，无人打破！"

"就你？"显然，何松明是《峡谷战纪》的玩家，深知她口中所描述的辉煌成绩有多难以缔造。更何况，游戏的金字塔向来是男性的天下，端游《峡谷战纪》世界前十五强中，只有一个女孩子，那就是杜艾莎。

何松明不信。

江小鹿打开游戏端，把历史战绩呈给了他。

起初轻佻的笑渐渐消失，何松明脸上的表情越加严肃，最后他放下手机："你为什么想做主播？"

"我最近需要一大笔钱，还债。"

何松明笑了，带着几分轻蔑："理由很直率。那你还能说说你其他优势吗？包括你以前是否有经验，是否学过播音主持，有没有唱歌跳舞等才艺？"

江小鹿摇头，除了游戏，她别无天赋。

"那你觉得你开放不开放呢？比如，适当展现一下自己身体美好的曲线？"

江小鹿再次坚决摇头。

他叹气："最近我们收到了很多简历，虽然他们游戏没你玩得好，但他们的口才、经验、才艺，甚至开放度，都要强过你。我们非常欢迎你注册我们平台，和大家自由分享游戏，但若要直接聘请你为签约主播，我和我的团队都需要再考虑考虑。"

江小鹿黯然。

他的潜台词已经表达得很清楚明确。

她其实也深深明白，网上所传的直播平台百万聘请主播，无非也是因为这些主播经验丰富，自带巨大流量，能够快速说服观众自掏腰包大放血，为平台赚更多的钱。

"可我会努力学习，我不会比任何主播差。"

"差不差，观众说了算。"

"可是我真的急需钱，我会给 Showtime 赚更多的钱，请你相信我。"

“对不起，我再想想，你先回去等我通知。”何松明以客套而无情的话术下起了逐客令。

“那等您好消息，我就不打扰您了。”江小鹿深深吸了一口气，把精心准备的简历呈到他办公桌上，失望地离开了。

在房门闭合的那一刻，她深吸口气，步履艰难地消失在走廊。

Showtime 已经给出答案了。她或许真的没机会进入直播行业了。

斐承清恰巧自副总裁办公室走出来，他望着消失在转角的背影，心下有些意外。Showtime 是直播平台，诚然最近在大肆招揽主播，但暑假期间她和小胖墩说过，完全不想做主播，怎么如今主动找上了 Showtime。他狐疑，信手推开运营总监的办公室门。

满怀失望而归的江小鹿不知道，她的命运之门，已经随着斐承清而开启。

运营总监办公室。

对于从无直播平台管理经验、空降而来的副总裁，何松明内心并不是很服气。当他听这位副总裁说要招揽这刚上门毛遂自荐的菜鸟小姑娘时，他更是存着几分鄙夷。位子还没坐稳，就急于给人开后门，这职业素养堪忧啊。但他的态度依然平和，甚至循循善诱：“斐总，小姑娘并没有经验，我们这次招的也是具有丰富经验及表现力，拥有大片已有粉丝，能给我们变现的主播。如果要强行和她签约，损失的只会是 Showtime。”

斐承清瞄了瞄简历上的头像，嘴角染上了一缕淡如轻风的笑：“别忘了，我们是敢想、开放的互联网企业。直播是一个‘用眼睛投票’的行业，你见过本人，不能否认她容貌与气质的辨识度。虽然我不知道她直播风格是卖萌、逗趣还是更加……开放，但就凭她的辨识度和技术，她能火。”

何松明笑着套话：“斐总说得不错，但现在粉丝不一定有耐心陪伴毫无根底的新人成长。您很欣赏她，她是你朋友？”

斐承清深邃的眸子聚焦照片上浅笑嫣然的脸，脑海里回想起他俩的最后一句对话：“我追你的时候，你跑慢点，我腿短。”

突如其来的回忆让他的意识片刻真空。很快，他收回目光，平静中带着不容置喙的霸道：“新人才有新气象，互联网鼓励尝试，也勇于尝试。她，Showtime 要定了。”

运营总监无言以对，良久，他把一沓附带高清照片的简历推到斐承清面前：“既然斐总发话，那就把她划到游戏频道的主推主播计划吧。这是运营部这段时间前期接触并有意向签约的一批主播，您看看吧。”

“嗯。”客套一番，斐承清接过简历，低头认真翻阅！

没有得到 Showtime 的明确认可，江小鹿失魂落魄地走回寝室，几位室友紧张兮兮地看着她，一副欲言又止的神情。最后，还是心直口快的小双问：“今天约会情况如何？是不是已经征服男神，唱起凯歌了？”

她下意识想反驳，可转念一想，失恋的借口总好过被 Showtime 拒绝，于是她故作夸张地悲叹：“对啊，网友见光死啊。”

“干得漂亮！我们不要丑男。”

“可惜，是我被嫌弃了。”江小鹿叹气，神思略恍惚。说罢，她又下意识看了看手机，并没有错过任何未接电话和短信，于是眉头皱得更紧。

“化妆之后的你这么美，竟然还有人嫌弃你，眼睛是长在脑顶吗？”茹昕道。

“就是，江小鹿的脸并不比那些锥子脸直播网红差啊。”

“……”

一听她被嫌弃，其他室友炸开一口义愤填膺的锅，仿佛是自己被拒绝了一般。

江小鹿的双眸重新燃起一簇小火花，她反问道："是吗？我真的比那些直播网红好看吗？"

室友们点头如捣蒜，看不出是真夸，还是为了照顾江小鹿的面子。但她们都好奇向来素面朝天，不修容色的江小鹿为何突然注重起容貌来，难道真是红鸾星动，却流水无情？然而不待她们开口，江小鹿又发问：你们觉得做主播需要什么特质？"

寝室内的一群女人简直找到了自己可指点江山的主场，你一言、我一语，翻动着嘴皮子，纷纷叽喳开来。

"在这个看脸的社会，美貌，肯定是首要的！"秋秋说。

"其次，总得有点才艺吧，唱歌、跳舞、乐器、书法、武术都可以，再不济你总得会撒娇卖萌呀？"

"就算你不会才艺，也要秀秀事业线，露露大长腿吧，这样也会有一群小哥哥宁愿自己吃泡面，也会帮你众筹买宝马、香奈儿啊。"

"对对，人有多大胆，地有多大产！"

起初，江小鹿听得十分入神，之后室友越说越歪，便插话打断："那你们觉得游戏主播呢，如果想出名，这个行业需要什么优势？"

"那还要问？自然是游戏玩得 666 啊。"小双华丽地飞给她一记"你是白痴"的眼神。

"那你们觉得我去做游戏主播，行吗？"江小鹿期待地看着几位呆若木鸡的室友。

此言一出，震惊四座。小双、秋秋突然激动地熊抱住她："大神，你终于要上直播了吗？太感动了，你一出马，谁会是你的对手啊？"

"快，你想到哪个平台注册，想起个什么大名儿？"另一室友茹昕扑到桌前，打开电脑，点开各大平台首页注册页面。

江小鹿蒙了，室友们经常打趣叫她开直播，没想到当自己真提及此事时，她们竟然比自己还激动。她害羞道："还得想想，想好了再告诉你们。"

仨室友失望地散开来，但江小鹿心内的涟漪实则一波接一波，并未平复。

她首先匿名在游戏代练群内问当下最红的几个游戏主播是谁，为什么喜欢她们直播等问题。群内热衷分享的玩家一一告知，并说出理由。之后，江小鹿立马就到网上找她们游戏直播的视频，从直播房布置、主播妆容打扮、说话风格及游戏表现力等方面逐一分析。

她就读J大王牌专业——市场营销，品牌、数据的调研分析只是其专业的基本功，因此她很快就摸清了几大当红游戏主播的套路。在女性玩家中，几位女主播的游戏水平的确出彩，长相也都极具竞争力，直播更有风格，连求打赏的方式都各有千秋，或直言、或卖萌、或撒娇，自己这性子，怎么才能突破重围，让观众支持关注呢？

江小鹿把各大主播的直播片段研究了整整一个下午，大概总结出一些心得。晚饭过后，江小鹿又打开了手机游戏，完成客户的代练要求后，再次登上自己的游戏账户。

自从把母亲送入医院后，除了代练赚钱，她几乎从没有登录过自己的账号，乍一上线，诸多对话窗口挤进来，主题无非是"大神，让我抱抱大腿"，或者就是同一层次的高水平玩家问她："为何久久不回，是不是放弃了《峡谷战纪》？"

她关掉窗口，一刹那觉得乏味透顶。她是真心热爱这款游戏，可是如今这局面，并没有太多精神匀出来分给它。

正要下线，界面跳出一个来自"西红柿真好吃"的组队邀请。她犹豫了一下，拒绝了。

但很快，从不主动私聊的“西红柿真好吃”发来信息：“好久没看到你了？最近有事？”

糟心的家事不便向外人道，他一个陌生网友也帮不上什么忙，于是江小鹿敷衍道：“还好。”

“有什么事需要我帮忙，尽管说。”

江小鹿没想到隔着无数道信息波的网友仿佛知她心事一般，温情脉脉。她心头不由得涌过一阵暖流，于是开玩笑般地问：“包括借钱吗？”

可信息一发出去，她又后悔自己太过鲁莽。非亲非故又素未谋面，人家客套有礼，自己怎么恬不知耻呢？她立马补发：“开玩笑，别当真。”

“银行账号给我！”

“不好意思，我开玩笑呢！”

“我没开玩笑。”

在江小鹿的印象中，“西红柿真好吃”向来沉默寡言，但说出的每一个字都真实有力。他的确没有开玩笑！但江小鹿既然已向死党金镶玉家开口借钱，那自然不会寻觅多头债主，透支人情。

“谢谢小徒弟，为师现在身体倍棒，吃嘛嘛香。日子美得不得了，不需要支援！”江小鹿感念“西红柿真好吃”的仗义，不忍让气氛变沉重，调侃着。

“西红柿真好吃”没有回话。

“话说，你关注过游戏主播吗？你喜欢什么风格的女主播？”江小鹿对直播之事依旧心心念念，于是又借机调查起来。

“现在还没有。如果有天我喜欢的游戏主播出现，我再告诉你。你，想去直播？”

难得“西红柿真好吃”问了，江小鹿当然坦诚回答：“是啊，你觉得我能行吗？”

“会火，相信我。”寥寥五字，却莫名透着坚定不移的信任。

“那到时候爱徒要来捧场哦。”

“会的。我有事，先下了。”话刚落音，“西红柿真好吃”的头像又灰了。

这人神出鬼没，一如既往。不过好歹比之前健谈了些，不再不打招呼就下线。江小鹿忍不住扬起嘴角，这几句来自天涯的陌生支持，让她在冰冷愁海浮沉的心有了一丝暖意。

因室友及“西红柿真好吃”的鼓励，江小鹿对未来的直播事业充满期待。隔日，和好友金镶玉、麦芽糖一商量，那两人兴奋得不得了，连连劝她立马行动，说干就干。金镶玉甚至说，等江小鹿首播那天，她要带粉丝团去摇旗呐喊，加油鼓气。

可想到在 Showtime 自荐遭遇的滑铁卢，她便愁眉不展。

于是，入局直播平台一事暂时搁浅。

虽身负巨债，急需筹钱，但江小鹿还是丝毫不敢耽误正业——上课。当年父亲在 ICU（重症监护室）留下的遗言便是要她照顾妈妈，好好学习。她没有尽好第一责任，她不忍心再荒废了学业，让远在天国的父亲寒心。

周五下午，综合教学楼安排了两场公开选修课——马恩思想（马克思、恩格斯）。这种政治意义大于现实价值的课程向来不太受学生推崇。但在学霸秋秋的带领下，江小鹿她们寝室每次雷打不动地按时上课。

课后，几人抱着书本，准备回寝室。刚走至楼梯处，小双惊讶地指着一个被人群簇拥的高挑女孩道：“江小鹿，快看，那就是臻臻。”

江小鹿定睛一看，传说中的臻臻妆容精致、身段婀娜，的确引人注目。

臻臻仿佛听到了小双的话，微微向她们这边莞尔。

“有礼貌，有气质。”江小鹿称赞。

“果然，能火也是有理由的嘛。”茹昕道。

但簇拥着臻臻的少女们可没臻臻那么好的涵养，她们对江小鹿一行人翻了个白眼，随即又转头，叽喳着：“臻臻，最近雷大公子对你好热情啊，他不仅在直播间给你刷那么多贵重的礼物，还在微博上公然表白呢！”

“对啊，虽然他混迹主播圈，可第一次见他对女孩子表白呢？”

“不过咱们臻臻粉丝那么多，也不乏富二代、官二代。”

……

几位女孩话语中满溢着羡慕。

江小鹿平时不太关注八卦，但对“钱多、戏多”的地产大佬富二代雷公子还是略有耳闻，能得众多粉丝青睐，这女孩的直播表现力一定非常出色！

她不由得再次打量臻臻，谁知就在那一瞬间，臻臻也正端详她。

四目相对，空气中涌动着一股莫名其妙的火药味。

江小鹿狐疑，不明白臻臻眼中那股说不清、道不明的嫉恨源于什么？但她由此察觉到，这随时面带微笑的主播臻臻内心可能不似外表那么亲和友善。

“蜗牛背着那重重的壳呀，一步一步地往上爬……”

正思考时，中二的手机铃声响起，屏幕上跳进一个陌生的座机号码。

是不是 Showtime？

可她也不敢期待，毕竟经常接到乱七八糟的中介电话，已经失望了好些次；可她又不敢彻底挂断电话，如若不接，说不定真错过 Showtime 的机会了。

几乎没有任何犹豫，江小鹿按下了接听。

“喂，您好，请问您是？”

她的铃声太过特别，当声音一响，所有人都不由得对她行“注目礼”。她尴尬地笑，掩住耳机，尽量降低自己的存在感。

然而……当她听了电话那端的介绍之后，她立马咋呼了：“什么？我真的通过了Showtime‘筑星100’计划吗？肯定是游戏直播栏目，对吧！那我接下来应该配合您做些什么？”

最近大火的“Showtime”字眼又把众人的视线拉了回来。这几个月，Showtime声名鹊起，创立四个月，就吸纳了一千万用户。最近又砸重金，风风火火造“星”，引发玩家的集体关注。

幸运来得这么突然，江小鹿仿佛一条涸水的鱼重归碧海，瞬间恢复了生命力。

旁边室友问她什么时候参加了Showtime的“筑星100”计划，她这才意识到自己在公众场合失态了。

她讪讪道：“待会儿和你们说。”

接下来，Showtime的工作人员把后续的合作事项及流程粗略介绍了一番，并表示届时会有专人对接。

江小鹿强按住内心的激动，挂断电话后才发现几位室友的眉头挂满了“问号”。

“说，你什么时候参加Showtime的筑星计划？”

“为什么不告诉我们？”

“这……我也是闹着玩的……谁知道，运气不错呢！”江小鹿嬉笑着。

秋秋捏了捏下巴：“话说，你们刚才没有看到臻臻那一脸的嫉妒啊？那眼神简直想把你烧烤着吃。”

另外两个室友表示没留意，但江小鹿却心下明了，作为当红游戏主播的臻臻，自然不愿自己在Showtime的推介下风光入局，争夺游戏直播市场的一杯羹。

但，她臻臻又算什么呢？如今，就算有人用刀架在自己的脖子上，她也不愿放弃“Showtime”这根救命稻草。毕竟，再也没有一个行业比直播来钱更快！

等她赚够钱，还完债，她就可以把妈妈送到国外，让妈妈接受最好的医疗，让妈妈恢复正常人的生活节奏。美好的愿景仿佛近在眼前，她忍不住展颜而笑。

第四章 神秘『金主』

对于入选“筑星 100”计划的主播，Showtime 均会安排运营部工作人员专人对接工作。在自己的员工一一电联这批主播时，路过的斐承清脚步略微停滞了一下。

那日，江小鹿离开 Showtime 不久，斐承清就拨通了堂哥的电话，例行询问之后，状似无意地说起邻居女孩想在他们公司平台直播。

堂哥叹口气，说出江家最近的遭遇。

斐承清没说什么，挂断堂哥的电话后，他用手机登上《峡谷战纪》，处理工作文件之余，瞄一眼手机屏幕，看“微雨燕双飞”是否上线。

直到晚上，他的朋友列表里，“微雨燕双飞”的头像终于姗姗亮起！

斐承清自知个性并不热情，不会对外部的人或事投入太多时间精力，但自从她出现之后，心湖涟漪始终未曾平息，一听她家发生变故，他甚至有些着急。

或许，暑假她问的那个问题，他已经悄然给出答案！

然而，游戏里的“微雨燕双飞”拒绝了他的帮忙，故作轻松地说自己一切顺利。让他心疼之余，又存些敬佩。女孩子独立是好事，但要是Showtime没给她这个机会，她去哪儿赚这一大笔钱呢？

他许久没和她组队玩游戏，正想拉她在峡谷里玩一局时，Showtime另一个大投资者陈敬常力邀他参加另一个局——饭局，他不好拒绝，只能下线。

不过，这个饭局不比峡谷里的杀人局来得轻松，约莫是运营总监向陈敬常告状，说自己罔顾公司实际利益，干涉主播管理，浪费平台有限的推荐资源，强行签约一个毫无经验的姑娘！

陈敬常虽和斐承清私交甚密，但作为经验丰富、追求回报率的投资者，陈敬常也不愿自己的投资被无故糟蹋，于是想借此饭局，起到敲山镇虎的作用。

人际关系上，斐承清没有逢人说人话的八面玲珑，但他善察言观色。听完陈敬常开场后，他微微一笑：“她是我哥哥的邻居，我见她玩过几局高端排位，力挽狂澜，秀翻全场。据我所见，现在直播市场应该没有一个女主播能超过她的意识和水平。”

没想到陈敬常这段时间也深深迷醉于这片风起云涌的峡谷，一听斐承清如此形容那个女孩，饶有兴趣地反问：“有这么厉害的女孩子？我以前可从没见过你这么夸奖人的！”

“你要是有账号，可去游戏排行榜上查她的战斗力、段位及胜率，目前就这三个指标来说，无人能出其右。”

“哦，是吗？”陈敬常兴趣来了，当场登录游戏，翻阅起“微雨燕双飞”

的数据。

微雨燕双飞——王者段位 122 星，10 个常用英雄胜率 80% 以上，历史战绩中，几乎把把都是 MVP。

这实力，堪称恐怖！

如果这女孩稍微有些姿色，表达流畅，那绝对是游戏主播中的明日之星。

陈敬常捏了捏自己的下巴，一副兴致盎然的模样：“虽然我好友圈里不乏王者，但战绩数据这么漂亮的人，还真没有。”

陈敬常虽是投资圈内的资深人士，但实际年龄不到四十岁，他与大部分 80 后一样，对网红、游戏、电竞、动漫、电影等文化深感兴趣。

“对了，她和你的技术相比，如何？”陈敬常盯着已在 MOBA 电竞圈封神的斐承清，笑问。

这是个让人陷入两难的圈套！

“我们从没 SOLO 过，怎么能判断出来呢？”斐承清语气轻淡。

这般回答勾起了陈敬常的好奇心，他主动提出要斐承清陪他 SOLO 一把。

“让我来真的？”斐承清挑眉。

“我们之间来假的就没意思了！”

斐承清登录自己的游戏账户，进入 1V1 模式。虽不知对方会选什么英雄，他自己平时玩得少，也没赚多少金币买更高端的英雄，于是随手选了一个免费新手英雄——上手简单、无位移的弱势射手。

当游戏进入加载界面时，陈敬常笑了，斐承清选择一个如此弱势的英雄，这不是白白给自己机会虐翻他吗？

在现阶段游戏版本中，以普攻出伤害的射手后期在队友的保护配合下虽可逆风翻盘，但毕竟防御低、身板脆，在同等经济下，一旦和战士、刺客单挑则是见光死。陈敬常选的是有位移，高伤害的，骑着一匹马便可在峡谷丛林之中横冲直撞的铁血战士。

它是短腿射手的天敌！

无须对决，胜负已判！

然而，斐承清的射手却十分谨慎猥琐，它只待在塔下清兵，甚至凭借着在端游里培训出来的补刀技巧，点杀小兵，无一不漏，装备甚至比陈总还多出一个小件。

陈敬常愤愤然："有本事就出塔干啊。"

相对他的无可奈何，斐承清却是云淡风轻："这个游戏本质上不就是一个塔防游戏吗？别急，待会儿自然有时间杀你。"

"很嚣张啊！"

鏖战一分多钟，陈敬常装备出了一件可将对方攻击伤害转为魔法值返还给对方的防御装。这会儿，纵使斐承清经济再好，怕也是无力回天了。

装备压制。

然而，射手经济肥了，胆儿也大了，它开始出塔和骑士正面杠了。

骑士就盼着这一刻。陈敬常屁颠屁颠地骑着马，预备发起冲锋，利用技能将射手踢到自己塔下，让己方防御塔和小兵一起攻击脆皮射手。

谁知射手仿佛预判出它的意图，一个灵动的闪现，将两人拉开位置，射手利用先天的长攻击范围，疯狂扫射骑士。

射手攻速快、攻击高、吸血强，不出一两秒，骑士的血就噌噌掉了一大半。

接着，射手又趁骑士回水晶营地恢复生命值时，带领小兵推掉了对方一塔。

骑士被短腿射手教做人后，也不敢贸然激进，但总想找时机切掉射手的小身板。然而，斐承清卓绝的电竞意识并不是吹出来的，他几乎每次都能精准判断骑士的走位及技能释放，总是将自己保持在安全距离之内，又能攻击短手骑士。

骑士无可奈何，射手不动声色。对局在僵持。

“秋秋，你说这条街会不会有多余的单间出租呢？”突然，门外传来一道熟稔的声音。一束微麻的电流传过肌理，直达心底，斐承清讶然无比，转向声音之源。

窗外，搅乱他心湖的那只密林之鹿——江小鹿正和一个女生兴致勃勃地闲聊着。

他们就餐之处恰在J大后门街道，人来人往尽是J大学生，在此遇上江小鹿并不算稀奇。街灯溢彩，霓虹流光，江小鹿的红裙在暮风中摇曳如盛夏之莲。画面绚烂飘逸，璀璨极致。斐承清自己的阅历与年纪已经过了以貌取人的稚嫩，可那一刹那，他深深醉在马路上的那片光影之中！

手机屏幕上的射手亦走位毫无章法，骑士抓住这绝妙的时机，一套连招带走这只小短腿。

陈敬常并不知情，他以为这就是斐承清的真实水平，他为击败高手而得意：“瞧，果然还是我的英雄厉害。”

趁着射手复活期间，陈敬常趁机把斐承清的水晶营地推掉。

“陈总厉害。”斐承清望着灰白的死亡画面，淡淡轻笑。他职业选手出身，早超脱于求胜之境。别说好友之间的切磋失败他能受得起，就算职业赛失败，他也不会过多挫败。

再回头，那一抹暗夜红莲已消失无踪。

斐承清的眉头也不由得染上了几许失落。他故意低头浅抿一口茶，随即抛出一个话题，转移了对方的注意力。

Showtime的"筑星100"计划是当前直播市场最引人注目的主播扶持计划，它福利好，高额底薪加高额提成，签约主播的收入起码比其他平台的同等主播多上一半。但报名的人数多，名额有限，在僧多粥少的情况下，平台当然是择优录取，入选的主播除姣好的外形气质，每人都身怀特长，且有直播经验，并积累了一定粉丝！但不知不觉"被走了后门"的江小鹿是个例外。

江小鹿猜测可能是自己虔诚、迫切的渴求感动了那天的运营总监，否则自己除游戏天赋之外，其他条件均没有达到Showtime的录取标准，怎么可能被破格中选？资质不够态度凑。所以，当面签的工作人员冷冰冰地、表情略带鄙夷时，她只是强压内心的悲哀与委屈，继续微笑着走完签约流程。

现在她没法像小说或电视剧里的主角一般，清高地走出Showtime大门。Showtime来钱最快，她现在需要它！在维持基本的尊严体面下，有求于人的姿态该怎么做，她懂。

待双方顺利签完合同，她就立马跑出来租房。

室友虽支持她直播游戏，但没弄明白她为何要和Showtime签订如此苛刻的"卖身"条约，难道做自由主播不好吗？想玩就玩，每天根本不必录满五个小时，学业、直播均能兼顾。

江小鹿只是嘻嘻地笑："要玩就玩真的嘛。"

向来主张以学业为主的学霸秋秋可不认同："虽然我们每天都有两三节课可匀出来自由活动，但你要知道我们是什么学校、什么专业呀，大部分同学还嫌上课时间少呢！"

"这……放心啦，学霸大人，我不会落下学业。再说我也不想在寝室直播打扰你们的日常嘛。"江小鹿宽慰着室友。

大学城旁的单间好租，价格又不贵。当晚，江小鹿就在学校后门租了一个便宜的单间，然而——极为破烂。

当好友金镶玉和麦芽糖来看她时，见到出租房环境后，一个暴怒，一个叹气。

“我们都知道你最近缺钱，但你这种破破落落的直播环境能吸引观众吗？而且这房间是人住的吗？不行，你必须换地方！”金镶玉拉着江小鹿就想离开。

“没关系呀，麦芽糖学的室内设计，肯定有把茅屋变豪宅的本事！不要这么不相信你的男友嘛。”江小鹿亲昵地拍了拍死党生气的脸。

若是有能力、有资本住豪宅直播，谁又愿意在这种朝夕背光的房子里苦己心志，磨己筋骨呢？金镶玉向来仗义热心，只是有时候不太懂换位思考，体悟旁人的难题！

“不行，这里住户杂乱，环境又差，我不准你住这种地方。没钱，我和糖糖借你就是了。”

“可是，我已经借了你家二十万巨款，已经够不好意思！”

“我们之间还分什么彼此？”金镶玉对好友的见外更为生气。

江小鹿望向麦芽糖求助。麦芽糖自知女友出于一片好心，也不愿逆她心意，但他更能体谅江小鹿的两难。他揽过女友，呵呵地圆场：“香芋，以我的水平，肯定能把这房间改造得像人间仙境一样。再说了，这毕竟是大学城，也乱不到哪儿去的，不要太为小鹿担心了。”

“你是猪啊，麦芽糖。”香芋瞪男友一眼，恼他为什么不和自己站在统一战线。

江小鹿对麦芽糖的圆场点头如捣蒜，继续哄着好友：“对，等我赚了钱，我肯定换一个更好的地方，到时候租个大豪宅，我们一起直播，麦芽糖的设计工作室就开在我们隔壁，好不好？”

“这个想法不错。我们要是真赚了钱，买一个大房子一起住吧，哈哈哈！”

于是，两人的分歧暂且化解。中午三人吃饭时，香芋突然问她是否与男神斐承清哥哥有联系，江小鹿眼底黯然。她现在哪有心思去想这些风花雪月的事情。再说，斐承清他荣耀披身，是电竞殿堂里的传说，自己一介素人，与他毫无交集，何来联系。

然而话至口边，却变成了厚颜无耻的吹嘘，她笑："任何帅哥在我面前，无所遁形。承清小哥哥段位虽高了点，但已拜服在本仙女的石榴裙下。"

八卦兴趣被勾起，金镶玉连连追问："真的吗？进展到哪步了！实现了你的扑倒吗？"

"扑倒了呀，还快生猴子了呢。"江小鹿笑嘻嘻道。

"不可能吧？真有了？"金镶玉差点从凳子上跳起来，猛然拔高的声调让餐厅的人齐齐望向他们三人。

旁桌的商务人士打扮的男人忍不住望了他们好几眼！

自小他们仨鬼混在一起，经常说一些牛气冲天的话或干一些脑残弱智的事情让旁人围观哄笑，哪怕是恶意的嘲笑，他们也自动免疫了。

江小鹿继续旁若无人，娇滴滴地点头。

金镶玉突然显露出一副高深莫测的微笑，好像在说："你继续编，戳穿了你算我输。"

而麦芽糖只是宠溺地看着女友和死党，时不时给她们夹菜添饮料。

三人离去时，那人又盯了江小鹿好几眼。

斐承清现在是游戏圈里的一个传说，自从他带领风之谷拿下世界联赛的冠军之后，诸多电竞俱乐部老板的电话纷纷打来，队长或教练职位随他选，薪水也随他自己定——只要他愿意！

然而斐承清一一拒绝，并且口风极紧地没有透露出自己下一步职业规划。

媒体也死缠烂打，想拿这位天之骄子的人生历程好好做做文章，斐承清总是恰到好处地回绝了采访要求。

风之谷其他选手初尝世界荣耀的甜头，很是活跃于媒体的镜头之下或笔端之上，但对斐承清这三个字，几乎都保持了如出一辙的默契——心思各异，避而不谈！

但万能又八卦的网友可不会这么配合，在海量碎片化的信息中，他们把斐承清的履历拼凑成一个粗糙又全面的画像：斐承清诞生于一个知名旅游区内的小山村，父母因为职业不同，长期分居两地。母亲是小学校长，父亲职业神秘，他从小就表现出极强的游戏天赋，无论什么游戏，只要给他几分钟研究时间，他几乎就可以一举称王，被同学及电游厅内的玩家誉为“打”遍天下无对手。甚至连他抓过的娃娃机，都像被鬼子扫荡一般，空空如也。后来，后来……他就成了电游厅里的“黑名单”榜首。

按理说，这种天赋在身，已是上天厚待，可要命的就是他从小到大，就是学霸人设，虽不是常常得第一名，但大考小考总是名列前茅。

后来，网友又把他参与过的游戏列出获奖清单：

MOBA 游戏《峡谷战纪》全球联赛第一中单；

世界级射击逃生游戏《绝处逢生》单人赛的世界冠军；

世界级 RPG 游戏《屠龙勇士》最高竞技点数剑士；

甚至休闲类的扫雷游戏，他都可以碾压众人……

无论哪个游戏，玩家数量均以亿计，但他仿佛天生自带光环，无论哪款游戏，他都可轻易跃居金字塔，把其他玩家远远地甩在后头。

天赋自成！

这种传奇而又神秘低调的人设，拥趸众多，特别是喜欢梦幻浪漫的女粉丝，当然其中也包括江小鹿。但琐事环绕的江小鹿可不如其他勤快的粉丝，为偶像搭建网站，组建粉丝团，刷帖子，她只是默默地关注，默默地祝福！也默默地为自己的直播事业做前期准备工作。很快，首播的日子来了。不过江小鹿被自己蠢哭了。

所谓钱难挣，屎难吃。她在电子城淘的电容麦克风竟然在她首播之夜罢工了！当着金镶玉好几千人的粉丝团罢工了！

一天之前，已积累丰富实战经验的金镶玉对她千叮咛，万嘱咐，准备工作一定要提前做好。比如要检查设备运行是否正常，妆容服饰是否得体，直播环境是否整洁私密等等。谁知道，当金镶玉在自己直播房间里三吆五喝，率领着滔滔队伍前往 Showtime 应援江小鹿时，江小鹿的直播现场惨如车祸现场。

在那廉价的电容麦克风中，江小鹿的声音就像一个气喘吁吁的老爷爷，时断时续，视听体验极为差劲。

尽管今日的江小鹿妆容清丽，在摄影头中颇为可人，在游戏对局中 carry 全场，可屏幕上飞过的弹幕可不捧场……

剩蛋老人："芋头儿，我板凳瓜子花生都准备好了，你闺蜜就给我看这个？"

帅到被通缉："第一次看到首播麦克风拆台的，这主播有点穷啊！"

游客 2076902："但她游戏玩得还可以！"

胸小脾气大："走了走了，都不知道她在说什么！"

……

正提着大砍刀，在峡谷中追杀的敌方的 ADC"梁红玉"可没察觉自己的麦克风在拆台，她一边操作角色，一边调侃："我就不能忍受长得比我漂亮的人还比我嚣张，看我的佛山无影脚。"

尽管敌方 ADC 有快速冷却的位移技能，但“梁红玉”的走位预判压制几乎一个比一个准，最后，一个完美的指向技能，女战士单杀即将超神的 ADC，为己方夯实了显著的团战优势。

平心而论，这波操作在高端局中，表现也算精彩。

江小鹿说：“ladys and gentmen，鲜花掌声在哪里？”她抽空想去看实时弹幕，但立马像被霜打的茄子——蔫了。

在线观众 99 人！仅仅 99 人！

她可是 Showtime 签约的主推主播，死党金镶玉还带了一大片粉丝前来捧场，室友也在自己的朋友圈内提前造势。按理说，这种情况上万并不夸张，可她现在观看量缩水到百分之一。一个无任何宣传、应援、经验的新人开播也怕不止这个数字吧。

弹幕也少得可怜，大概最活跃的就是金镶玉、麦芽糖还有自己三室友，他们刷着毫无存在感的评论，并没拉动整个直播间的气氛。

“小鹿果然大神！”

“带我们飞。”

“人美技术又好，真棒棒。”

江小鹿黯然，或许那天 Showtime 的运营总监说得没错，自己可能真的不适合当主播！

游戏还在继续，她望着惨淡的观众，手足无措。

突然，屏幕上飞出一碗“鸡汤”：“每一条路开头都充满艰难，现在的数据只能说明你还可以走一段长长的上坡路。”

源自观众“知味”。

“知味”话刚落音，屏幕上显现出卡通别墅的特效，系统提示：“知味”送给“迷路小鹿”一栋别墅。

Showtime 直播平台上，“别墅”“跑车”“游轮”“鲜花”等都是打赏道具，分别对应不同的价格，别墅最贵，1288000Show 币，兑换为人民币的话，约 1288 元。

按理说，单看 1288 元并不觉得高，但这是江小鹿接到的第一个陌生网友的打赏，意义分外不同！江小鹿感激涕零，但原本准备的那套娇滴滴的感谢说辞堵在喉咙。

气氛冷场几十秒后，她干巴巴地说："大侠，我无以为报。我来带你上分，如何？"

"知味"并没连麦，他用文字简单地回应："好。"

之后，再无发言。

在"知味"的带领下，香芋及她的几个铁粉也慷慨解囊，顿时屏幕上的道具特效闪闪发光。江小鹿清丽的眉眼笑得如弯弯月牙一般。

做这行的主播不可能永葆清高之境，或多或少地希望被观众的言语所支持，被物质所打赏。江小鹿注册账号之时，也充分做好自己即将迈向市侩的觉悟。从此，粉丝是她的衣食父母！言行举止不能得罪粉丝，话题甚至还得迎合粉丝，粉丝打赏时，感恩是必不可少……

在几个熟人的支持下，江小鹿的状态转好，带领路人队友，顺利上得一星。

在接下来的直播时间里，时不时有观众进入房间，但江小鹿蹩脚的麦克风并没有留住他们，最后直播快结束时，房间仅剩金镶玉、麦芽糖和三室友、知味六人！

江小鹿忍住心头的巨大失落与难受，继续走完直播流程："谢谢，请继续支持江小鹿的直播，明天我们不见不散！"

关掉摄像头，江小鹿坐在窗户前，发着呆。

然而，金镶玉并没敏锐察觉好友的心绪，她待直播结束，再也忍不住心头怒火，微信语音甩过来："你这个傻女人，你的麦克风是在哪个垃圾桶捡的？”

“虽然是二手的，但也不许你侮辱我的吃饭工具。”江小鹿莫名其妙，不知死党的怒火从何而来。

手机那头的麦芽糖忙出来维护女友：“小鹿啊，如果不是我们友情在支撑着，就你那麦的语音质量，估计仅有那‘知味’坚守了！”说罢，又详细给江小鹿描述了一下房内情况。

江小鹿此时才明白“吃饭工具”把自己搭好的台拆得一丝不剩！虽然她事先已检测无误才开直播，但这种低级错误依旧让人懊悔不已。

出师未捷啊！

金镶玉又问“知味”是不是她的铁杆追求者，否则怎会如此大方相待！

江小鹿连连否认，虽然她的红鸾星上偶尔会来些烂桃花辣眼，但如此慷慨的铁杆追求者可还没出现。

或许这就是小徒弟“西红柿真好吃”？毕竟“知味”惜字如金的风格与他如出一辙！但她事先并没有告诉过“西红柿真好吃”自己的主播房间号呀，对于这个猜测，她自己又否定了。

尽管金镶玉恨铁不成钢，但事情已经发生了，她除了对死党咬牙切齿，别无他法了。

江小鹿深知首播让好友及室友们失望，除了赔笑，亦不再辩解。

翌日黄昏。

江小鹿接到了一个神秘的顺丰快递！

自从母亲出事，她就停止了网购败家，这个头不小、包装严实的快递贸贸然出现，其中是不是暗藏祸心？

一时间，她忐忑不已。

莫非是昨天的观众不满她直播，特来报复？

刀片或姨妈巾？

骷髅骨？

若她打开，会不会触发机关，让“粑粑”喷满一脸？

网上的帖子好像都是这么描述神秘快递的呀！丰富的想象力在脑海中尽情演绎着精彩的剧情，江小鹿用签字笔支着小巧的下巴，一筹莫展。而快递员望着她一副犹疑不决的模样，不由得着急催促：“江小姐，快点签收吧，我还有很多快递要派送呢！”

“呃，我想先打开看看。如果有问题可以拒绝签收，对吧？”

快递员点头。

江小鹿深吸一口气，以英勇赴死的决心拆开了快递盒。

一支高档精致的麦克风静静地躺在盒子里，它的身体闪耀着粉白的金属光芒，又不失成熟时尚，充分满足了女性消费者的审美要求。江小鹿一见，立马爱不释手。

这支麦克风她曾在电子城见过，但店家喊价2300，并表示不接受任何形式的议价，江小鹿心不甘情不愿地作罢了。

谁知道，这款麦克风竟然在她直播的第二天自动跑到她手里。奇怪，到底是谁送来的一份大礼呢？

面对这份无故飞来的“不义之物”，江小鹿当然十分心动，不过还是决定拒绝签收！

然而，寄件人并没有留地址，快递员表示不方便原路返回！

江小鹿为难地咬着嘴唇，这时发现说明书下压着一张卡片，字体遒劲有力：“不必拒绝，下一场的顺畅直播，便是回报了我的这份礼物。”

送礼人很聪明，仿佛知道江小鹿会受之有愧，特意写了一张卡片化解她的犹疑。

这张卡片也的确起到了作用，江小鹿思索片刻，决定收下这份莫名其妙又有如神降的礼物。她需要它，也会用努力与成绩证明这神秘土豪送来的礼物，值得！

任何平台直播无时间规定，但绝大多数主播选择晚上直播，争夺基数庞大的观众，因此晚上也是竞争最激烈的时间段。江小鹿虽是新人，但事先做好功课，主要精力都花在晚上。

Showtime 对她的规定是每天必须播满五个小时，否则会在月度结算工资中扣掉相应绩效，并且影响下一个月的推荐。

因为白天没有麦克风，所以也就意味着江小鹿必须从晚上 7 点直播到 12 点，否则完不成当天任务，会被 Showtime 后台记录。

新官上任三把火，新人直播好歹也有三分钟热度，黄昏时候，江小鹿早早调试好麦克风，再三确认设备无误后，开始直播。

江小鹿的主播介绍写的是“百星萌妹，狂醉起舞”。

峡谷中现在共有 70 位英雄供玩家选择，青莲无疑是这 70 位虚拟英雄中人气最高、难度最高的刺客英雄。

百人之中，可能仅有一人能将青莲的几大技能顺利刷出来，要在敌人之中取首级且全身而退怕是万分之一甚至十万分之一的概率。

其他英雄勤练，或可秀起，但青莲不是一个玩家勤练就能统治全场的英雄。

它需要天赋。

无疑，江小鹿正是这种天赋型主播。

“今夜无星无月，不适合轧马路撒狗粮，所以还不如窝在沙发，捧着手机，打开 Showtime App，搜索‘迷路小鹿’观看小鹿直播，那夜晚会更加美妙。”尽管心怀恐惧，对第二场直播的效果充满未知，但是江小鹿还是强打精神，预备挽救昨日首播的失利。

进入房间的观众越来越多，好多急性子的观众盼着江小鹿立马开打，以便满足他们的眼福。

拖四猪杀五狗：“第一次看到有女主播直播青莲这位英雄。”

我先走你断后：“这么高难度的英雄，她能秀得起？”

色不迷人心自迷：“好漂亮的小姐姐，就算秀不起也不怪她。”

因有青莲这种争议性的话题英雄的加持，弹幕数量较之昨晚，已算给足了江小鹿面子。江小鹿进入游戏，谁知道对方 Ban（游戏术语：双方各选择 3 位英雄，禁止它们上场）掉了青莲，身居第五位置的江小鹿只能在前四名队友选择英雄后，充当补位。

此局缺一名强控辅助。

在《峡谷战纪》高端排位之中，辅助可谓最重要，但又是最不吸引人的位置。首播第二天，江小鹿虽知辅助位不够调动直播气氛，但还是配合团队，分析敌我技能后，选了一个强控皮厚的坦克型辅助。

这辅助在峡谷战 70 位英雄中，人气值可谓最低。因此，江小鹿还没加载进入游戏，部分观众已离她而去。

臻臻、含笑半步癫、至尊宝等当红游戏主播场均在线观众 300 万左右，累计订阅量几乎都是 800 万 +，其他小萌新主播也基本可以做到上万。

江小鹿看了一眼自己的观众数据，250 人！

而且看着势头，好像还在继续减少！这状况用“可怜”形容，毫不为过；用“尴尬”描述，也颇贴切！

江小鹿干干地笑，自嘲道：“唉，真想跳出屏幕，抱住你们的脚，大哭一声：我的小可爱们，别走！”

谁知道，这一句诉苦中带着幽默的话语让观众会心而笑，纷纷止住了离去的脚步。

兰若书生：“鹿鹿，你那么可怜，我不走了。”

拖四猪杀五狗："就是，虽然我想说，你选了一个最丑的英雄，但念在你这么会卖萌的分上，本大爷也不走了。"

其他观众亦发弹幕表示要维护主播脆弱的小心脏，看完一局再走。

江小鹿几乎都要被这群耿直的观众们温暖哭了。

这把对战敌我双方都是极厉害的高手，技术、意识及英雄的熟练都旗鼓相当。考虑到射手应该优先发育，辅助决定去帮打野控制野区。

但这游戏主流的打法就是辅助跟着 ADC，保护 ADC，必要的时候全地图游走给队友充当视野。目前的排位局中，很少有辅助跟着打野，蹭掉打野经验，影响打野发育。

打野怒了："给我滚回下路去。"

中路约莫是打野的同伴，也呵斥道："想输就直说，我们招惹你了吗？"

直播房间里的观众更是瞠目结舌，他们本以为江小鹿会是顶级高手，没想到最基本的分路意识都不懂。

屏幕又开骂了。

江小鹿有些尴尬，野辅联动的确开峡谷之先河，从没有人在高端排位中尝试过。但她相信，只要打野配合，这种打法一定可为己方建立前期优势，从而滚雪球压制敌方发育。

江小鹿语音道："别急于骂人，峡谷中，目前的确没有开发这种打法，但正是因为这游戏有无限可能，才吸引我们尝试呀。"

情感说服起到了作用，弹幕中的口水渐渐偃旗息鼓。

游戏中的打野也认命了，任由江小鹿屁颠屁颠跟在他的后面。在清完自家野区后，江小鹿计算对方打野路线，带领着打野同志，在敌方上野区逮住砍小怪的敌方打野。

轻轻松松，拿下一血。

然后，江小鹿和打野顺势在上路堵住敌方坦克，集四人之力，杀人、清线、推塔一气呵成。

优势隐隐建立。

队友也渐渐止住了吐槽的嘴。

约莫十分钟后，江小鹿这方以大优势、大顺风结束对局。

结算成绩之后，己方四名队友不仅给她点了赞，还主动申请加她好友。

观众沸腾了，他们没想到打野联动能生如此奇效，几乎轻轻松松就能通过前期优势，碾压对方。

有些观众甚至打开游戏客户端，添加江小鹿为好友，在弹幕里刷着求江小鹿带飞。

对于未来的衣食父母，江小鹿自然不会拒绝。她准备先和观众闲聊一会儿，再开一局。

突然，系统接连提醒着：

半醉人间送给迷路小鹿 99 朵玫瑰。

半醉人间送给迷路小鹿一辆跑车。

半醉人间送给迷路小鹿一座别墅。

半醉人间送给迷路小鹿一座游轮。

这所有的道具加起来都上五千了，大手笔啊！

观众纷纷嚷道：主播第一届护花土财主来也。

江小鹿惊呆了，为什么？刚才的直播精彩到让这个“半醉人间”如此慷慨解囊吗？

这“半醉人间”不是做了好事不留名的低调人，他连麦开口：“你好，萌新小主播，敢在高端排位局尝试新打法的，不是愚蠢，就是高手，你好像是后者啊。”

江小鹿把直播镜头调回自己，朝观众嫣然一笑："高手不敢当，也就多了一些思考和揣摩。"

这晚直播才一个半小时，但江小鹿呈献给观众的大部分镜头都是游戏画面，她自己的镜头只出现在开头的四五分钟，因此后来进入直播房间的观众并不知晓她的容貌。所以，当她把画面切换回本人时，弹幕又有一波小小的波动。

远在北方城市的"半醉人间"心突然漏跳一拍，最是那一低头的温柔，胜过人间无数胭脂粉黛。

牛 A 和牛 C："哇，这姑娘长得水灵。"

裙底好风光："脸是好看的，就是不知道胸怎么样？"

接下来的弹幕不乏正经褒奖，但也有一些猥琐言辞掺杂其中。江小鹿又羞又恼，脸红如六月暮色的锦霞："放自重点，兄 dei（弟）们。"

她如此反应，一些下流观众调戏得更带劲儿了。

因看江小鹿只是新人主播，没有忠粉维护，屏幕上的字眼也越发脏污。

说到底，还是江小鹿缺乏直播经验，没看得开。

突然，系统提示几个言辞下流的账号被禁言 8 小时。江小鹿放下心来。

"半醉人间"再度发言："很久没看到还会脸红的姑娘了。你一般什么时候直播？"

对于粉丝"金主"的问询，江小鹿很热情地回答了自己的直播时间段。这时，观众提醒她该开下一盘游戏了，她又重新把画面切回对局，开始游戏直播。

这一把，她终于拿到了青莲。

尽管她表现卓著，但奈何队友不给力，被敌方压着暴打，最后惨败，但观众对她的技术可谓心服口服，还不待江小鹿引导，主动订阅她的栏目。

晚上直播快结束时，江小鹿盘点一下数据收获，观看峰值最高一千多，订阅量也增加了几百。

礼物的话，除了“半醉人间”是大头，剩下打赏观众的名单中，赫然躺着昨日的“知味”。

难道“知味”今晚还观看了自己的直播吗？

她本想单独向“知味”表示感谢，但此时他已下线。

算了，明日再问他。

江小鹿望着后台不菲的收获，美滋滋地关掉了直播平台。

凌晨一点多，正是入眠好时机。江小鹿想起还没完成老师布置的课外作业，癫狂地抓了抓自己头皮，忍着连天的呵欠，旋即打开了电脑的Power Point（幻灯片演示文稿）软件。

第五章

人在家中坐，锅从天上来

周六上午。

岭南之南仿佛没有四季更替，尽管已入秋良久，但穿着短裙在阳光下流连也并不觉得冷，因此J大校门口到处都是夏装打扮的学生们在有序穿梭。

此时，江小鹿站在校门口的香樟树下等人。

她在等一个很特别的人——她曾以为再无相交，终究要散落天涯的人，

今天早上，她收拾东西预备回静途山看望母亲时，突然一个陌生电话跃进手机。一接通，心心念念、熟稔无比的声音传入耳膜，她迅速地捂紧手机，生怕漏听错听。

“我是斐承清。小侄儿说你今天要回去，正好我也要回我哥家，你要不要坐顺风车？”

这小胖墩简直神助攻啊！

江小鹿自然不会放过这个千载难逢的机会，但口头却假意客套了一番：“这样会不会太麻烦你了？”

“嗯？”声音透着反问。

江小鹿立即确定：“那我就麻烦你了，去哪儿找你？”

“你别动，我来找你。”

“那辛苦你了，我到J大正门口的那棵樟树下等你。”

“半小时后见。”斐承清挂断了电话。

这么短时间内就能到J大，莫非斐神现在在附近？

挂断电话后，江小鹿立马开始化妆，精心装扮过后赶到指定的香樟树下，她提前了五分钟到。

江小鹿喜好穿裙，尤其是款式多样的纯色长裙。

今日的她长发扎成了高马尾，身着棉质无袖连衣黑长裙，清纯气质之中散发着女人的小妩媚。

她脊背挺拔，站在浓荫如盖的樟树下，自成一道风景，来来往往的行人都忍不住对她行注目礼。

不久后，一辆沉稳低调的凯迪拉克稳稳地停在她面前。

斐承清摇下车窗，嘴边噙着一抹无声的笑，示意她上车。

江小鹿嫣然回应。

在高校附近，美女与豪车的组合总是最惹人八卦的元素。斐承清的车才停一会儿，就有路人频频往车内打量，想探知车内是不是哪个土豪中年大叔或年轻富二代！

这张暌违已久的脸，沉淀得更有成熟男人的魅力了！她本想问声好，可当真正再次相遇，她又不知道如何开口。之前在内心打好的腹稿，演练了无数遍的言语像夏日的泡沫，还没飞远，就一颗颗破裂在阳光之下。

他们上次见面留下的最后一句话便是她问能不能追他，他当时并没给她答案，现在虽然再见，但碍于现实，她依然不敢开口追问。

她心绪电转，然而旁观者斐承清却解读成一副“慷慨赴死”的模样，他皱眉：“怎么？怕我拐卖你？”

江小鹿连连摇头。

斐承清侧身推开门。

“副座可以坐吗？你女朋友会不会介意？”如月芒般清澈的眸子闪着疑问的微光。

近几天，一条“女生坐了男同事的副驾座，被男同事的女友疯狂diss（攻击或羞辱）”的新闻爆火，这个话题掀起了无数饮食男女的讨论。这简单的疑问句，表面上显示出江小鹿良好的教养，怕自己以身犯“险”，让人为难，但实际则暗藏着小心机……她在间接询问斐神是否已有女友呢！

车上的男子忍不住叹气：“上来吧。”

一听斐承清如此回答，江小鹿欢欢喜喜地上了副驾驶座。

“别动。”斐承清突然道。

江小鹿一脸蒙，难道刚才自己听错了？他其实是想让自己坐后座？

还没反应过来，斐承清已欺身而来，江小鹿更呆，本能地闭上了眼。莫非他想亲她？不不不，一定是因为自己坐上了副座，他想揍她！

惧怕的五官挤成了一个团子，她的嘴巴抿得紧紧的，可爱极了。

近在咫尺的脸，净如珠玉，斐承清微微失了神，目光也仿佛被蒙了一层薄薄的雾。但转瞬，他正色侧头，为江小鹿系好安全带。

随即，正身。他沉稳地驱动了车，然而眼睛里的笑却跑上了眉梢，跳上了额头。

良久，见身边毫无动静，江小鹿才睁开双眼。

温醇的呼吸夹杂着陌生的男子气息还萦绕在耳畔旁，逗得人心痒痒，欲躲避却又莫名不舍，她很想问他是不是会为每个坐他副座的女人都这样系安全带，可终究没有说出口。

车内静默无声。

“我车开得有些快，系好安全带稳妥点。”斐承清打破了尴尬的气氛。

“嗯。”轻不可闻的回答，江小鹿又不自觉地摸了摸脖颈儿。

一时，车内再度无言。

江小鹿陷入沉思之中，目前被母亲打伤的邻居正在康复之中，考虑到她家拮据的经济状况，所以邻居目前并不急于向自己追讨这笔赔偿金，但这并不意味着她可以高枕无忧。母亲现在住在精神病院，一个星期的养护钱都上千……不过，虽坐困愁城，她也并不想借此博斐承清同情，她只想把最快乐积极的一面展示给他。

良久，她开口：“谢谢你，特地跑来接我。”

“不用客气，顺路。”

“对了，上次我和我的家教学生去看你现场打比赛，你的操作意识太好了，你玩游戏多久了？”

“不记得，也许很久了。”

“那你现在退役，在做什么？”

“和朋友创业。”

干巴巴的一问一答，在江小鹿眼里，着实显得没趣。但其实斐承清本想继续聊聊他的创业项目，这个时候小胖墩一个电话打断了他的话头。

小胖墩一旦打开话匣子，就不停地提出各种重复又乱七八糟的问题。

斐承清一边开车，一边简短地回答。

江小鹿在车上闲得无聊，就随手翻阅起车上的书。

心是凌乱的，书本密密麻麻的文字仿佛在推搡着、拥挤着。不过听着他低沉的嗓音，漫不经心的闲聊，情绪又安定了。

她很清楚自己为何对斐承清动心，喜欢他清逸的眉眼，淡然的气质，还有他在台上万丈光芒、泰然自若的模样……现在连带他的声音，他开车的姿势……

可自己呢？一个九流失败蹩脚的小主播小萌新，要脸没脸，唉，甚至连胸，都没得秀！

她突然想起那晚直播观众说她胸不够大，“一马平川”，不免有些自怜。

谁知道，斐承清似和她心有灵犀一般，目光扫了一眼她的上身，嘴角旋即出现了一抹莫名其妙的浅笑。

她状似无意地用书遮住自己的胸，清清嗓子：“那个，艾莎应该没退役吧？”

“都还在。”

“你为什么想退役？”

“电竞是年轻人的舞台。我老了，想尝试另一种生活了。”

“挺好的，不过电竞比赛和直播好像都是吃青春饭，就算实力出众，到了一定阶段，转型不失为明智选择，而平台也会继续培养自己的新人，是不是？”

“嗯，任何一个平台都应该培养自己的新人力量，如此才能长远发展，不至于太过被动，弄得人才青黄不接，陷入被动的竞争局面。电竞如此，直播也是这样！”

两人闲聊一会儿，很快车就开到了山脚下。

江小鹿要斐承清停车在超市旁等会儿，她要进去买东西。

她刚进超市一会儿，斐承清后脚就紧跟而上："我给小胖带些零食。"

她"噢"了一声，随即去货架旁选了些母亲爱吃的零食，准备待会儿给母亲送去。

谁知道她去结账时，斐承清也拿着一打娃哈哈走到柜台，并且一副理所应当要付款的模样："我来。"

大包大包的零食与单薄的娃哈哈形成鲜明的对比，江小鹿怎么好意思让非亲非故的斐承清代付，她连连拒绝："不要，我来。"

收银阿姨热情又多嘴，她一边麻利扫码，一边乐呵呵道："妹子呀，男朋友又不是外人，你和他客气什么？"

这、这、这……哪只眼睛看出他们是男女朋友了？他们现在连朋友都算不上，好吗！

江小鹿腹诽之时，又抬头偷瞄斐承清的反应。没想到那瞬间，斐承清亦在凝望着她。

像做贼般，她心虚地低下了头。

结完账，斐承清绅士地提过零食袋，预备返回车内。

江小鹿看斐承清走远，声音弱弱地解释："阿姨，我不是她女朋友，他只是我邻居的亲戚。"

解释完毕，心中若有所失。她曾对这重身份梦寐以求，但现在两人并无交集，那她就不能让任何人误会自己与斐承清的关系，以免影响斐承清找对象啊。

到了山脚下，江小鹿拿回零食袋，又坐上了前往精神病医院的公交车。

斐承清虽提出送她去她的目的地，不过江小鹿暂时不想让他知道自己复杂的家庭情况，执意拒绝了。

斐承清目送她上了公交车，这才驱车直往静途山别墅群。

一下车，侄儿小胖墩就蹦蹦跳跳爬上他的车，看到倒在前排座位的娃哈哈，不由得大笑："小叔，你这么大个人了，还喝这幼稚玩意吗？"

斐承清摁下车门自动锁，漫不经心道："给你买的。"

"可是我从没说过我喜欢喝娃哈哈啊。"

"你现在开始喜欢。你爸呢？"

小胖墩一脸嫌弃地盯着娃哈哈，又指了指别墅楼上的书房。

市第八医院又称为市精神病院，医院虽坐落在静途山北大门，但实际与江小鹿家相隔半小时的车程。

江小鹿赶到医院做好探望登记手续后，病房里的母亲已午睡。

深眠的母亲眉眼恬静，睡得如孩子般香甜，约是做了一场美梦，她喃喃着："修平，你今天采的花真漂亮。"

修平是她亡父的名，这些年来，她经常从母亲嘴中听到父亲的名字，无论是白天，还是黑夜，清醒或是做梦，母亲对父亲的思念从未停止，片刻不歇。

对于这种感情，江小鹿既羡慕又疑惑，羡慕着这种世人难以企及的情感浓度，也疑惑着这世上真会存在生死契阔的感情吗？

她坐在床边，守着母亲的睡颜，略微失神。

约莫半个小时后，母亲悠然转醒，一看到江小鹿，眼泪就簌簌掉落："江小鹿，难为你了。我知道我病情又犯了，还打伤了刘二婶，给你欠下这么多债。我本来也没赚到什么钱，连学费、生活费都是你自己凑足的，现在又……生为母亲，我好对不起你。"

"妈，我挺好的，现在做兼职也能赚到不少钱。"

平时母亲性子暴躁，母女间很少说些体己话，每当看到别人家畅享天伦时，江小鹿内心当然也有些怨言。现在首次听到母亲袒露真情，她又心酸不已，只觉得只要母亲快些康复，以前所受的委屈也并不算什么。

之后，主治医生私下把母亲的病况转告给江小鹿，并直言美国有位治疗狂躁症的顶级心理专家，如果有足够的经济条件，可以尽早把母亲送过去治疗。

这医生的点拨无疑给江小鹿点燃了一簇全新的希望之火！

无论未来多艰辛，她一定要赚足够的钱，送母亲去治疗，让她恢复正常人的精神状态。

探望时间结束后，江小鹿回到家中，斐承清正逗弄着寄养在斐家的“西红柿”。“西红柿”不仅贪恋女色，对斐承清这种清俊男色也极为喜爱，一个劲儿扑在斐承清身上求抱抱。

硕大无比的古榕树隔绝了午后的狂热烈日，也将世上的浮华喧嚣挡在山外。

她远远地看着一人一狗在别墅院里的花坛旁嬉闹，心头无比宁谧。

“西红柿。”良久，她开口呼唤。

狗狗闻声，飞奔而来。摇尾、跳跃、低吼……“西红柿”恨不得立马把多日的想念之情倾诉给主人。

“回来了？”

江小鹿摸摸毛茸茸的狗头，朝斐承清笑：“是啊，回来了。”

傍晚，江小鹿考虑到当天的直播任务还没有完结，于是匆忙赶回学校。

斐承清也道公司有事要返回，不过可顺路送她回学校。

斐哥斐嫂挽留两人而不得，只得讪讪作罢。小胖墩嘟囔着：“你们就这么走了，我好无聊啊。”

斐承清两人故作未知，驾着凯迪拉克驶下静途山。

刚到山脚下，杜艾莎的来电就破坏了这一整天才培养起的气氛平衡的“PH”。

杜艾莎代表风之谷战队约斐承清周日见面聚聚，庆祝战队成立两周年。

斐承清允诺了。

这通通话简短，但还是如一瓢从头浇落的冷水，直把江小鹿淋得脊背生寒。她怎么就忘记了两人之间的悬殊了。他曾是电竞骄子，而今是创业新贵，自己却是负债累累，可能连下一期学费都凑不齐的末流主播。

横亘在现实之间的鸿沟的确难以跨越，门当户对也确实是千百年来婚姻市场的金科玉律。不过她江小鹿，更相信事在人为，一定有能力去逆转命运，登上与他齐平的同一高度，与之平等对视。

转念一想，她的心态恢复了平常状态。

G 城是一座繁华的国际大都会，夜的帷幕还未彻底拉开，街上霓虹已开始活力闪烁，似乎在宣告夜已开始，另一种精彩的生活应准备开启了。

车内气氛彻底沉寂了。

江小鹿呆呆地望着窗外霓虹，斐承清别过头看了她几次，但并未开口询问。

到达 J 大校门口后，江小鹿道谢告别：“今天辛苦你了，你自己路上注意安全。”

他似乎欲言又止，但最后只说出一句简简单单的话：“好，有空再见。”

回到出租屋，江小鹿略收拾一番，就到了直播的点儿。

早几天的常客“知味”这会儿不在，“半醉人间”和其他几个观众早早在她直播房间刷着弹幕等她。

半醉人间：“我们家江小鹿怎么还没出现，我都等了快一个小时。”

等江小鹿本尊出现时，总体数量并不算多的观众也纷纷涌进房间。

为了提高互动，江小鹿决定用小号带粉丝上分。

这会儿，房内热闹极了，一些《峡谷战纪》骨灰级玩家对主播带躺上分非常感兴趣，一个个刷着弹幕要江小鹿带飞。

人民币玩家“半醉人间”更是嚷着要上江小鹿“开车”的“五黑队”。

江小鹿邀请“半醉人间”等四人，开始带粉丝开黑直播。可巧了，排位遇上的敌方队伍也是一名女主播利用小号和粉丝组队。

但现在手游《峡谷战纪》的女主播成百上千，江小鹿并不知道是哪位女主播带队！加之，对方几人开局就全屏嘲讽江小鹿及队友，毫无气度。因此，江小鹿手下并不留情，在“半醉人间”等人的配合下，直把对方杀得落花流水，再也不敢支吾半句。

胜利，毫无悬念。

游戏对局结束，江小鹿正预备切回前置摄像头和粉丝聊天时，房间内突然涌进很多陌生的ID，这些ID不分青红皂白，就开喷江小鹿，言辞刀刀见血，堪称狠毒。

江小鹿及观众莫名其妙，直到屏幕上飞过一条弹幕：“刚才对面女主播好像就是狐狸直播臻臻的小号。”

大概刚才江小鹿击败当红游戏女主播臻臻，臻臻粉丝对臻臻大败很是愤怒不平，心里的一股气转对初出茅庐的新人江小鹿发泄。

江小鹿明白缘由后，不气不恼，微微一笑：“人在家中坐，锅从天上来！各位观众，我刚才并不知道对方是臻臻前辈，所以切磋时下手过猛。不过游戏自然有胜负嘛，我平时对上分上段没什么兴趣，但既然带我的小可爱们上分，我肯定要全力以赴啦，臻臻前辈也会理解的，对吧。”

幽默有礼而不示弱的回答为她圈了一波粉，为数不多的粉丝开始为她摇旗呐喊，屏幕飞出的弹幕让人应接不暇。

镜头中的江小鹿气定神闲地和自己的粉丝聊天，对臻臻粉丝发来的辱骂视若无睹。

“半醉人间”则用一种非常直接的方式表达自己对江小鹿的支持——刷礼物。

一见江小鹿有这么豪气的粉丝拥护，这群不速之客气炸了：“臻臻才是这个游戏中最厉害的主播，这种野鸡主播有什么好关注打赏的，钱多吗？”

“垃圾鹿，尖嘴猴腮，技术又烂，刚才完全是凭运气才赢了我们家臻臻。”

“就是，我们家臻臻会唱歌跳舞，你会吗？”

半醉人间：“你们那臻臻的游戏技术我也知道，也就是刚上传说段位的水平，和我们家百星王者小鹿一比，差太远了。”

臻臻的粉丝骂得更凶了，也许是有人举报，这些粉丝被系统警告禁言，最后多数都灰溜溜地下线了，没走的人也都保持着安静，继续看江小鹿游戏直播或闲聊。

晚上十一点。

半醉人间：“鹿鹿，你还打算继续直播吗？”

他的声音响亮年轻，吐出的普通话也极为标准。江小鹿暗猜，这“半醉人间”应该差不多才二十出头吧。

她答："我还不睡，你要是困了，就先去休息吧。"

半醉人间："好，我要撤了，明天见。"

尽管人几乎都走光了，但江小鹿考虑到现在人气低迷，得延长直播时间才能曲线增粉，于是她并没有关掉直播软件，预备继续直播，犒劳深夜不眠的夜猫子们。

她正准备进入游戏之时，"知味"突然出现。

江小鹿感念他这段时间对自己的支持，主动问他愿不愿意和她开黑，"知味"打字回答："我已经拉你了。"

切换回游戏界面，发现久不上线的"西红柿真好吃"登录了游戏，并邀请她组队。

这？如此巧合，难道……一个惊人的猜想在江小鹿脑海迅速成型，难道……

"知味，难道你就是西红柿真好吃？"

"是的。"简单利落的回答，正是"西红柿真好吃"的典型风格。

江小鹿惊喜，但她可从没有告诉过"西红柿真好吃"自己的主播账号，他是怎么知道的？自己直播的第一天，他就一直在线，为什么他从不坦白他自己就是"西红柿真好吃"呢？

"你太会保密了吧，现在才告诉我。"她轻嗔。

待江小鹿选了射手位置，"西红柿真好吃"选了一个保护力极强的坦克辅助。在游戏对局中，坦克无时无刻不跟在射手后面，为她挡伤断后，简直是死而后已。

江小鹿好几次想和他搭话，可"西红柿真好吃"始终沉默，只偶尔简短打字回答。

游戏结束后，"西红柿真好吃"劝她早点休息。她嘻嘻笑道："晚上11点之后直播，Showtime每个小时补贴40块。反正明天周日，不碍事。"

对方不再作声，但账号却一直没下线。

江小鹿也不再管他，继续游戏直播。

夜已深。

斐承清洗完澡，发现微信进入了一条新信息："好久不见，很盼望明天的相聚。"

他毫无表情地把手机扔在床上，翻开书桌上的商业营销书籍，潜心阅读了一个多小时，发现电脑屏幕上的游戏直播还在继续。

凌晨一点。

他叹口气，熄灭卧室的灯，侧躺在床上，心中却毫无睡意。

这段时间，他的管理工作并不顺畅。虽然他在 Showtime 持股 40%，是第二大自然人股东，但他是以代持的名义拥有这部分股权，除了几个联合创始人，其他中基层同事并不知道他也是老板之一。起初大家都以为他只是一个单纯的电竞选手空降副总裁宝座，对他的管理工作及领导权威并不太认可。

他最近提出的几个异业合作的商业计划以其预见性和高收益性，均得高层管理团队一致赞许，并经过市场部门的详细策划，即将投放市场。他相信商业运营理念必会给同质化的市场竞争注入一丝新鲜的血液，也能征服 Showtime 员工，让他们真正心服口服。

对于自己的事业规划，他向来自信满满，但对于她——那只深林中跑出来的小鹿，他有太多的未知感。

他欣赏她极高的游戏天赋，钦佩她的坚韧与努力，她偶尔流露的幽默及慧黠也很迷人……其实，他今晚很想向她坦白一些事……但没想到她的态度却游离不定，仿佛她那晚在自己耳旁的告白只是一场恶作剧，他本想向前的脚步也犹豫了……

城市的夜风在窗外呼啸而过，

翌日，他早起，发现电脑屏幕上的女孩子还在卖力地直播，精心化着的妆容并没有掩盖住她的疲态。

这真的是一个让人心疼的傻子。

周末下午，金镶玉带着男友麦芽糖约江小鹿逛街。

金镶玉逛的多是中高端的轻奢品牌，江小鹿没这档次的消费能力，闲得无聊就坐在店内沙发上逛微博。

这一逛就逛出问题了。

昨晚臻臻粉丝前来踢馆的事被一多事粉丝爆料到一个八卦微博的大号上，这大号偏听偏信，对江小鹿冷嘲热讽，臻臻的粉丝在评论区疯狂带节奏，一群不明情况的观众人云亦云地进行表面判断。于是，江小鹿成为了众矢之的。

江小鹿愤怒之余又有点想笑，游戏系统是随机匹配机制，昨晚她可不知道会那么凑巧碰到臻臻的五黑车队。再说，就算她知道对面是臻臻带人上分，也不可能故意示弱装输！臻臻要在粉丝面前保持形象，难道她江小鹿就不需要吗？ MOBA 游戏的本质就是公平竞技，怎么现在的粉丝这点常识、度量都没有了。

或者他们其实明白这个道理，只是觉得自己是新人，无人维护，所以才故意欺负到自己头上。

那她才不会坐以待毙，可怎么样才能解决掉这个无中生有的“屎盆子”呢？

她登录自己的微博小号，乔装普通观众，把事情原原本本地陈述一番，最后 @ 那个微博大号，但愿能让一些理智的观众改变判断。

待金镶玉买完衣服，江小鹿向她说起这事。金镶玉是个暴脾气，一听这事，不顾公开场合，声音提高了八度：“手下败将，还敢撺掇粉丝去 Showtime 骂你，骂完还有脸发微博吐槽！第一次看到这么不要脸的女人，看我下次不骂死她。”

“或许不关臻臻的事情，可能就是那些粉丝事儿妈，受不了喜欢的主播被我打得这么惨。”

金镶玉哼哼冷笑：“有什么样的主播，就有什么样的粉丝。如果臻臻自己大气豁达一点，那些粉丝怎么会跑到你房间来骂你？”

麦芽糖接话：“可能就是欺负咱们江小鹿没人维护。不行，我今天就带我的兄弟们去给江小鹿捧场。”

江小鹿默然，她也曾怀疑过那些粉丝受了臻臻的间接引导，但臻臻现今可是游戏直播中数一数二的女主播，她怎么会和自己这种威胁不到她地位的小透明斤斤计较呢？

世间的缘分很奇妙，比如说曹操，曹操就到。

三人在商场且行且聊，竟然迎面碰上了话题中的主角——臻臻。

此时，臻臻挽着一个西装革履的年轻男子，身后约莫是她两个好友，四人也在说说笑笑地逛着。

一看到刚欺负了闺蜜的仇人，金镶玉欲冲上去找回场子，江小鹿眼明手快地拉住她，摇头示意她冷静。

麦芽糖也在旁边劝道：“现在又没有明摆的证据，证明臻臻故意引导粉丝骂江小鹿。你自己也是狐狸直播的主推主播，别被人抓了小辫子。舆论的力量有多大，你知道得可比别人清楚。”

金镶玉狠狠作罢，但两拨人擦肩而过时，还是忍不住翻起白眼，故意朝臻臻冷哼。

臻臻装作没看到，但她旁边的两个姐妹可没那么好的涵养，她们叫回了他们仨，话锋矛头却对准江小鹿：“你是不是觉得你的白眼翻得很好看？”

“我们何止是白眼翻得好看，我们连人也长得比你们好看。”金镶玉嗤笑，向前一步。

“你说，你们长得比我们好看？”那两个女生好像听到了了不得的笑话，若不是在人来人往的高端百货商场，仿佛想捧腹大笑似的。

而臻臻亦掩唇轻笑。

向来喜爱浓妆的金镶玉今日一反寻常，未施粉黛，江小鹿更是素面朝天。在美女如云的高档商场里，相对臻臻三人的精致浓妆，她俩的确不惹人惊艳，但她们皮肤白净清透，气质脱俗，也不算逊于臻臻她们这一队。

金镶玉毫不怯惧，反唇相讥："平行欧式双眼皮，能戳死人的尖下巴，透光的高鼻梁，还有这饱满的苹果肌……的确很招宅男的喜欢。不过，你们仨是三胞胎吗？还是都在同一家医院整容，请同一个医生给你们操刀的啊？”

在金镶玉回击完毕后，臻臻旁边的男人竟然侧头，认真地端详着他旁边三位女伴的脸，仿佛想鉴别一番。

这可惹恼了臻臻她们三姐妹，可这火却不能冲着这男人发，她们也惧怕了金镶玉的战斗力，于是又掉转方向，开喷江小鹿。

“你就是那个想借我们臻臻的名儿，炒作自己的小主播吧？别以为自己昨天运气好，赢了一把，你就要出名了。”

“就你那点关注量和打赏量，给我们臻臻提鞋都不够。”

这时，臻臻本尊终于开口，但却是教育晚辈一般的、居高临下的口吻："江小鹿，我们不在同一平台直播，也不是竞争对手，大家都喜欢游戏，我也希望你以后把心思都放在游戏上。炒作这种事情，不应该出现在我们单纯的游戏直播圈中。”

现在反过来，倒成了江小鹿在兴风作浪，好一个倒打一耙！

江小鹿暗自长叹，原来小说里的那些脑残剧情真的存在。她原本不愿惹是生非，但是既然臻臻都开口了，她若不回应，在别人眼里就成了示弱。

不，她从来就不是这样的㞞货！

她走向前，琥珀般的眸子似乎蕴着一汪澄静的秋水，她的声音亦很平淡，但话锋却带着排山倒海的凌厉："我没兴趣探讨你们这艳压世人的自信是不是韩国整形医院给的，但昨晚的事情我必须说出我的态度，直播圈风水轮流转，你现在有本事颠倒黑白，指鹿为马，以后可得小心点。"

无言的强大气场，让臻臻脊背莫名一寒。其实在江小鹿没有进入Showtime直播之前，她就听闻江小鹿玩游戏特别厉害。那天亲自听到江小鹿成为Showtime签约主播时，自己就生出了一种危机感。就目前来说，江小鹿的粉丝量和收入不及自己的十分之一，但江小鹿的技术与解说的专业程度，的确远远优于自己！

目前自己的粉丝单纯认为她只是一时失利，但自己昨晚和她对打时，手速、意识、预判……几乎处处被江小鹿碾压。

如果现在不好好压制江小鹿的发展，等江小鹿以后真成了气候，自己绝不是她的对手。

考虑到这一层，向来以温婉示人的臻臻神情竟然透出狰狞："凭你也配当我的竞争对手？你以为那些男人真喜欢看你的游戏直播！"

在她眼里，男粉丝迟早会厌倦游戏直播，卖萌、调情才能吸引他们的肾上腺素，让他们乖乖打赏。

旁边的男人一直云里雾里，弄不清状况，听两人对话，他才隐约猜出真相，然后饶有兴致地问江小鹿："你也是游戏主播吗，在哪个平台？

现在段位多少？”

江小鹿故意朝男人妩媚一笑：“对啊，我是 Showtime 的江小鹿，现在是 102 星王者，欢迎同学你来观看捧场。”

男人看着江小鹿的笑容，微微错愕：“厉害，第一次看到女生玩得这么溜，我叫雷可可……有机会……”

本已在战斗状态的臻臻回过神，忙拉着这高帅富和两个同伴匆匆离开。在她眼里，身旁的这个雷可可不仅是富二代，而且是一个愿意为游戏一掷千金的富二代，她可不愿意丢了这坨已经咬到口里的肥肉。

待那四人走远，金镶玉捏了捏江小鹿的脸：“哟，妹妹呀，看不出你战斗力还挺强的呀，瞧臻臻那落荒而逃的模样。哈哈，笑死了。”

麦芽糖黑线：“为什么我刚才觉得这是一场两花魁抢恩客的戏码！”

江小鹿严肃地点点头，对，我也深有同感。

……

尽管，在现实中扳回一局，但江小鹿心中暗暗生出了一种不安感，惹上了臻臻，她那本不顺利的直播之路可能会更加坎坷！

之后的半个月，一直有一小波陌生 ID 蹦出来，锲而不舍地抹黑江小鹿。但好在江小鹿调整了心态，也靠游戏直播积累了一群忠实粉丝。这群粉丝处处维护她，时不时打赏，让江小鹿心生感动，觉得被别人中伤也并不是那么重要了。

直播一个月后的夜晚，江小鹿即将下线时，邮箱飞来了一封 Showtime 官方的通知：下周五之前，会对已签约的 100 个主播进行数据考核，如观看的最高峰值没有达 30 万，订阅量没有达 5 万，那么 Showtime 会将不合格的主播踢出签约组，取消基本工资及高额补贴，让其他数据优秀的自由主播填补这个空缺！

晴天霹雳。

目前，江小鹿的观众观看最高峰值才 2 万，订阅量也才 8 千，这与 Showtime 的考核要求相距甚远。并且，就算再努力一个星期，这个标准也是她难以攀越的数值顶峰啊。

不过作为以盈利为目的的商业机构，Showtime 这封邮件并没有让人诟病的地方——物竞天择，四海皆准。

江小鹿心事重重，彻夜未眠。曾经她为赚取巨额医药费及赔偿费，而心不甘情不愿地入了这直播行业，可直播一段时间后，她渐渐喜欢上这种与观众分享游戏的快乐时光。所以再艰难，不到最后一刻，她也一定不会轻易放弃。

于是，她直播时间更长，从没有早于凌晨之前结束直播。同时，也加快了学习的节奏，连课余或午餐的碎片时间，她都在揣摩其他优秀主播的直播现场。金镶玉恨铁不成钢："实在不行……就改变下主播风格，在这几天搞点事情炒作一下。"

"比如什么风格？比如什么事件炒作？"

金镶玉贼兮兮地笑："比如着装气质更 SEXY（性感），比如绯闻男友——第一届世界联赛上的中路杀神。不过，我知道你肯定不会采纳的。"

论炒作头脑，江小鹿是绝对比不过金镶玉的，但论正直三观，江小鹿大概全方位碾压金镶玉。金镶玉也自知好友的性格，因此自己一边说，同时一边摇头。

"是的，我现在已经把游戏 ID 改为 Showtime 迷路小鹿，其他的 SNS（社交网络）账号也同步修改了，并且……我决定去游戏论坛为自己打打广告，不过自吹自擂好像太不要脸了。唉。"江小鹿支起下巴，极为丧气。

金镶玉用她自己首播当日超 10 万观众的案例激励着自己的好友，言传身教告诉江小鹿炒作与造势的无穷妙用。

但江小鹿最后还是没有采用金镶玉的建议。

不知道臻臻及粉丝从何得知 Showtime 这个考核规则，在周六江小鹿游戏直播之时，一小撮黑粉发弹幕冷嘲热讽。

黑鹿 100 年："现在就你这数据，下周你铁定通不过 Showtime 的考核了。"

唯爱臻臻："就这水平还想和我们臻臻斗，早点滚出游戏主播圈吧。"

……

这几人的话在江小鹿的粉丝群中掀起了轩然大波，连连追问发生什么事情了。

一个路人弱弱地回答："Showtime 筑星 100 计划，临时加了考核指标，小鹿要是下周五晚上 12 点前，观看峰值最高没有达 30 万，订阅没有超过 5 万，那就……"

结局，不言而明。

粉丝愤怒了，这段时间 Showtime 首页都没推荐过江小鹿，平台压根没有做到协议之内的职责。再说江小鹿本身就是一个新人主播，本来就没有粉丝积累，不要脸的 Showtime 怎么可以制订这么严苛的考核标准为难她呢？

半醉人间："江小鹿，如果真没达标的话，你会怎么办？"

江小鹿深呼一口气："那我可能暂时会退出直播圈吧。"

如果她真的没法留在 Showtime 的签约主播之列，那她一个自由主播每天能赚多少钱呢？还不如去找其他兼职赚钱养家。

半醉人间："不准你走。"

一听江小鹿可能离去，弹幕顿时哭号四起，尽是挽留不舍之意。

江小鹿又有些不忍："也不会彻底停止直播，我偶尔还是会上来直播一两把的啦。"

半醉人间："那也不行，现在一天不见你直播，我心慌，小鹿，我觉得我喜欢上你了。"

……

隔着屏幕，大家彼此言语大胆，无太多顾忌。因此，江小鹿只是笑笑，并未当真。

半醉人间："各位朋友，我们也是一路看着江小鹿走过来的，虽然她来 Showtime 不久，但在我们心目中，她可谓《峡谷战纪》中最专业的游戏女主播，没有之一。她给我们贡献了那么多场精彩的游戏，难道我们就不能留住她，不应该留住她吗？"

游荡峡谷不用桨："留，必须留。"

茉莉小可爱："那我们怎么留？向自己的亲友推荐？还是去各种游戏群内打小广告啊。"

……

接下来一些热心粉丝纷纷建议献策，有人说出钱打广告，也有人说去峡谷 BBS 发帖造势……江小鹿看着直播房内热火朝天的气氛，眼眶有些泛酸。

她曾经给人代练的游戏原则就是尽量不和网友产生情感联系，一手交钱，一手还号，两不相欠。当她进入直播圈时，才发现峡谷中的故事远比她想象的精彩，观众也比别人家的粉丝更为可爱……

黑鹿 100 年："垃圾鹿的脑残粉，请正式开始你们的表演！"

唯爱臻臻："就是，垃圾鹿滚出直播圈，就你现在这么点粉丝，再多人帮你，估计你逆不了天，改不了命。"

没谁搭理这几个黑子。

半醉人间："江小鹿，我现在有事先下线了。下周五此时，送你惊喜。"说罢，"半醉人间"又刷了一座别墅。

江小鹿看着屏幕上炸开酷炫的别墅特效，有些发呆。

她和“半醉人间”连麦过几次，这人给她的感觉大概就是一个愿意为游戏一掷千金的富二代，只是不知道为什么每到十一点，他就准点下线，莫非家教很严？或者女友管得很严？

此外，还有一个问题不容忽视——以前他专注和江小鹿讨论游戏上的对战战略，但这几天说话越来越……随意！

或许，也是关系熟了吧。江小鹿如此理解。

到晚上十二点，江小鹿预备下线之时，一直沉寂不言的小徒弟“知味”突然道：“不用担心，好好休息。”

江小鹿心情低落，因此回复的声音也不如平时朝气活泼：“你以前遇到过这种情况吗？看不到任何希望，只能坐以待毙。”

“我年轻的时候曾参加过一场国际比赛，对手很强，强到让人无法想象，中途我一度想放弃。可后来我想，既然已经选择了这条道路，那凡事都要力求最好的结局。后来，我以微弱的比分险胜了他。之后，好像不怕任何困难了。”

“徒弟，你心理真强大。”

“面临挫折越多，忍耐值就越高，自然就成了一朵傲视百花的寒梅。”

奇怪，每次当江小鹿遭遇窘境时，平时惜字如金的徒弟总会说很多，给她灌很多“鸡汤”。

仿佛被打满了鸡血，江小鹿用力点头：“对，此处不留爷，自有留爷处。我技术那么好，我就不愁闯不出名气。”

“加油。”

江小鹿看着渐渐变灰的头像群，底气不足地笑了笑。

这几天，她能做的工作都已经做了，发微博，甚至不要脸皮地在同学群及校园论坛发帖。如今又发动了粉丝的力量，她已经做了所有能努力的事情……结果如何，是留，是去，下周五自见分晓吧！

如果是斐承清做直播，他肯定不会如自己这般惨淡收场吧，说不定他会用最快的时间蹿红成一线主播呢！

也不知道那日他与杜艾莎及队友重聚如何，会不会不醉不归，然后美人在侧？

江小鹿猛甩头，这个紧要关头，真不知自己为何还有这种闲情逸致去开一些事不关己的风月脑洞？

但行好事，莫问前程！

罢了，休息！

第六章 神秘粉丝

周五。

透过小小的窗户望出去，天空的夜沉寂黢黑，地上的人喧嚣生动。

此刻，如往常一般。

但在江小鹿眼里，这绝对是非比寻常的一晚。

晚上七点半，梳妆完毕；七点五十，换上最显肤色气质的红色连衣裙；八点整，她深深呼吸一口气，鼓励自己虽是背水一战，但一定要拿出最佳状态，笑着播完全程！

随后，她紧张地点开软件，然而直播房内的观众数让她震惊了。

7 万！竟然有 7 万！她的直播房间从未有过如此多的观众啊！难道是自己和粉丝的宣传策略起到作用了吗？

紧张、忐忑、期待……她百感交集，然而她强迫自己必须平复心态，随后她对着镜头绽放出练过无数遍的微笑：“今天的西北风吹来这么多贵客，深感意外。今晚于我来说，是一个十分特殊的时刻，这个时刻可能会决定我的人生轨迹。不过无论结局好坏，我会一直感谢大家的支持……”

说辞中规中矩，客套之中不失真情。谁知道还没待她说完开场语，屏幕就被恢宏又无厘头的句式炸开了锅：

“无量山弟子迷你丁丁前来拜见教母！”

“无量山弟子醉清欢前来拜见教母！”

“无量山弟子一日催三更前来拜见教母！”

……

屏幕轮番滚动着成千上万条整齐划一的弹幕，气势磅礴，让人震撼不已。

江小鹿意外不已，她嘴角的笑意僵住了，无量山不是一个旅游景点的地名儿吗？自己什么时候成了教母？这些陌生的网友怎么会如此有组织性、大规模地涌入自己的房间？

更重要的是，这感觉很像妖言惑众的邪教头目啊！

太多的疑问，她和其他观众亟待一个真诚、真实的答案。她弱弱地开口：“我今天没请水军啊，这些无量山的帮众们是从哪儿来的？”

半醉人间：“小鹿，意外吗？这些都是我的粉丝儿。”

“你？不太懂。”难道是“半醉人间”买通水军给她来刷数据，但应该没有哪一家网络公司能同时操作如此大批量的活跃账户吧。

无量山72洞主：“搞了半天，教主你都没拿下人家啊，拿出你小说里男主的泡妞大法啊。”

这时，一个活跃的粉丝猜测道：“小姐姐，无量山弟子是当红网络作者盛子韬盛教主的粉丝自称。话说，那个……“半醉人间”不会就是盛子韬吧？”

“对呀，我们就是盛教主的小可爱。”陌生的 ID 们纷纷响应。

江小鹿再次目瞪口呆，她虽不混迹网文圈，但盛教主的大名是听过的。据说，这个盛教主大一开始写网络小说，凭借修真文《修途漫漫》声名鹊起，赚得钵满盆满。之后的几本网络小说也极受市场欢迎，积累了几百万铁杆粉丝。早些天坐公交车，还听两个初中男生讨论说，这盛教主的几本小说都卖出了影视剧改编版权，即将被名导搬上荧幕。

这时，无数观众继续涌入江小鹿的直播房间，数字噌噌正比上升，眨眼就到 15 万了，并且有上升的趋势。

这是怎么回事？江小鹿虽疑惑，但不愿公开问询细节。她打开手游《峡谷战纪》，预备进入正题——游戏直播。

她本想组五黑车队，此时可不凑巧——只有小徒弟“西红柿真好吃”在线。

于是，师徒开始排位之路。

江小鹿选了一个有灵活位移的后期射手，“西红柿真好吃”选了一个强控辅助，亦步亦趋保护着江小鹿。尽管这局其他队友崩掉了，但江小鹿和“西红柿真好吃”配合默契，江小鹿以风骚走位及爆炸输出在对战结尾，建立起微弱的优势，Victory 的声音终于响彻了峡谷。

江小鹿彻底放下心。

游戏结束后，江小鹿把镜头切换回直播房，观众 359075，而且数据在飞速上涨，她简直不敢相信自己的眼睛，系统不会判断她刷数据作弊吧？

而且，难道盛教主的影响力这么大？竟然能足足发动 30 多万粉丝在同一时间观看自己的直播？

其实电脑那头的盛子韬也莫名其妙，他自己带来的读者也就十多万，加上江小鹿和其他粉丝的号召估计也不过20万出头，那这噌噌上涨的数据从何而来？

好在后来涌进来的粉丝都很主动——主动打赏道具，主动坦白隐情。

原来他们是受端游《峡谷战纪》的当红主播风弄影所托，前来应援江小鹿。

这风弄影与自己何干？为什么要在今晚带自己大批粉丝支援自己？

然而，这个疑问无人解答。

当晚，江小鹿房间的观看最高峰值达60万，订阅量也一夜暴涨了10万+，远远超过同期Showtime其他主播的数字。

臻臻的粉丝混在其中，看着数据一路高走，无可奈何，气得跳脚。

十二点结束直播时，大批粉丝依然不肯离去，直嚷嚷明天要继续观看江小鹿游戏直播。

江小鹿受宠若惊，以前可没有这么多粉丝啊。

“半醉人间”开口帮她驱赶这群嚷着要江小鹿继续直播的夜猫子，这群人忌惮于网文大神的强大魄力，一个个心不甘情不愿下了线。

最后离去的是“半醉人间”和“知味”。

她开口：“谢谢你，盛教主。”

半醉人间：“你开心就好。”

江小鹿：“话说，写小说应该很赚钱吧？”

半醉人间：“对啊，不过不要因为我的钱而忽略我的人啊，我钱很多，人又好，长得又帅，要不要和我谈恋爱啊。”

屏幕中的江小鹿脸又红了，她怕“半醉人间”误会，忙接话：“别开玩笑了。这段时间一直劳你破费，我挺不好意思的，也很担心你为此和爸妈闹矛盾。不过既然你自己这么棒，那我就放心了。其实如果不是我现在很需要钱，我也不会……”

盛子韬一听后半句，追问着何事，他是否能帮上忙。然而，江小鹿含糊其词，不愿意将家境透露给陌生的网友。

盛子韬最后放弃，但他又出其不意地抛出另一句更劲爆的话：“江小鹿，我盛子韬，喜欢你，等我，我会来找你的。”

扔完霸道总裁式的告白，盛子韬下线了。

江小鹿蒙了，她多期待盛子韬接着说一句：我是开玩笑的。

然而，他的头像瞬间变灰，并没有做任何后续解释。

这时，沉默了一整晚的“知味”抛出一句弹幕：“被人告白了，开心吗？”

这话似调侃，又似吃醋，并不像原先“西红柿真好吃”说话的风格。但江小鹿依旧沉浸在粉丝破60万记录的喜悦中，既不在意盛子韬这突如其来的告白，也没留意到“西红柿真好吃”的奇异转变。

但她还是回答了：“不开心。我唯一想收到的就是我喜欢的人的告白。”

“那你喜欢的人是谁？”

“嘿嘿，以后告诉你们。”

说罢，江小鹿就撤了，这几天连续直播到深夜，她也不敢安心睡觉，今夜数据圆满达到Showtime的考核标准，她终于可以好好入眠，梦一宿男神了。

一刹那，直播房间空空如也。

斐承清望着电脑屏幕略失神。

今晚，他目睹了江小鹿的整场直播。当盛子韬带着自己十多万的粉丝前来应援江小鹿之时，他震撼之余，隐隐察觉到这人对江小鹿的情意。果不其然，下线之前盛子韬告白了。

斐承清是不会把一般情敌放在心上的，但此人是知名网络作家，实力强劲，竟然还扬言线下找江小鹿，那情况就危险了！

他本守着的这棵窝边草会不会被这只野兔子给拱了呢？

但江小鹿又说了，她已有喜欢的人了，那是谁呢？

鉴于上次相约回去，她未作任何表示，斐承清不敢猜测被江小鹿青睐的人就是自己。但无论如何，他也该采取措施了……

正准备睡觉，他收到了“风弄影”一则微信：“偶像，幸不辱命，今晚大概有25万粉丝去给大嫂捧场了，果然不愧是大哥的女人，水平真溜。”

斐承清笑了：“辛苦了，你什么时候来G城，我请你吃饭。”

“那你可得加油征服大嫂，不然这顿饭我才不吃呢。”

“自然，我们当面感谢你。”

风弄影，端游《峡谷战纪》当红主播，曾经风之谷战队的后备军，亦是斐承清的天字第一号小迷弟。

前晚，凌晨一点。他收到了偶像斐承清的信息，要他周五晚上八点带着庞大的粉丝群去Showtime应援新人主播“迷路小鹿”。

他十分意外，直播这行虽然网红如云，但斐承清向来不关注这个圈子，怎么现在竟然开口请自己为一个新人主播站台呢？

虽然疑惑，但他并未拒绝。周五晚，他停止了自己的直播，号召自己几十万的铁杆粉丝群前往Showtime支援江小鹿。

周一，专业课程排得满满的。江小鹿去上课时，室友茹昕对她昨晚的直播效果大加赞赏，并心口无忌讳地说她钓到了一只金龟婿。那网文作者盛教主明显就是钱多又仗义的主儿，江小鹿要是和他搞好关系，每天都无须直播，安心当教主夫人，就不愁“钱途”了。

江小鹿内心并不认可茹昕的言论，她做直播的目的从来不是想钓金龟，而是为了赚钱还债。

同时，她暗想着，是时候找个机会和粉丝说明白她已经有意中人了，免得产生各种不必要的误会。

现在已经用漂亮的数据敲开了 Showtime 的大门，之后只要数据稳中求进，那她就可以名正言顺留在 Showtime 签约梯队中了。

而且，直播的后续惊喜并未结束，现在每晚都有两三万新观众涌入直播房间，打赏和评论数据都很可观。

但其实，她对这种抛物线般的增长并不了解。

粉丝猜测道，可能是她好些个精彩的排位对局被录播，被推荐上了日流量上百亿的火烈鸟视频首页，许多玩家慕名而来，所以才形成后劲十足的可喜局面。

她疑惑地点开火烈鸟视频，她的游戏对局果然就放在游戏栏目的最佳位置，虽然游戏对局右下角都挂上了“Showtime- 迷路小鹿”的水印，但录制视角却是“西红柿真好吃”。

江小鹿盯着屏幕，暖暖失笑。隔着一重距不可测的网海，有一人默默支援、协助，这种感觉比满屏的“666”来得更踏实。

但，结合“西红柿真好吃”与盛子韬的热情表现，她知道是时候找个机会向所有观众说明——她有喜欢的人，哪怕她现在与那人毫无关系。

机会很快就来了。某晚，一八卦的观众问她，是否有男友。

紧接着，其他观众亦开始起哄，似乎得不到江小鹿的正面回复，必不会罢休。江小鹿半推半就地道：“我没有男朋友啦。”

半醉人间：“鹿鹿，我今天找我们那边的易经大师算了一卦。”

江小鹿愕然，盛子韬怎么突然插嘴，她不由得发问：“算什么？”

半醉人间：“姻缘。”

这，他算姻缘，又与自己何干？江小鹿怕话题更尴尬，并没接下这个话题，谁知道盛子韬依然道："大师说我命中缺你。"

……

江小鹿尬笑："盛教主，又调戏我，不厚道。"

半醉人间："我说真的，要是你真愿意，我现在就坐飞机过来。"

盛子韬是粉丝打赏榜的第一名，他的名字和弹幕被加粗加红。

因此，当他醒目的告白飘在屏幕上时，房间气氛再次被推向高潮。盛子韬这段时间准时守候江小鹿的直播，出手很是阔绰，并在江小鹿最终考核之夜，还拉来十多万读者前来应援，在旁观者眼中，他无疑是仗义的，有心的。话说，知名网络小说大神和女主播的交往是一个多么惹人好奇八卦的话题啊。

无疑，在粉丝心目中，也只有盛子韬这等人中之龙才配得上他们的女神。

"在一起！"

"在一起！"

"盛教主，你要好好地待我们家小鹿。"

……

局面再次爆嗨失控。

江小鹿心急如焚，如果她此次不说清楚，不仅盛子韬本人会误会，其他路人可能也会认为她借盛子韬炒作，而在明星圈、网红圈里，炒作可以，但尺度尤为重要，一旦越界，当事者个人品牌的美誉度将面临着一落千丈的风险，以后的公关成本也极高。

"大家别听盛教主瞎开玩笑。"江小鹿故意曲解盛子韬的真实用意，"上次我听读者说，盛教主可是有女朋友的，还是英国剑桥的学霸，我可不敢夺人所好，再说你们也不希望看到我是一个破坏别人感情的小坏蛋吧？”

短短几句，江小鹿镇住了场面。接着，她又趁热打铁，道：“再说，我有喜欢的小哥哥，虽然他现在可能都忘记我是谁了，但这并不妨碍我的单恋呀。”

盛子韬好不容易鼓起勇气，在公众面前坦诚自己对江小鹿的爱慕，谁知道她三言两语就转移了话题。他气恼地问：“你是为了拒绝我，而故意编出一个不存在的人吗？”

其他观众紧紧追问，哪家的癞蛤蟆如此有幸，征服了佳人的芳心！

江小鹿忐忑，说还是不说呢？不说，其他观众肯定认为自己在扯淡，糊弄他们？可一旦说了，可能又会给斐男神造成困扰呢！

观众步步紧逼，她无可奈何，终于长叹口气：“斐承清。”

然而说出来之后，她立马后悔不已，干吗不胡诌一个名字呢？非得将这个敏感的名字说出来。真蠢！

的确，当这个名字回荡在直播房间时，一场轩然大波已经激荡开来。斐承清是谁？在第一届世界联赛上，带领中国队夺得第一个电竞世界冠军，为国争光的大神，这可不是藉藉无名之辈啊。

不过观众亦平静得很快，喜欢斐神的女人多得很，谁知道江小鹿的喜欢是不是单纯的崇拜之情呢。

某女粉丝随即开口：“我和我闺蜜的男神也是风之谷斐大呢，他又帅技术又好，没理由不迷恋他啊。”

女粉丝无意之中的接话替江小鹿解了围，江小鹿忙接过话题：“对啊，斐哥哥长得又帅，气质又好，技术也棒棒哒，我们女生没理由不喜欢耶。”

知味：“如果，斐承清在你身边，你会怎么做？”

这小徒弟神龙见首不见尾，没想到这会儿上线了。江小鹿支着下巴，认真思考着：“不知道呀，我现在情况有点特殊。”

“知味”不再回答，打赏了 1314 朵玫瑰。

1314，这数字充满着暧昧，亦充满着反常。江小鹿狐疑，但也没有深入分析！毕竟这徒弟动不动玩消失，就算对自己有好感，应该也只是基于朋友间的欣赏吧。

现在她直播已上正轨，只要她继续努力，那么一定很快就可以还清账目，凑齐母亲的医疗费。然后，她就无须担负太多压力，可以心无旁骛地做一些自己想做的事情了，比如……追男神之类的事情。

只吃酸菜不吃鱼：“哇，主播和电竞大神的 CP 好像也很浪漫耶。”

无量山编号 89757：“那我还是更喜欢小鹿做盛夫人。”

一时间，粉丝竟然分成了两派，争执不休。

热情的粉丝让江小鹿欲哭无泪。最后，她只能干巴巴地转移话题：“最近我的大腿又长粗了，今天有没有人要抱抱上分呀。”

一听江小鹿要带人，粉丝们的八卦之火立刻偃旗息鼓，一个个屁颠屁颠地求着邀请上分。

此刻。

Showtime 副总裁办公室内。

明天 Showtime 即将召开高管季度总结暨计划大会，他将在会上提出“邀请当红明星入驻直播平台”等新商业模式，考虑到条理清晰的策划书更容易说服人，因此他不惜连夜加班，亲自赶出这商业模式方案。

晚上 11 点时，他结束加班。突然心血来潮，他点进了 Showtime 江小鹿的房间。

以前，他从没觉得自己的名字有何特殊，但当他进入江小鹿房间的那瞬，正好听到江小鹿念出他的名字，于是“斐承清”三个字仿佛是世间最动人的情话。

他浅啜小口咖啡，无声失笑，如此甚好。

他合上电脑，驱车回家。

星光沉静，夜也宁谧，凌晨的城市沁透着淡淡的清凉，斐承清打开车窗，任由夜风贯通灵台。

除了游戏，他心中从没对任何人、任何事物涌起过如此强烈的痴迷，也许是那天静途山的暮色太撩人，他跌落在江小鹿小鹿般迷乱又澄澈的眸子里，他动心了。

深夜是夜猫子出没的时段，也是码字者最兴奋的时刻。

然而，被网文圈誉为“码字之皇”的盛子韬电脑文档空空如也，他一字未写。几个读者群内的粉丝已经不停地催更，盛子韬漠然地看了一眼，随即关闭了窗口。

他，一线大城S市地产龙头大佬的独子，同时，也是坐拥百万粉丝的网文大神。无论做什么，他的人生一路顺风顺水，但他今日鼓起勇气，向喜欢的女孩子告白却遭遇了尴尬的滑铁卢。

失败，本不应该出现在他的轨迹之上，但终究还是发生了。他恼怒，气愤，不屑又不甘——她直播第二天，自己就一直关注她，风雨无阻，日日打赏，打赏的道具总价值应该占据她总打赏量的三分之一。一个新人主播怎么可以赤裸地拒绝自己这名粉丝打赏榜上的NO.1？

盛子韬百思不得解，于是他点开自己的读者一群，直率地问出心中的疑惑：“我向小鹿告白了，但也被拒绝了，用什么方法才能追到她？”

尽管老粉丝对他迟迟不更新表示不满，不过还是非常热心地出谋划策，其中一深谙PUA（搭讪艺术家）学的读者甚至建议：“直接搬去G城和江小鹿做邻居，朝夕相处，前期哄，后期损。”

这于其他人来说，本是成本极高又极不靠谱的建议，但偏偏这人是盛子韬，不缺钱、不缺时间的富二代自由撰稿人。

盛子韬深感认同，或许江小鹿目前没有接受他的告白只是因为自己的存在太过虚拟、虚幻，如若真正走近她，让她切身感受到自己的存在与温暖，那肯定能顺利征服她的芳心。

问题，似乎即将迎刃而解！盛子韬仿佛看到江小鹿在璀璨的华灯之下嫣然浅笑，写作的灵感顿时齐冒脑海，手指在键盘上流畅腾飞。

然而，他并不知道，八卦的粉丝已将他向江小鹿告白的事情进行艺术加工，成为了一段主播与网文作者的艳情逸事，无数观众慕名前来Showtime，想一睹俘获了网文大神之心的少女。

那段时间，主观意愿抗拒炒作的江小鹿的热度一度碾压臻臻等知名女主播。

在江小鹿告白斐承清的次日，江小鹿却被Showtime关进了小黑屋——取消了七天的推荐位。Showtime的惩罚理由是她直播时，言语不当，影响自己的形象。

金镶玉为好友打抱不平，自江小鹿直播以来，Showtime都没给优质的首页推荐机会。现在她好不容易站稳脚跟，Showtime却发出一道莫名其妙的惩罚令，凭什么？难道是在刻意针对江小鹿吗？

Showtime对接工作的基层人员私底下很喜欢江小鹿的直播，她间接暗示，作为主播或明星，事业根基还不稳固，不应该向公众坦承自己心有所属，否则会流失大片单身粉丝。关于这一点，他们部分变态的超级管理员和运营总监对此盯得很紧，也罚得很重。

江小鹿对这个规则深感厌恶，她开玩笑地嗔道：“以后要是有机会见你们大老板，我一定要建议他取消这个没有人性化的规则。”

谁知道，那小员工捂嘴就笑：“说曹操，曹操就到。刚才我正在办公区和同事说你这句话，没想到我们领导刚好经过。”

“糟糕，不会被你们老板记上了吧？”如果被记上，那自己以后更甭想得到 Showtime 的资源了。

“被我们领导记上才好呢，年纪轻轻，高高帅帅，而且很有魄力和想法，是我们全公司的共同男神哦。”小工作人员眼冒星星，花痴道，“不过我们领导很忙的，经常加班到深夜十一二点，肯定没精力去记仇。”

江小鹿放心了，继续悠哉游哉地直播。

此后，虽然黑粉仍旧频繁出没，好在她自己积累了大片忠实的铁粉，在黑与粉制衡之下，她自身发展稳中有升，并且话题热度居高不下。

J 大校园处处散发着浓郁的岭南风情，盘根错节的榕树散开繁密的枝叶，如一顶顶巨伞，人行于绿盖之下，遍体清凉，滋味惬意。

江小鹿与学霸室友秋秋抱着书本，迈进了图书馆自习室，为期末考备战。

中午时，自习室的同学一个个收拾课本准备吃中饭。江小鹿也饿得腹如鼓擂，正准备催秋秋去吃饭时，她的手机跃进了一个熟稔无比的号码——斐承清。

她讶然，像做贼般跑到走廊上，偷偷摁下了接听键。

“在哪儿？”

“学校啊。”

“学校哪儿？”

“图书馆。”

“等我五分钟。”

这段通话打破了江小鹿有史以来的记录——五秒钟结束。江小鹿呆呆地看着手机，大神刚才说要来找她？五分钟后出现？为什么？再顺路带自己回静途山？

她充满想象力的脑洞开始预备播放“百集连续剧的片头曲”了。

正揣测之时，秋秋抱着书本走出来道：“走吧，吃饭去了。”

江小鹿尴尬地赔笑：“不好意思哦，有个朋友来找我，你先去吃吧。”

秋秋推了推鼻梁的眼镜，随即走了。

江小鹿抱着书本，百无聊赖地站在图书馆门口等斐承清。

不一会儿，打扮清丽文艺的臻臻和一个背着单反相机的男生谈笑甚欢地走进了图书馆。他们神色漠然，故意装作没看到江小鹿，江小鹿也视而不见。

五分钟后，斐承清很准时地赶到图书馆。

好些天不见，斐承清清减了许多，脸完全褪去了二十出头的年轻稚嫩感，棱角更分明，更有男人味，浑身所散发的气场带着生人勿近的疏离感。

“听说，你想和 Showtime 提提建议。”声音清淡，他的嘴角似翘非翘，仿佛戏谑，但又正经。

江小鹿震惊了，他怎么知道的。她疑惑道：“你在 Showtime 工作？”斐承清点点头，默认了。

江小鹿咬唇：“我，开玩笑的。你帮我转告你们家老板，让他大人大量，原谅我吧？”

“原谅你没问题啊，但是你总得说说你为什么会骂他没人性？有则改之，无则加勉。”

这！这原因完全不能说啊，总不至于说自己在直播里向他告白，而被 Showtime 运营的人给批评了吧？

这样的话，他应该会笑死的。她眉头一皱，计上心来：“其实，我是看最近好多新人主播尺度有点大，他应该管管，否则很容易被警察叔叔查水表的。”

谁知，这个蹩脚的理由竟让斐承清正色以待，他道："我也留意到这个问题了，我回去会和同事们反馈处理的。"

"话说，你在负责哪一块啊？什么时候进入 Showtime 的？"

"我管的就是你这块啊。"斐承清很坦然。

江小鹿讶然。原来斐承清退役之后做直播平台了，为什么之前都没听他提起过。不过他俩本就没有过多交集，不知道这个消息也正常。

气氛正要陷入刹那的沉寂时，图书馆内传来一个男声："臻臻，趴在书上，轻轻闭眼。"

约莫是那年轻摄影师在给臻臻拍小清新艺术照。

江小鹿不想在此逗留，于是开口邀斐承清一同吃午饭。这次斐承清毫不客气地答应了。

她有心还他上次接送她回家的人情，于是在学校后街挑了一家较为中高档的饭店，饭后斐承清主动付款，江小鹿竭力拒绝。

尽管现在还有巨额医药费和赔偿金未彻底解决，但她现在总体经济状况不再如之前困顿，偶尔下馆子"腐败"一番，也不存在太大压力。

送走了斐承清，她心情大好地抱着书本，打算回寝室找室友唠嗑唠嗑。刚走到女生宿舍，同专业的两位学长拦住了她。

原来，手游《峡谷战纪》的运营商于明年 3 月底举行第一届高校联赛总决赛，市场营销学院有心派出队伍逐鹿战场，不过先决条件是击败其他院系高手，他们才可能代表 J 大出征全国高校联赛决赛。但学校高手如云，唯有请出江小鹿，他们才能提高胜算。

起初江小鹿并不同意，因为如果代表学院参赛，那直播及学业势必会耽误。

那两位学长搬出自以为是的撒手锏："据说，舞蹈系的臻臻也会代表他们学院竞夺资格，你是不是怕败于臻臻，所以才不敢征战啊？"

江小鹿默默在内心翻了一个“王之蔑视”的白眼,她才不 care(在乎)臻臻呢，臻臻的实际技术与自己完全不在同一段位。

这种蹩脚的激将法对她并不起作用。江小鹿又欲离开，两位学长不顾男女之别，挽住江小鹿，低声哀求：“你就当为学校争光嘛。再说，冠军队的 MVP 可能会被运营商聘为首席游戏体验官，那么所有玩游戏的人都知道你了，而且奖金很丰厚哦。”

她侧头，认真地思考一会儿。首席游戏体验官？丰厚的奖金？听起来好像能变得很有钱的样子，那么，她试试吧！

但她总不能光明正大地承认自己是拜倒在“孔方兄”的脚下才转口答应的吧？人设嘛，不管怎么样都要高大上！

于是，她答道：“也是，作为 J 大的学子，我也总归得为学校做点贡献。”

见请动了江小鹿，那两人高兴不已，当下询问江小鹿的联系方式，表示等筹备好一切，再约集训时间。

回到寝室，小双、茹昕正贼兮兮地聊天，一看到江小鹿回来，小双在她耳畔窃语：“秋秋坠入爱河了。”

大概除购物之外，八卦也是另一罐满足女生的蜜饯。

“是谁？”江小鹿萌生好奇，平时秋秋潜心读书，表示看不上校内的凡夫俗子，那这次拨动她心弦的男人到底是何方神圣呢？

“擦肩而过的陌生帅哥哥，据说，是图书馆外撞见的。”

“对啊，估计是一场单相思哦。”

不会秋秋碰上的恰巧就是斐承清吧？江小鹿望着正坐在床头发呆的室友，狐疑地想。

晚上，江小鹿直播完毕后，在洗手间卸妆洗漱时，突然想起徒弟在直播后台的留言。

“什么时候有空？”

这是约她见面？江小鹿怕自己自作多情，于是明确反问：“小徒弟，你这是约我吗？”

“嗯。”

这……她不否认自己对这徒弟有好感——感念他的慷慨打赏与时常相伴，甚至他在游戏上的偶然维护，她被温暖过，也曾感激过，但这种好感，只出自于纯洁的朋友之情啊。

因怕他产生错觉，所以在他面前时，她说话从不敢随意。谁知……还是让他误会了吗？

她嘻嘻笑着：“西红柿，逗弄为师很好玩吗？你就不怕你未来的师公揍你。”

明显婉拒，大概小学生都能听明白，但“西红柿真好吃”偏偏不明白，他继续问：“你现在又没有男朋友，我何来师公？”

“我上次和你们说过，我男神是斐承清呀！”

“可你们并没在一起，他只是你偶像啊。”“西红柿真好吃”的话越来越直，与他以往的作风，判若两人。

江小鹿终于隐隐明白了“西红柿真好吃”的心思，她深吸一口气：“徒弟，虽然我现在没有和斐神在一起，甚至以后也可能和他无缘无份，但现在我不想耽误别人，包括你。”

“西红柿真好吃”沉默了。

江小鹿恻然，或许，这份师徒之情要戛然而止了。

良久。

“我为斐承清高兴。”

“谢谢。”

事后，“西红柿真好吃”全程缄默，但江小鹿的心稍微安定了。

反倒是盛子韬的ID“半醉人间”，过一会儿就刷一个礼物，还不忘高调向她表明心迹。虽然自始至终，他都没得到过江小鹿任何正面的回应，但不知为何，他总是乐此不疲。或许是不甘在作祟，又或许他是无聊打发时间。

这其实是最寻常不过的一晚。江小鹿结束了直播，准备洗漱睡觉。

牙膏在嘴里刷出了酸甜香味的白泡，越涌越多，如她的心事。

镜中的眉眼已不似暑假前的单纯无虞，世俗了，但也坚韧了。人生是一个不停得到，又不停失去的旅程。她很高兴在此过程中，成长的收获远远掩盖了那些终究会失去的失去。

未来或许会更美好！

洗漱台上贴着一张写满英语单词的纸，今日正背到了《肖申克的救赎》的经典台词：Hope is a good thing and maybe the best of things,And no good thing ever dies（希望是美好的，甚至可以说是至善至美之物，并且美好是永远都不会消失殆尽的）。

臻臻是舞蹈系的系宠。

她自小就学习舞蹈，长期的艺术熏陶培养出她婀娜的身段，之后她在狐狸直播，名声大噪……这些稀缺的光环加诸一身，让她成为全系甚至全校当之无愧的校花女神。

此次第一届高校联赛主办方许诺的奖励引得无数高校学生心痒难耐。J大舞蹈系几个男生也野心勃勃，在得知消息后，第一时间就说服臻臻加入他们战队。他们都想在各院系中脱颖而出，代表J大出征冲入决赛，夺得冠军。

当他们听到市场营销学院已拉拢江小鹿入队时，私底下恨得牙痒痒。

虽他们没有和她对局过，但据看过她直播的同学说，她非常厉害，在高星王者局上，她的对手经常被她打得无还手之力。

不过……《峡谷战纪》是团队游戏，其中亦存在运气成分，最终鹿死谁手尚未知呢？

J 大校内选拔赛共有 46 支队伍，最终是舞蹈系、市场营销系、体育系三支队伍竞逐出征名额。

周五，夜晚八点，J 大选拔赛总决赛。

出征的荣誉将花落谁家？答案即将揭晓！

赛场上，尽管江小鹿打出了震惊全场的 KDA 数据，但队友的水平意识逊于其他两战队的队友，在劣势已然拉大的情况下，坦克竟然先手发动团战，导致团灭，眼睁睁地看着敌人推上了高地。

他们出局了。

最后，出征资格被体育系摘获。

一行人懊恼不已。江小鹿心情亦是低落，不经意瞄了一眼不远处的臻臻，臻臻殷红的唇形勾出“不过如此”的嘲弄。

江小鹿翻了个白眼，她们舞蹈系不一样败于体育学院，同样是手下败将，她哪来的勇气嘲笑自己。

两支败军预备离去之时，承办此次选拔赛的学生社团联合会的会长叫住了江小鹿和臻臻，道：“刚才校领导找我们谈话了，既然我们是代表学校出征，那我们就应该摒弃院系堡垒，共同为学校荣誉而努力。如果你们二位不介意，那我们将从你们中间选出一人作为候补。”

臻臻忙问：“通过什么方式决定这唯一名额，不可能是石头剪刀布吧？”

会长绽开一个世外高人般的微笑：“既然是游戏，那肯定是输赢定胜负，你们SOLO，三局两胜，胜者成为校队的正式队员。”

仅仅是候补队员，有没有机会正式参与比赛还不一定呢，自己又何必花这么大力气去争取呢。江小鹿内心精明地盘算出得失利弊，抱歉地道：“会长，虽然我很想参加，但最近期末了，我腾不出空，让臻臻上吧。”

此时，她的直播QQ群内吵翻了天，好些个网友催她赶紧上线直播，她不愿久留，就匆忙告别离开。

臻臻正求之不得，虽然她对自身水平向来信心满满，但对阵江小鹿，却底气不足，如今强敌自愿退出，她当然求之不得。

谁知道算盘落空，那会长很看好江小鹿，忙挽留她的敌手江小鹿，说：“有个队友是准备考研的大三学长，他的考研时间和备战可能存在冲突，候补队员上场概率非常高。小鹿，你再考虑考虑，我们都很看好你。”

正式上场的话？那么……尝试一下也未尝不可，体育系几人这么强，加上自己，那至少可以混到总决赛吧。江小鹿转身，笑：“既然学长这么热情，那我却之不恭了。”

说完，她的目光又扫向臻臻，以一种极为谦卑的语气道：“学姐，请多指点。”

臻臻气得杏眼圆睁，这女人怎么说话不算呢？可当着旁人的面，她也得表个态：“江学妹，没关系，反正无论谁上，咱都是为学校争光。”

那会长之前一直担心争同一名额会导致她俩都红脸，不过看到她俩和气生财的模样，他也就放心地离开了。

回到寝室，江小鹿打开Showtime客户端时，已晚上九点。

她平日直播向来准时八点上线，今日突然缺席，一些铁粉们都在房间内惴惴不安地猜测。当见江小鹿上线时，大家才放宽心，直播间气氛才嗨起来。

半醉人间：“小鹿，你要是再不上线，我都要去找你了。”

盛子韬本急欲线下约会江小鹿，但碍于小说即将完结，频道主编安雅天天盯着他的进度，生怕他停更，因此他现在只能线上示好。当然他也会以另外一种方式表达自己的爱意——准点热情地陪伴，毫无节制地打赏！

江小鹿虽然私下和他说过，没必要在她身上浪费钱财，她现在收入很稳定，足以维持生计。但盛子韬不愿听，为她花钱，他乐意！

尽管这段时间都没有平台推荐，但江小鹿直播的观看量稳中有升，甚至有粉丝扬言她将取代臻臻，成为手游《峡谷战纪》第一主播。

树大招风。

现在不仅臻臻的脑残粉前来骚扰，连其他二三线游戏主播的粉丝偶尔也会在房间内黑她。

江小鹿的内心被各种莫名其妙的黑料磨砺得更为强大，用漂亮的数据抽打黑子的脸才是最无声的强势回击。

因此，面对房间内偶尔出现的不和谐，江小鹿依然有心情和粉丝调笑。

青衫引："鹿啊，你真实姓名是什么？"

"我姓江啊，我是青春小酒江小白失散多年的妹妹。"

凌晨四点太阳："真逗。江小白给你多少广告费了？我给你双倍。"

日复一日的直播，如一场场平淡似水的轮回。在J大学子玩家的万众期待之中，当红主播臻臻与新黑马江小鹿即将举行"生死"对决。

当晚，无数校友涌进了江小鹿的直播房间，欲一睹"峡谷双姝"的激烈对决。

SOLO时，双方看不到彼此的英雄选择，若想英雄压制，有些运气取巧的成分。

当两人都进入游戏加载界面时，不少人为江小鹿倒抽了一口气。江小鹿今日虽选了具备位移技能的射手，但代表臻臻出战的那个骑马战士正好克制她的脆皮射手。战士一刀砍下去，脆皮若是没躲过，完全会搭上大半条生命。

此种英雄对局，江小鹿若要取胜，怕是有些悬。

但臻臻的英雄再强势，面对的毕竟是微信区最高星的王者——江小鹿。

前期江小鹿的射手极为猥琐，塔下补兵发育，并不正面迎战战士。战士前期故意示弱想引射手对战，谁知射手仿佛猜出他的诡计，不愿和他正面交锋。

而在中期，射手逮住他走位的失误，将他打掉大半罐血，又趁他回城之时，推掉他第一塔。

如此一来，射手已建立明显的经济优势。

之后战士虽走位谨慎许多，但终究心躁难耐，失去了经济优势及塔防优势，后期射手势如破竹，一波将水晶打爆。

射手稳赢！

江小鹿直播房间闪耀着数不胜数的道具打赏特效动画。

J大校友对这场对局质量非常震撼，尽管有好些人是臻臻的粉丝，但对同是校友的主播江小鹿并不吝赞美。

江小鹿温婉一笑："臻臻既是我学姐，也是我的前辈，今天的对局也的确存在一些运气成分。希望大家今后一如既然地支持我们。我和臻臻都会继续给大家奉献精彩的游戏直播。"

她低头一笑，掩掉了双眸中的慧黠。

她本来无意针对臻臻，但臻臻三番五次纵容粉丝故意抹黑自己，那她便会以牙还牙！不过她并不会煽动粉丝去报复臻臻，这种 low（低级）

手段，她可不屑用。

如果《峡谷战绩》只有一名女王，那必是自己！

此时，市区内一栋装修精美的公寓。

臻臻望着屏幕上醒目大写的失败，气得把手机砸到了沙发上。

她已知此战胜率不大，所以只和闺蜜及朋友透露了此事，根本没和粉丝说起。没想到江小鹿竟然无耻地借此机会向校友宣传她自己的直播，还毫不留情地当着所有校友的面碾压自己，便宜可都让她一个人占尽了。

难道自己好不容易争取到的地位和名声，都要拱手让给她吗？

不，她不甘心！

第七章 拜师礼

期末，如约而至。

江小鹿这段时间熬夜备考起了成效，这几场考试并不算难。

最后一科考试结束时，已是暮色四起的深冬傍晚。绛红色的夕阳仿佛惧怕这汹涌来袭的晚间寒意，最后的值守并不尽力，显出一副颓丧的模样。

天色沉沉。

江小鹿迈出考场，看着校园主道络绎不绝的离校学子，听着水泥地与行李箱滚轮之间的摩擦咣咣声，有刹那的恍惚。时光匆匆，还有半个月就是除夕，她又添了新岁呵。

她发了一会儿呆，随即迈向校门口的“梦味仙”餐馆——代表J大出征高校联赛的战队队友首次聚餐之地。

等她赶到时，四个体育系男生已坐在包厢内闲聊。他们曾在候选赛中见过面，不算初识，因此双方都主动问候，气氛并不尴尬。

“不好意思，我来得太迟了。”

身材魁梧的队长全仪拍了拍旁边的位置：“不晚不晚，还有一大神没到。”

江小鹿望着正对门的空空主位，狐疑地问道：“体育系还有没祭出的王牌吗？”

队友笑了：“我们体育系可没这种超级大腕，据说在我们学校商学院读 EMBA 的在职研究生，名头可响得很。”

江小鹿再欲深问，那几个男生相互挤眉弄眼，以给她惊喜为由，拒绝回答。

大神没到，在场的几人都不敢让服务生上菜。江小鹿摸了摸饿得咕噜作响的肚子，内心腹诽着这个没有时间概念的大神队友。

六点半。

楼梯间终于传来一阵稳重有力的脚步声。

“来了，来了。”几个男生纷纷伸长脖子，巴巴地望向了门口，仿佛极为期待这最后一名队友。

难道这人真的很了不得？是哪位知名主播，还是电竞俱乐部里的职业选手啊？江小鹿出神地想着，右手举起茶杯欲浅啜小口。

战队最后一名大神队友挺拔如竹地迈进了包厢。

怎么是他？

“当啷。”陶瓷茶杯坠落在地，发出一阵沉闷的撞击声，成了一曲她给大神队友的欢迎交响曲。

水溅落一身，然而她恍若未觉。

那位大神径直坐在她身边，仿佛老熟人般递给她一张抽纸，泰然地说：“好像很不欢迎我。”

江小鹿勾了勾僵硬的嘴角：“没有，但你之前说过你不玩这个手游。”

“现在不晚吧？”斐承清淡笑，随即向周围看呆的队友打声招呼。

全仪等四人好奇地问：“你们之前认识？”

江小鹿干笑：“在邻居家见过几次而已。”

这丫头，似乎很想和他撇清关系呢。不过斐承清并没有点破，而是转头问几名男生是否点好菜了。得到否定的答案后，斐承清道：“泡椒牛蛙、三味茄子，其余的你们点。”

全仪做绅士状，把菜单递给江小鹿：“小鹿，你爱吃什么点什么。”

谁知江小鹿尴尬地把菜单推回来：“大神点的恰巧是我也喜欢吃的，你们点你们想吃的吧。”

其他四人望向他俩的眼神多了几许促狭。

这难道就是几面之缘的了解？骗小孩呢！

“巧合而已。”江小鹿举起爪子，想澄清一番。但此地无银三百两，其他人的眼神更暧昧了。

几人点完菜，身旁的服务员却没下文，他们齐齐往门口一看，发现服务员手拿着菜单正出神地看着斐承清，于是大家都意味深长地长“哦”一声……

美色果然误人。

队长全仪颇有组织能力，他转移话题，提议队友简单自我介绍及报一下自己主玩位置。

一个戴着眼镜的高瘦男道：“我在备考公务员，所以不会参加正式的集训及决赛。大家把我当透明人就好，其实我也就想来蹭顿饭，看完斐神也就走了。”

“赶紧滚你的，就你那破技术本来也不能和斐大比。”开口的男生长着一张唇红齿白的斯文脸，但一说话却带着东北腔，直白又粗鲁。

江小鹿愕然。

全仪忙哈哈圆场：“眼镜男是于雷，忽略不计。这位钢铁东北伪汉子叫张书嘉，主玩辅助位。那个有张正太脸的男生叫顾月昕，主玩上单位。至于我嘛，替补，随便什么位置都可以。你们呢？”

江小鹿这种全能型选手当然更随便，但早点确定了位置，则能早点和队友培育出更默契的配合。她略一思索，开口道：“如果斐神玩中单，那我打野没问题的。”

斐神现在都被端游玩家称为世界第一中单，中单法师位应该属于他的强项。

“我玩打野。全仪，你玩射手没问题吧？”沉默的斐承清突然开口。

全仪点头。他本身特擅长射手，既然该位置空余，那他当仁不让地承担起下路输出。

分派好位置，约定集训时间及方式后，几人边吃饭边闲聊，四个男生对专业电竞很感兴趣，一个个追着斐承清问电竞圈内事，一个见面饭局几乎成了斐承清的“记者招待会”专场。

江小鹿很没存在感地默默吃菜。

斐承清仿佛不介意队友对江小鹿的忽视，他的目光偶尔扫一下她，姿态闲散，目光却很认真地分享职业生涯的所见所闻。

一股阅尽千帆而不自矜的气度自他周身飘逸而出。

江小鹿偷看他一眼，小眼神中满盛崇拜——与周围的男生如出一辙。

这个男人书写了中国电竞史上最辉煌的一页，以缔造新篇的形式激励着无数电竞人及游戏爱好者为电竞疯狂。

在此之前，游戏被绝大多数家长妖魔化，而今他们发现，原来游戏既可是名利的跳板，也可算梦想的彼岸，本质上，与其他体育赛事并无区别。

到了七点五十分，聚餐结束，其他几人恋恋不舍，但江小鹿早盼结束，一听散场，她忙欢快地告别队友，准备回小出租房里准备今晚的直播。

刚出餐馆不远，队长在新建的战队群里重新报了一下各队友的游戏ID和位置，江小鹿漫不经心地瞄了这排ID，顿时一个趔趄，几欲倒地。

谁知在这千钧一发之际，一双有力的大手托住了她的小蛮腰。

她转头，跌入了一双似融着星辰大海的眼睛。

夜幕璀璨。

仅在咫尺的呼吸声，悠悠重诉着如静途山湖旁的宁谧而浪漫的黄昏。

“你的ID取得和我徒弟名字一模一样。”江小鹿讪讪地指着手机屏幕上赫然醒目的“西红柿真好吃”。

他轻轻帮她摆正身子：“需要我举行拜师礼吗？”

像见鬼一般，她拖着跛脚倒退几步，满脸都是不可置信：“莫非真的是你？”

“是我。”

曾经无数次观看自己直播到深夜，并陪伴自己走过艰难的起步岁月的粉丝“知味”；曾经无数次在游戏中为自己挡伤害，做视野，报复仇敌的徒弟“西红柿真好吃”……在此刻竟然与自己心心念念的电竞大神斐承清三体合一，此刻的巧妙，怕是她人生剧本当中的一场梦中梦吧。

她顾不上吃痛，揉了揉双眼。

斐承清笑，握住她的手腕：“我以为你知道，曾经开过语音。”

“有吗？”

如果他曾经开过，那自己怎么分辨不出他的声音来？他肯定在骗她。

“有。”确然的肯定。

“可我不记得了。”

斐承清拢起的眉心写满了失望。当初他还亲口承认过自己就是她的一位朋友，他以为她知道，所以之后相处从没刻意解释。没想到这个丫头竟然到现在才知道自己一直以来是她的忠犬小徒弟和忠实小粉丝儿？

这期间点点滴滴的巧合，未必她从没窥出端倪？当初可是她自己当着几十万粉丝的面说斐承清是她男神的？

世间有这样不负责任的小迷妹吗？

“快八点了，你赶紧回去准备直播吧。”他的笑渐渐凝固在脸上，声音也转淡了。

融入了这璀璨的夜色，流转于彼此的隐约暧昧被斐承清刺破。江小鹿恋恋不舍地收回留恋的目光，强忍着内心的失望：“那我先走了。”

她本走得极慢，可后来似乎想到了什么，又加快了速度，不一会儿就消失在转角处。

在得知西红柿真好吃、知味、斐澄清三个身份是同一人时，她除了惊喜，甚至暗暗猜测着——他或许对自己有好感吧？

可当他毫不留恋地提醒自己尽早离开之时，她便觉得自己有点自作多情。

也罢，哪有什么自己爱恋的男神同样默默喜欢着自己的这种浪漫童话，这明显就是一个巧合与错觉。

惊喜夹杂着失意，她打开了直播。

此时，“半醉人间”和其他网友雷打不动地守护在直播房间。江小鹿上一刻钟被感情蹂躏的心，下一刻就被来自屏幕之外的陪伴暖化了。

哼，男人算什么！女孩子要的是事业！

尽管寒假伊始，但考虑到山中信号差，江小鹿依旧住在出租屋，一边坚持直播事业，一边和队友训练游戏。斐承清毕竟是职场人士，同队训练的时间和其他人颇不匹配，其他四人忧心忡忡，怕斐澄清到时候拉了全队的后腿。

江小鹿找出和“西红柿真好吃”的组队战绩，用数据打消了他们的担忧。

而大忙人斐承清的确为Showtime的商业布局忙得焦头烂额。最近Showtime即将进入一个全新的内容创作领域，前期筹备工作十分忙碌，因此前期的集训，他多次缺席，甚至晚上也没有时间去捧江小鹿的场了。

他不知道，在他无力作为的期间，他最大的情敌盛子韬已发动了攻势。

火爆全网的修仙小说《昆仑破》的第一部在万众欢呼声中，暂时结篇。作为它的创作者——盛子韬也决定休整一段时间，好好为自己的私人大事谋划谋划。

而他谋划的第一步，是捧着鲜花和礼物，堵上江小鹿的校门。

限量版的红色跑车旁，盛子韬一边抱着大束玫瑰，一边举着“江小鹿”的牌子。

来来往往的人瞧了瞧这豪华的跑车，又望了望浑身名牌加持一副富二代模样的盛子韬，竟然毫不隐讳地打开手机摄像头——咔嚓一声。

当江小鹿赶到现场时，周围一小拨好事之人将好奇求证的目光投向了她，那她就是被这个富二代眷顾的幸运女主角吧？

江小鹿见这么多人围观，本能地放缓脚步，又故意抓乱了披散的直发，遮挡住自己的一部分容颜。

她轻咳一声，抢先道：“小鹿她在前面等你，你随我来。”

朝思暮想的姑娘俏生生地站在眼前，盛子韬含笑。准备多时的告白虽被她不按常理的开场打乱，但他觉得惊喜、有趣，甚至非常新鲜。

他平日深居简出，但偶尔也随父亲出席签约仪式、酒会，也算阅女无数，多数姑娘美则美矣，却无灵魂。如今，眼前的姑娘言笑晏晏，颦蹙之间充满灵气。

如果女人是一部书，那江小鹿这部作品必然引人入胜，精彩绝伦。

“那你猜，小鹿喜不喜欢我捧花出现呢？”他问。

“根据我对她的了解，她可能不喜欢。”江小鹿故意严肃地皱起眉头。

盛子韬故意叹口气，转看向周围一个穿高中校服的女生，笑道：“我女神不喜欢花，扔掉又可惜，送你好吗？”

女生的嘴巴顿时张成大大的“O”字：“蓝色妖姬并不便宜，你还是送给你女神吧！”

“既然你不要，那我扔了。”盛子韬欲走向垃圾桶。

那女生见他动真格的，忙去抢那束花，嘟囔道：“这么漂亮，扔掉太可惜。”

解决掉鲜花，盛子韬把牌子扔进了车内后座，摇了摇空空的双手：“那你现在可以带我去见我女神了吧？”

他摊手耸肩的模样充满童真，江小鹿扑哧而笑，领着他走向自己的出租房方向。

盛子韬打了个响亮的手指，亦步亦趋地尾随其后。

江小鹿也不敢引他太远，待转角见不到人后，她开门见山地正色道：“盛子韬，你不要为我耽误时间了，也不要打赏我了。你知道我有喜欢的人了。”

盛子韬痞痞地倚靠在墙上，挑眉问：“斐承清转正成男友了？”

江小鹿摇头。

“那就是了，只有不愿意挥的锄头，哪有挖不动的墙脚？”他笑。

江小鹿皱眉，一些粉丝说盛子韬喜欢观看直播，在与女主播的互动中，言语也多为疏狂恣意，现在看来，果然轻佻。

“虽然我非常感谢你的关注与打赏，但我也希望你不要误会，我真的只想单单纯纯、正正经经地和观众分享游戏的乐趣。”

她前所未有的严肃让盛子韬自知失言，他站直身子，收回花花公子的套路：“江小鹿，我也想告诉你，我也是单单纯纯、正正经经地喜欢你。你何必急于划清界限，不尝试和我慢慢接触呢？”

江小鹿摇头。

心是一片方寸之地，除了斐承清，再容不下他人。

感念于盛子韬一直以来的支持，她主动宴请，为他接风，并请他尽早离开J大，不要枉费任何心思及金钱在她身上。

中餐嘛，盛子韬欢欢喜喜地答应了。但他以不容置喙的态度拒绝了另一个要求。

他盛子韬如果是半途而废的人，那根本不可能在网文圈打拼到现在的地位。

江小鹿无奈，吃完饭就扔下了他。

他倒好，屁颠屁颠提着行李箱在J大校门口最高档的公寓酒店租了一套房子，似乎做好了长期鏖战的准备。

平时，他蜷缩在公寓里玩游戏或看小说，一见对面小楼里的江小鹿出门，他则死皮赖脸地缠上去。

江小鹿简直无可奈何，因为还不待她开口，他便嬉皮笑脸地截住她话头：“此路虽不是我开，此树虽不是我栽，但也不姓江，你可没资格赶我走。”

于是，她乖乖闭嘴，自己平常的伶牙俐齿在他这种赖皮之前，简直是战斗为负数的负五渣。

转眼间，除夕将至。

尽管盛子韬对江小鹿恋恋不舍，但过年之时，最终还是被父亲的十二道金牌召回去家族团聚。

他离开J大的那天，江小鹿望着绝尘而去的保时捷，心里松了口气。

这冤孽，终于走了。

她也该收拾收拾，去医院陪母亲过年了。

等江小鹿赶到医院时，大部分医护人员及接近痊愈的病人已回家过年了，仅剩母亲及几位状态反复的病人，及其他几位坚守大本营的值班工作人员。

如此倒好，安静。

除夕日的午后分外安静，江小鹿坐在疗养院的长廊下，愣愣地对着窗外发呆。岭南虽处热带，可深冬也透着刀削般的冷意，她裹了裹身上的毛呢外套，换了一个更舒服的坐姿。

这段时间，斐承清的Showtime账号及游戏账号几乎没有在线过。也不知是不愿再和她联系，还是工作忙到不可开交，但今日除夕，普天之下的人都在共聚天伦，他应该也回老家过年了吧。

暮色渐深。

医院不能留宿，江小鹿陪母亲吃过晚饭之后，就启程返家。

回到家的第一件事自然是把寄养在斐家的“西红柿”接过来。当她敲响邻居的门时，斐家人正筹备除夕团圆宴，他们强烈邀请江小鹿和他们共享团圆晚宴。江小鹿拒绝，小胖墩可舍不得游戏偶像离开，一把把她拉到了餐桌旁。

突然，“西红柿”和斐家的秋田犬似乎闻到了极为熟悉的声音，极为兴奋地狂奔而出。

“哇，叔叔到了。”小胖墩尾随而出。

难道是斐承清？她心底压着几分期待，可想到最近斐承清莫名的失联，神色顿如寂灭的佛，喜乐不现。

很快，在两狗一人的簇拥下，斐承清走路带风般迈进了客厅。高挑的他穿着黑色风衣，眉目冷峻，神采奕奕，绝对算是鹤立鸡群的极品。

他第一眼就看到了江小鹿，目光流露出刹那的惊讶，而后脸色如常，转头向他哥嫂及保姆问好。

“承清，就差你了，赶紧吃饭。”斐嫂道。

斐承清洗完手后，径直坐在江小鹿旁边，毫不客气地开吃。

江小鹿也故意装作不认识他，低头吃饭。

小胖墩察觉到两人的异样，充当起和事佬：“叔叔，你上次不是还专门接小鹿姐回家嘛，之前看你们有说有笑，怎么现在两人像对闹矛盾的小情侣啊。”

江小鹿羞红了脸，瞪了一眼小胖墩：“乱说。”

斐承清笑眯眯地夹了一块肉到小胖墩碗中：“乖乖吃饭，叔叔今晚打个大红包给你压岁。”

似乎顾左右而言他，但又似乎接下了小胖墩的话题。

斐承乐的目光在两人身上逡巡，随即露出慈爱的笑，知弟莫若哥，他隐约猜到了弟弟的心思。

席间，小胖墩一如既往地发扬着话痨特性，不停地问着各种关于游戏的攻略和玩法。

本想装成透明人的江小鹿没辙，只能化身慈眉善目的“游戏老师”。

他妈妈宠溺地揪了揪小胖墩的耳朵：“你最喜欢的大猪蹄子还堵不住你的嘴啊。”

旁人哈哈大笑，江小鹿羡慕地看着被天伦之爱包围的小胖墩。她曾也如此幸福，可现今，这等和美画面永不可能于她的人生再现了。

她匆匆地吃完饭，说了几句客套话，就带着“西红柿”回到了自己家中。

将房间收拾一番后，她进入 Showtime 的直播间，在线人数并不多，估计粉丝们也都去欢度团圆之夜了吧。

她没有打开前置摄像头，只是很沉默地把屏幕切换到了游戏匹配界面。

“小鹿，你好敬业，连团圆饭都不吃就来直播哎。”

“来来来，芦笛们，让你们看看 65 个人的大家族吃团圆饭的热闹。”

……

除夕之夜，团聚与大餐当然是永恒的话题。江小鹿不想扫粉丝的兴头，故意捏捏嗓子卖萌：“你们先去吃团圆饭吧，不然你们爸妈要来削我了。”

话说间，她选了一个执皮鞭的强势刺客：“现在这个时候还关注游戏的人肯定不是乖孩子，待会儿我要狠狠抽这群团圆饭期间玩游戏的熊孩子。”

调动气氛是主播的必修功课，江小鹿天生自带的幽默感让她平日直播轻松风趣，区别大部分女主播干巴巴的直播风格，很招观众喜欢。

草木葱郁的峡谷野区中，执着皮鞭的刺客仿佛充满着愤恨绝望，她一套凌厉的暴击连击将正去刷红 BUFF 的射手砍杀，随后无视几大野怪，又越过河道去追杀半血的中路……

按理说，打野位要及时清理野怪发育，在合适的时机下，发动围剿，帮助团队建立优势。

然而，江小鹿的刺客却反其道而行之，她甚至一而再再而三地忽略野怪，一道长鞭带着闪电般的恨意切入战场，径直收割人头。

残暴的刺客倾覆了峡谷的风云，这几乎成了她的单杀主场。

观众们看出端倪，一个个问江小鹿今夜是否受了刺激，否则怎么玩法如此反常？

得空从无聊的家族团圆饭中偷偷抽身上线的盛子韬问：“小鹿，你今天不开心啊？”

江小鹿没有回答，她似乎忘记了她开着直播，成千上万的观众等待她的互动。

盛子韬得不到答案，只能以最实际的行动酬谢着女神的辛苦投入。

半醉人间送给迷路小鹿一栋别墅。

半醉人间送给迷路小鹿一栋邮轮。

……

然而，他心心念念的姑娘并没有回应，甚至一句道谢都没有说。整整三个小时，江小鹿都是打完一局游戏，再无缝开始下一场对局。她的屏幕界面一直没有切回直播房间，因此哪些观众进进出出，或哪些观众打赏评论，她并不愿知道。

仿佛入魔一般的她，沉浸在峡谷的惨烈厮杀中。

击杀、击杀、被围剿、击杀……复生，继续投入下一场生死决斗中。

她也不知道自己的情绪为何如此抑郁，从下午开始，无名的悲哀就在心头汹涌，她无处宣泄，只能借游戏发作，在峡谷掀起一片又一片的腥风血雨。

良久，良久。

“小鹿姐，出来放花炮啦。”

门外，小胖墩的稚嫩童音将她拉回现实世界。窗外的穹顶绚烂无比，烟花鱼贯而入般冲向夜空，绽放、定格、寂灭……

她揉了揉酸痛的双眼，颓丧地将手机扔在沙发上。

她打开大厅的门。

长身玉立的斐承清拎着大袋的烟花，朝她绽开一朵极尽温暖的微笑。

“一起放烟花吧。”

“嗯。”泪意涌动，江小鹿傲娇地哼唧一声，在趁着转手取手机的刹那，将不听话的眼泪逼回心底。

不要那么没出息！江小鹿，不然爸爸黄泉之下也必不安心。

静途半山腰有一大片空旷水泥地，供山下居民娱乐之用，平日热闹无比，但除夕之夜，则是十里寂静，如一座空山。

江小鹿尾随他们赶到空坪时，空坪已经整齐摆放着二三十筒大烟花。

小胖墩点燃一把手握式焰火，欢呼地奔向江小鹿，故意想吓唬吓唬她。

还未彻底回神的江小鹿一看到小胖墩的烟花，吓得大叫。千钧一发之际，小胖墩被斐承清一把提开了。

“不准这么顽皮。”

小胖墩的小胖脚在半空中乱蹬着：“放我下来，坏叔叔。”

喜感的画面，引得江小鹿咯咯失笑。

斐承清看了她一眼，眼角的笑意悄无声息地舒展开来。他轻轻放下小胖墩：“火星子溅到人身上，很容易发生危险。”

小胖墩平时是个连父母都不怕的厉害角儿，但每次在小叔面前，他总占不着好，千言万语只能化作无力的抱怨：“在小鹿姐面前，给我留点面子好吗？”

氛围顿时轻松融洽无比。

“想看焰火晚会吗？”斐承清问。

可以吗？他们此处虽是郊区，烟花爆竹禁制令不似市区严格，但每年除夕之时，也鲜有人在旁放烟花。因此，她从没看过绚烂盛大的焰火晚会，不过女孩子终归还是向往这些浪漫的童话元素。

江小鹿重重地点头。

斐承清招呼小胖墩一起参与点烟花，两人驾轻就熟地点燃坪里的大烟花。

吱吱，吱吱……

数十大筒的烟花先是齐齐冒出一簇簇小火花，随后噼里啪啦地跃向天空，依次绽开一朵又一朵的绚烂花瓣。

梦幻的橙色夜空把飞天的焰火当作人类敬献上来的新年礼物，一一揽入怀中……

极致的绚烂中，他们相视而笑。

两颗心，骤然一跳。

斐承清走近她："好看吗？"

"很好看。"

曾经横亘于两人之间的误会，顿时冰消雪融。

她确定自己依然喜欢着他，虽然他没有百分百明确回应，但她懂了，眼前这个男人已经开始投入了。

"确定主玩什么英雄了吗？"

"哇，你们要玩游戏啊？"本在放烟花的小胖墩的耳朵雷达自动扫描到"游戏"二字，忙不迭地跑过来凑热闹。

"是啊，我和你小鹿姐组队，打算参加 3 月底的高校联赛，我玩刺客，她玩法师。游戏迷，你有什么建议呢？"

"你们俩随便玩什么都能大杀四方，不过女法师之中邀月可谓最强势，刺客嘛……嘿嘿，曜日也不错。"

邀月和曜日都是操作难度极高的后期英雄，也是官方盖章的 CP 情侣英雄。人小鬼大的小胖墩作此建议，显然看清了两人之间的小九九。

“信不信我削你？”江小鹿故作凶狠道。

“你真笨，我们班女同学都知道在男神面前，要保持淑女形象。”

……

如此有理有据，江小鹿竟然无言以对。

而此番建议，深得斐承清之心。他轻咳一声：“建议不错。五人团队中，自然少不了后期英雄的撑场，邀月、曜日位移灵活，爆发又高，很好。”

江小鹿内心也是认同选这两位英雄入场，但她也另有担忧：“别忘了这游戏有两个 Ban（禁止使用某位英雄）位，若是敌人不让这俩英雄上场呢？”

“那般若和宇文护呢？”

一个是美艳风骚的持续输出型女法师，一个是外形丑陋且上场率低的边缘型刺客宇文护，寻常人不一定操作得好，但若是这俩高手操作，绝对可发挥无上限的伤害。在游戏背景故事中，宇文护暗恋着峡谷之花般若，但至死也得不到女神之心。

“小胖墩，我们又没说一定要玩彼此之间有关系的英雄，你别瞎出主意了，好吗。”江小鹿白了一眼小胖墩。

小胖墩噘着嘴巴，不满地走开了。

他三番两次神助攻，这傻大妞不感谢他，竟然还抢白他，信不信他画个圈圈诅咒她“把把游戏死超鬼”啊。

虽然，最后两人也没定下主玩英雄。不过在之后的战队训练中，两人默契横生，当江小鹿拿出邀月时，斐承清必祭出曜日；若江小鹿选择般若，宇文护则也会乖乖出场。对此，其他三个队友心照不宣地吃下了两位大神撒下的狗粮。

正式赛事，很快来临。

《峡谷战纪》共分东西南北四大赛区，J 大战队毫无悬念地斩获了南方赛区的冠军。越临近总决赛，J 大战队的训练越发高强度。

二月底。

金镶玉兴致勃勃地跑来 J 大看望江小鹿，她开着新换的高配宝马跑车，拎着最新款的香奈儿包包，招摇在人潮涌动的校园里，备受瞩目。

江小鹿皱眉："你这么高调，不怕别人嫉恨死你啊。"

"不怕不怕，现在别人只会把矛头戳向你，特别是臻臻的脑残粉。"

这段时间以来，臻臻才艺表演时间远远超过游戏直播，这引发了一些游戏控的不满，他们纷纷转投江小鹿的直播间。

如此现状，让臻臻的团队和脑残粉极度不满，向江小鹿投了不少"刀子"。

"我光明正大地直播，怕他们做啥。不过你倒提醒了我，做网红直播终归有生命周期，如果我们现在不谋转型，迟早会被新人拍死在沙滩上。"

金镶玉意兴阑珊地依靠在她的红"马"旁："没错，所以我已经和米苏电商签约。"

米苏电商是一家服装类网红孵化器及网红推介平台，最近拿到 8000 万的 B 轮投资，现在大肆招揽服装直播类网红，继续扩大自身规模。金镶玉自己觉得单打独斗也拿不到多少资源，于是秉承着背靠大树好乘凉的理念，干脆和米苏签了约，借助米苏的专业团队营销自己。

"嗯，有平台依靠的确省心，不过我打算自己做平台。"

"比如？"

"我想做一个游戏分享的自媒体矩阵，届时将我的粉丝引流到自媒体上，等数据做上去了，可以接广告盈利。"

"果然是学市场营销的，有想法。我有个搞自媒体的朋友正打算创业，若你现在没有合适的运营人选，我推荐给你啊。”

江小鹿点点头。

“话说啊，最近有个老粉经常催我直播玩紫霞呢，但我想到以前是你帮我代打，我就不敢答应。唉，果然一个谎言需要另一个谎言去圆。”金镶玉叹口气。

“声音小点，生怕别人听不到吗？”

“应该不会吧，又没有顺风耳偷听。”金镶玉大大咧咧地道。

江小鹿笑笑，现在她也踏入直播圈，也的确不适合再帮金镶玉代打。

两人相视叹气。这时，江小鹿看到从宝马车后绕过的室友秋秋，热情地招呼：“哎，秋秋，今天逛街去了啊？”

“嗯。”秋秋漠然地应了一声，似乎不太想见到她，又匆匆加快了步伐。

“你室友好像不太想理你？”金镶玉低声问。

“可能因我最近没有参加寝室集体活动而生气吧。”江小鹿如此解释，但内心也隐隐觉得秋秋的反常事出突然。可她直播、学业两头忙，也无暇分心去揣摩女孩子的小心思。

参天榕树下，两位婀娜的姑娘和红色跑车自成一道风景线，往来的J大学子窃窃私语：“哇，那就是游戏主播江小鹿，美得很有特色呢。”

“那是经常直播卖衣服的香芋吗？没想到她们是好姐妹？”

“网红明星圈多的是塑料花友谊。”

“声音小点，说不定被她们听到了。”

……

校友们的议论一字不落地飞入江小鹿耳中，她有些尴尬地道：“我现在去上课，也经常被围观，好郁闷。”

金镶玉高傲地扬起下巴，不屑一顾地道：“我不怕，姐生来就像橱窗里的花瓶，这种目光的朝拜，姐已经看腻了。”

闺蜜向来臭屁惯了，江小鹿习以为常地笑笑，把她塞进副驾座:“钥匙呢？”

“你那破技术简直就是女司机中的战斗机好吗？我还没大红，我可不想现在死，赶紧让我来。”

金镶玉惊恐地望着江小鹿，一副即将三魂出窍的恐慌样子。

江小鹿很有气势地白了她一眼，在看到因来电显示而亮起的手机屏幕后，顿时像泄气的皮球。

金镶玉贱兮兮地笑，这小情郎打电话来了，瞧瞧这女人娇羞的小模样。

金镶玉玩性大起，抬高了嗓子：“斐哥哥呀，你老是和我们家小鹿在峡谷约会看星星看月亮，就不能和她在现实中约会逛街吗？”

“你这建议不错，那你觉得她哪天有时间？”斐承清沉声，丝毫听不出开玩笑的模样。

“如果是别人嘛，寒假也没时间，但是你嘛，深夜都可以。”

这家伙，越说越离谱，江小鹿抢过话头，轻声问道：“你今晚还加班吗？什么时候上线？”

“那就按老规矩来？”

“好。不过我好朋友来了，我可能会稍微晚半个小时。你们要是上线了，就先玩。”

两人挂断了电话，江小鹿恶作剧般飞速启动汽车，本想继续揶揄的金镶玉吓得一阵尖叫：“停，马路女杀手，让我来开。”

江小鹿缓缓踩停刹车，把方向盘让给了金镶玉。

……

红色的宝马在行人的羡慕中，缓缓驱离校园。

不远处的商学院教学楼楼梯上，斐承清收起手机，目送红色宝马离开。

身后戴着眼镜，穿着夹克的中年男人冲他打招呼："承清啊，刚才上课我不便和你私聊，现在我们叔侄好好聊一会儿。话说这几年，你爸妈还好吗？"

斐承清转身，谦逊有礼地答道："徐院长，劳您惦记，我爸妈已定居澳洲，可能下半年会回来一趟。如您不嫌弃，请您今晚赏脸吃顿便饭？"

徐院长笑眯眯地道："好，正好你也给我讲讲你爸妈。"

两人且行且聊，走到校门口，盛装打扮的臻臻正和闺蜜兼经纪人珑致逛街归来。

"院长好。"臻臻微微鞠躬问好。

"臻臻啊，最近直播忙不忙，有没有参加什么大活动呢？"

"谢谢院长关心，一切照常。"虽是客套地应答院长的问话，但臻臻的目光已飘向了挺拔清隽的斐承清。

她其实是知道斐承清的存在的，却不会装得太过热情，否则会有失淑女的矜持高雅。

"臻臻啊，这是Showtime斐总，认识吗？你们可能今后会经常打照面。"徐院长说完，又转头对斐承清极为自豪地道，"臻臻，我们学校舞蹈系的孩子，现在是狐狸直播的主播一姐。对了，她和你妈是同一个地方的，以后你们要是有机会合作，你多多照顾她。"

斐承清疏离而不失客套地道："相互学习。"

自始至终，他的目光并未在那张极致清丽的脸孔上逗留。

臻臻坦然，混迹直播圈的人哪个不是阅遍美色，更何况Showtime主播容貌是几家直播平台中质量最高的，眼前这斐承清不惊艳于自己的容貌，也属正常。只是他这气质容貌，的确引人目眩神迷，让人涌起一股强烈的征服欲望。

臻臻在外扮演的可从来不是那么肤浅的人设，她优雅地说："谢谢斐总，请您多多指点。徐院长，那我们也不打扰您和斐总的行程了。"

"好，好。"

两拨人告别之后，徐院长还在大赞臻臻。

尽管，直播平台陷入了白热化竞争阶段，但 Showtime 凭借着推陈出新的商业模式及艺人网红包装营销，赚得钵满盆满，实际营收及规模扩张速度远远将同行业平台甩在身后。

这一切战略性的决策导向都离不开 Showtime 的年轻副总裁——斐承清。

斐承清因此也备受行业瞩目，并且不少高端猎头向他抛出了橄榄枝，斐承清对跳槽当然没兴趣——他本是 Showtime 的实际股东之一，他怎么会轻易离开自己的"孩子"。

然而，近日他却陷入了同行及媒体的非议旋涡。他加入 J 大战队出征《峡谷战纪》高校联赛之事，在他人眼里或多或少意味不成熟、不负责……特别是 Showtime 高管团队极力反对。

周一上午，Showtime 大会议室。

几位总监级领导对他轮番发动"谏词"。

斐承清云淡风轻地将下属提来的建议有条不紊地挡回去："……我虽然之前是职业电竞选手，管理经验不如在座各位，但关于工作我自认为从没有懈怠过。成绩嘛，我已经用年报表及总结方案证明了，董事会也认可了。所以谁有异议？"

运营总监向来不太喜欢这位空降的头儿，好不容易找到了下绊子的机会，他当然不会错过："这游戏少不了花大量时间去训练，这势必会和您工作起冲突。”

一道凌厉的目光如电般扫过来，运营总监内心打了个寒战，他悔不该公然挑衅看似威言羸弱的斐承清。自他入主Showtime副总裁宝座以来，他提出了好几套具备行业远见且切实可行的战略，已在股东团及高管层中博得不少赞许……

“公司章程上好像没有规定员工不能有自己业余的爱好和安排吧？论起工作态度，我自认不逊于在座各位；若论职位，各位更管不到我头上。有这个时间讨论我的私人安排，倒不如早日和TOP《峡谷战纪》开发运营团队谈下决赛直播权。”斐承清手中的签字笔有节奏地敲击着办公桌面，虽只望向运营总监，但话锋却指向了全场高管层。

他的私事何由得其他人干涉？

果然，在他无形的警告兼有意的工作规划指引之下，其他人缄默不语，那运营总监更是吓得噤若寒蝉。于是，斐承清参加《峡谷战纪》高校联赛一事算一锤定音，无人非议了。

时光如水，三月底的决赛很快来临。

赛前一周，周末。

大忙人斐承清终于再次抽出下午的时间，和四名队友线下突击集训，五人结束一波训练后，队长全仪突然尖叫：“出来了，总决赛主持阵容和解说出来了。”

“谁？”

“主持人是王璟，解说则是杜艾莎和温子敬。”

“这阵仗可以的，开发商为了好好搞完这场比赛，不惜花重金啊。”

王璟是某一线卫视的当红主持，温子敬是手游《峡谷战纪》某职业战队的核心选手，至于杜艾莎——年纪轻轻却是端游《峡谷战纪》第一届世界联赛的最强辅助。

这主持及解说的搭配已足够吸引大批玩家。

“杜艾莎”这个熟悉的名字将江小鹿拉回了暑假的记忆,不由自主地,她看向了斐承清。

斐承清回了一个事不关己的眼神。他自是知道她在想什么，不过解释终究苍白，他只会用时间去证明他与其他女人的单纯关系。

在其他队友眼里，此刻两人的目光交汇又成了一种无言秀恩爱的高阶模式。

向来直话直说的队友张书嘉开口：“话说斐大，你和杜艾莎到底有没有过一段啊？哇，这女人简直是人间尤物啊。”

全仪急得送了个白眼给他。这傻哥们空长一张斯文聪明的脸，在决赛紧要关头，当着江小鹿的面，他怎么能问这么敏感的话题呢。不怕祸起萧墙，内部枝节横生？

队友顾月昕亦怨张书嘉说话不看场合。

江小鹿沉默，她故意点开游戏的铭文页面，装作不介意的样子。斐承清嘴角微挑起淡然的弧度：“平心而论，杜艾莎的确是一个出色的电竞女选手，不过我和她的交情也就仅限于风之谷战队。”

说罢，他又望了一眼身边的江小鹿，暗想，这丫头，射手的铭文搭配到了法师的页面上，这演技还待磨炼啊！

关于斐承清对杜艾莎的评价，江小鹿是深感认同的，那天她亲临现场观看了总决赛，对杜艾莎的操作意识印象深刻。MOBA 类的端游、手游电竞本是同源，尽管自己也承认杜艾莎万里挑一的技术，但当亲耳听到斐承清对杜艾莎的赞美，她心中又很复杂！

不过既然他欣赏电竞高手，那这次自己更会在此次高校联赛上全力以赴，向他证明这世界上，具备游戏天赋的不仅只有杜艾莎，她——江小鹿，也是一个值得鼓掌的姑娘。

此时，风之谷俱乐部。

《峡谷战纪》事业部经纪人办公室。

梳着大背头的经纪人把一份合同原件推到了杜艾莎面前。

“艾莎,下个星期天,S市国际展览中心,TOP的手游版的《峡谷战纪》高校联赛前三强总决赛会如期举行,具体合作事宜你再看看合同协议吧,不过俱乐部之前帮你都把好关了。对了，总决赛名单你看过了？”

“斐承清的动态可用不着你们来和我说！”

除了游戏，他便是她最大的关注，也是她一厢情愿的单方面爱好。

经纪人不以为忤，事关斐承清，这外界传言的电竞女神经常奓毛失态，他们也都习惯了。

杜艾莎深深呼出一股久憋肺腑的闷气：“你说斐承清怎么就那么看不上我？现在竟然不惜自降身价陪一个小主播去玩手游！”

“你别多想，现在斐承清的Showtime做得风生水起，他哪真看得上一般的小主播啊，可能他只是单纯想试试手游电竞的水，你要是还喜欢他，也别轻易放弃。依我看，你们还是很般配的。”

一席漫不经心的劝解，拂掉了蒙在杜艾莎俏脸上的厚重阴翳。她转愁为喜：“那就好，你们都是支持我的吧。”

不过江小鹿，如果我得不到斐承清，那你也休想享受到这份福气！

她的这般滔滔恨意要追溯到江小鹿考核的特殊之夜。

杜艾莎当夜翻朋友圈，看到自己的微信朋友圈内躺着一条配了Showtime主播照片的推文：“成功完成偶像所托，祝偶像抱得美人归。”

来自曾经的同事，现今当红主播风弄影。

她又气又恼,她很清楚风弄影的偶像是斐承清。斐承清在追女生吗?

追谁？她放大图片，更是气得恨不得砸了手机！

这个女生赫然就是斐承清哥哥家的邻居——江小鹿。

原来，斐承清现在和江小鹿鬼混在一起，怪不得自从他退役后，独独对自己更冷淡了。她在风弄影的朋友圈下留言："这女孩在哪儿直播？"

知己知彼，才能百战百胜。然而，当夜，她等到凌晨三点，风弄影依旧没有回复她，后来她终于忍不住，在战队群里发言，问谁知道风弄影的行踪？

深蓝很快回复："艾莎，你找风弄影什么事？据说他今晚受斐承清之托，带领自家粉丝去 Showtime 给一个叫小鹿的新游戏主播捧场了。"

顿时，杜艾莎的恨意积蓄在眼底，似乎只需溅来一个小火星，这股愤怒就能熊熊燃烧。

江小鹿，想当着千万玩家的面出尽风头是吧？

那我怎会轻易让你如愿！等着，我要你哭都哭不出来。

第八章 告白

盛子韬，25 岁，以 860 万的年收入位列网络作家排行榜第三名。

然而，丰厚回报与艰辛付出成正比，盛子韬付出了常人所不能忍受的痛苦，也承受了常人所不及的寂寞与压力。夜半三更之时，别人怀抱娇妻酣畅大睡时，他在殚精竭虑构思故事走向；别人呼朋引伴、花天酒地时，他在键盘上敲击情节……为了满足读者，他通常得保持上万字数的日更。高压的日常下，每天唯一的轻松活动便是在晚上观看江小鹿直播。

可他年后开的新书题材甚好，网站居然不顾他存稿量极度欠缺的情况，主推加强推……每日必须保底日更八千字，盛子韬压力山大，编辑的催促和读者的期待更让他有苦难言。于是，在那段时间内，他连江小鹿的直播都暂停关注了，一心专注于敲键盘赶稿子进度。

经常有骨灰级读者私他微博："教主，你新书的女主叫小鹿，男主名怎么不叫盛子韬？"

"你会让女主江小鹿与男主在一起吗？会不会在情节里狠狠虐她啊？"

"男主会喜欢很多人吗？最近种马文好像很火哦！"

盛子韬愣住了。

关于几位主角的发展走向和结尾，他早在脑海勾勒得清晰明了，小说里的小鹿是天之骄女，男主唯一深爱的女人，他们的感情也会历经艰辛，但结尾会善终吗？

他不确定。

就像他不确定现实中的自己能不能获得江小鹿的芳心一般。

"教主，你女神要和传说中的斐神组队代表J大出征高校联赛，你都不去捧个人场啊？"

……

盛子韬这段时间忙于更文，很少上网，也很少观看江小鹿直播，因此并不知道总决赛赛事。经粉丝一提示，他忙将WORD（文档）最小化，上网检索高校联赛总决赛的对战信息：手游版《峡谷战纪》第一届高校联赛，3月31日全天，四大高校争夺前三甲，赛制为BO5。

3月31日，也就是明天下午？时间是有点赶，但自己必须亲自到场支持女神夺冠。

他当即安排小助理，替他预订总决赛门票。小助理嘴大，转眼就和主编安雅说起这件事。

强势的安雅立马打电话过来："我为你争取的这次全网主推刚开始，你在存稿字数不到三千的情况下，跟我请假？你对得起这几日暴涨的几十万读者量吗？”

盛子諝自知理亏，现场观看无望，他决定采取迂回政策——等女神折桂，亲自献上鲜花，带着死忠的小啰啰们去机场迎接。

他憋屈地挂断电话，拔掉网线，以一种两耳不闻窗外事的状态，开始飞速码字。

明天之前，他定会写满2万字，然后争取休一天假，安心飞往G城迎接江小鹿凯旋。

而他并不知道，自己忙于日常更新，幸运地错过了人生中最难堪的场合。

《峡谷战纪》高校联赛四支战队的下榻处分别安排在总决赛会场的附近酒店，两位解说及主持人则和J大战队队员安排在鼎信洲际大酒店同一层。

周五晚上，江小鹿和其他三位队友在主办方工作人员的带领下，入住鼎信。三位男生滞留在后，先行一步的江小鹿提着行李包欲上电梯之时，恰巧碰上了同步办理入住手续的杜艾莎。

情敌相见，分外眼红。杜艾莎冷冷地看着她，说：“不要以为自己会玩个把游戏就能飞上枝头变凤凰。如果不是我现在主玩端游，手游的游戏直播能有你的份儿？”

劈头盖脸的攻击让江小鹿一顿蒙，但她听懂了关键词后，很快就明白杜艾莎的愤怒从何而来。

可笑之至！

江小鹿不善于主动攻击，也不愿主动挑起纷争，不过她的防御力可是“最强王者”段，她勾起一个近乎反讽的笑：“我想你可能说反了，如果不是我对端游没兴趣，可能你现在所有的荣耀与你无关。”

以彼之道，还施彼身。

杜艾莎对这番伶牙俐齿的回呛不屑一顾："手游都是底层垃圾，玩得好有什么了不起。"

"第一，手游和端游具体操作不同，但团队意识是共通的，手游的一些英雄难度绝对超过了端游英雄，比如紫霞、青莲等；第二，你这种玩个端游就摆着高高在上的姿态实在很肤浅。你的粉丝肯定想不到你是这种人吧？"

公众人物需要谨言慎行，如果全球十多亿玩家知道端游职业选手杜艾莎将他们心爱的游戏定义为底层垃圾，不知道会掀起多少惊涛骇浪。

江小鹿的反击很见成效。

杜艾莎杏眼圆睁，咬牙道："看不出你这么柔柔弱弱，战斗力倒和绿茶婊有得一拼。"

"婊字谈不上，毕竟我还不知道晚上怎么去敲男人的门。"

原本澄透的脸顿时殷红欲滴，眼中也瞬间充血，杜艾莎从没觉得如此难堪过，她颤抖地问："斐承清告诉你的？"

一股歉意立马涌上了江小鹿心头。

她不该拿这把"女生名誉"的匕首去剜杜艾莎的伤疤，有点太过狠毒。可杜艾莎接下来的狠厉言辞，让她刚涌上心头的抱歉顷刻间烟消云散。

"你别以为那晚斐承清拒绝了我，实际上，我早就睡过他了，绣花枕头而已。"

此刻又轮到江小鹿难堪。她怎料杜艾莎如此丧心病狂，不惜污蔑自己，也要往斐承清身上泼脏水，挑拨他俩的感情。

自毁一千，伤敌八百，实在愚蠢。

“不是斐承清说的，你也不要瞎污蔑他！”

“哟，哪句话污蔑了他，难道他不是绣花枕头？”

听完江小鹿解释，见到江小鹿发急，杜艾莎的悲愤得以缓和，神情立马切换为胜利者的趾高气扬，言辞之间甚至洋溢着高高在上的戏弄：“不过，像你这样的飞机场，男人应该对你也没什么欲望吧？！”

论身材，江小鹿的确不及前凸后翘的杜艾莎，但她腰肢盈盈不堪一握，腿长且纤细白净，在人群中，不失为亮眼的存在。

杜艾莎明知事实如此，还一味打击江小鹿，自然是别有用心。

她在赌——赌一个女人的承受能力及包容能力，若赌赢了，她或许就能看到这个女人在决赛场上沉沙折戟，徒留惹人贻笑大方的闹剧；若赌输了，也无所谓，反正于自身也没什么损失。

“是啊，你身材那么好，长得又那么美，名气也比我大，可你的男神斐承清为什么还是不喜欢你呢？”

精准狠的回击，杜艾莎狼狈到无反击之力。

是啊，她那么美，身材那么好，游戏玩得那么溜，家境不说顶级白富美，但也算殷实之家，且又和斐承清有共同爱好，两人是天作之合。但斐承清这个浑蛋怎么就看不上自己呢？

双眸中闪过一丝仓皇，但杜艾莎向来顺风顺水惯了，她要赢，哪怕是一场口角。顷刻间，她就换上女王般的“盔甲”，冷哼：“明天下午，我倒要看看你还有没有今天这么嚣张？”

困兽犹斗，杜艾莎怎会轻易败阵。

在江小鹿的眼里，杜艾莎这丝阴冷的哼笑仿佛一条毒蛇缠住了她的脖颈儿，迫得她喘不过气。

恰好此时，电梯到了，杜艾莎的尖跟鞋叮咚叮咚，像女王一般迈进了电梯。

身后传来队友的声音，江小鹿放弃同乘的想法，又重新等下一轮电梯。

电梯门缓缓闭合，掩盖了杜艾莎美丽的容颜，也隔绝了这场涌动于两人之间的硝烟！

“哇，那个女孩子好眼熟，是杜艾莎吗？”全仪好奇地问。

“果然是性感尤物，斐神曾经没有坐怀不乱过吗？”张书嘉贪婪地望着缓缓消失在电梯里的女人，贱兮兮地笑。

“你要是闭嘴没人把你当哑巴。”尾随其后的顾月昕担忧地望着失神的队友江小鹿，她不会因为受到情敌和猪队友张书嘉的刺激，而方寸大乱吧？

之后，几人上楼安顿，江小鹿的确一副意态萧索的模样，顾月昕和全仪两人私下聊天时，明确表达对明天决赛充满担忧。

“截至目前，打野和我们线下集训不超过 10 次，到现在还没归队，中单一副失魂落魄的模样……明天总决赛怕是凶多吉少。”

全仪拍了拍顾月昕的肩膀，豪爽道：“临阵之前，要一鼓作气。能杀进总决赛，我们也算圆满了。”

其余消极心思，绝不该出现在决战前夕！

按理说，晚上 10 点还算早，本可再集合突击训练，加强默契，但考虑到心不在焉的江小鹿及还未到酒店的斐承清，全仪决定放弃这紧锣密鼓的训练，以“顺其自然”的态度迎接明天的决战时刻。

他正欲锁门熄灯之时，咚咚咚，客气而有力的敲门声传来。

“队长，我，小鹿。你现在就睡了吗？”

“有事吗？”他打开门，一脸灿烂笑容的江小鹿的身后站着虽风尘仆仆但不减俊朗的斐承清。

斐承清抱歉地道：“不好意思，公司临时开会。现在大家都睡了吗？要不要我和大家提前分享一下电竞比赛的规则及可能遇到的突发状况？”

全仪大喜，当即就把另外两个队友喊到了自己的房间，一行人兴致盎然地开始听斐承清的分享及决赛战略。

……

窗外的星在半空眨着眼，最后仿佛比不过这群不知疲倦的夜猫子，一颗颗先行入睡了。

江小鹿和斐承清等四人离开全仪房间时，江小鹿看了一眼身旁的斐承清，最后欲言又止，默默地走进了自己的房间。

罢了，面临紧要关头，就算自己再存疑虑，也该先好好藏在心里，不去影响旁人的状态。

可是！她真的很想知道杜艾莎说的一切是不是真的。

江小鹿把自己重重地扔在床上，目无焦距地望着橙黄的顶灯。

先安心睡吧，养精蓄锐，明天必须发挥最佳水平，将赛场的MVP纳入囊中，成就高校联赛无人匹敌的女王。

天人交战的状态下，她昏昏沉沉地入睡了。

手游《峡谷战纪》有多火？

当然得看玩家数量！现在这款游戏全球注册玩家已超过10亿，同时在线人数高达3.9亿。

通过管窥第一届《峡谷战纪》高校联赛比赛现场，则可见一斑。

舞台灯光绚烂如梦，可容纳8千人的会场座无虚席，四支决赛队伍的应援者们纷纷举起荧光牌，热烈地朝舞台上呼喊着自己拥护的选手或队伍的名字……前来现场的玩家们受此感染，兴奋地拍照、交谈，整个会场气氛丝毫不逊于奥运会等国际级体育赛事。

例行的主持人开场，主持人在介绍完男解说后，开始设置悬念："接下来，我要介绍的这位女解说非常特别，她本身不主玩手游《峡谷战纪》，但称她为国内 MOBA 游戏第一女高手，绝无人有异议，她的名字还要我说出来吗？"

"杜艾莎。"

"电竞女神杜艾莎。"

"最强辅助杜艾莎！"

会场的声浪狂潮一波接着一波，由此可见杜艾莎的人气之高。在一阵优雅欢快的音乐中，身穿粉色礼服的杜艾莎优雅地走上舞台，朝观众致敬。

……

之后，主持人分别把四大战队推到台前，一一向观众做了简单介绍，约莫 J 大队伍存在斐承清这样的特殊人物，所以主持人延长了他们的介绍时间。在介绍完毕后，主持人还打趣似的问："承清大神，其实我也是你的粉丝，但你之前好像说你退出电竞舞台，怎么现在？"

斐承清眉眼从容，望向台下黑乎乎的大片人群，目光泰然淡定："大半年前，我终止了职业电竞事业。端游《峡谷战纪》陪我走过我人生中最灿烂的时光，它的手游版的玩法也充满乐趣，正好我们校长强烈推荐我，所以我就趁此机会和各大高手们切磋切磋。"

这斐承清气质淡然稳重，说话滴水不漏，丝毫不像二十二三岁的年轻人，主持人的目光流溢出浓烈的赞许之情："至于切磋结果如何，那就让我们拭目以待。"

说罢，他的目光转向了安静的江小鹿，竖起大拇指："小鹿，我看过你的直播，棒呆了！"

这么知名的主持人也曾看过自己的游戏对局吗？江小鹿受宠若惊，

绽开了笑容："谢谢，和大家分享喜欢的游戏，也是我的荣幸。"

截取在大屏幕上的笑容羞涩中融合着清甜，透出十足的少女感。

台下的观众哗然，J大这阵容不仅预定了总决赛的冠军，平均颜值也把赛事的话题和焦点都承包了啊！

台下某片观众区上，一小群人举着五颜六色的应援牌，在江小鹿镜头出现的那几秒，几乎用狼嚎一般的声音吼着："江小鹿，必胜；必胜，江小鹿。"

江小鹿回以感激的凝望。

她的个人粉丝团既不像两位解说的粉丝那般人多势众，也不似斐承清的粉丝那般阔绰占据观众席的前排位置，他们坐在角落处，却充盈着别样的生命力，似一朵朵不打眼却敢凌寒绽放的小雏菊，如她自己一般。

主持人当然不会在前期的战队介绍环节耽搁太久，毕竟正式的游戏决战才是全场瞩目的重要议题。

之后，战队通过抽签的方式安排比赛轮次，J大第一轮面对的是D市师范。尽管D市师范是四支战队中实力最弱的，但他们可能在策略上是最用心的，他们猜测通过钳住江小鹿和斐承清的擅长英雄，可能极大提高胜率，于是在开头就禁掉了常出现在江小鹿直播当中的强势中单和斐承清半决赛的变态打野。

然而……这并没什么用，再灵活的策略也比不过实力的碾压，D市师范输得很惨！五个学文的汉子甚至抱头痛哭，画面惨不忍睹。

而H学院对G大则出现了相同的境况，在半决赛隐藏了真正实力的G大在总决赛的舞台上释放出强大的力量，几乎吊打本身并不逊色的H学院，成为一匹让主办方和观众震惊的黑马。

决赛战局变得精彩迭起，让人欲罢不能！

G大战队显然很自信，在双方并肩登台时，G大战队甚至抛了几个鄙视的眼神给全仪三人。

顾月昕低声说："这几人技术的确牛，我们怕是凶多吉少。"

突然冒出的泄气话让全仪几人心生不满，张书嘉皱眉："我就不喜欢你每次都这么消极，大不了正面刚死他们。"

队长全仪低声安抚队友的情绪。

J大和G大这两所大学综合定位差不多，国内排名也一直不相上下。没想到在游戏竞赛上，凑巧又成了死对头。

这场游戏已不仅仅是电竞的角逐，已经升级成高校之间综合实力的对拼了。

紧张的气氛笼罩在这两支即将殊死对决的战队上空。

斐承清泰然自若，但言辞颇显严肃："对手很强，但我们不弱，稳点打。"

五人对视，用力地点头，为校争光的荣誉感自心底油然而生。

首先是双方各禁英雄。G大战队禁掉了江小鹿声名在外的邀月及宇文护，台下观众纷纷翻白眼，诧异为什么要浪费掉这么宝贵的Ban位去禁一个冷门的英雄宇文护，但J大的人却心中一凛，明白了对手真正的眼光与实力。

他们禁掉的宇文护是斐承清的战绩中KDA最高的打野刺客，一旦他们没禁掉，斐承清若真拿出了这个英雄，那胜率必然向J大倾斜。

阵容确定！对方有控有位移，伤害和防御大体均衡。而J大的斐承清和江小鹿的法师和刺客虽也颇厉害，但它们的容错率极低，一旦出现走位失误，则容易被对手切死。而另外三人则选了中规中矩的英雄。从阵容上看，G大明显比J大强势！

随着决战正式进入比赛阶段，紧张的气氛也在会场激荡开来。

前期大家都是相互试探，相互揣摩。三四分钟后，已提前升上四级的斐承清逮准时机，和江小鹿联手截杀贪于补兵的对方中单，拿下一记漂亮的首杀一血。

斐承清的粉丝响亮地呼喊着："斐神，斐神，天下最神。"

J 大整体经济暂时领先，但对方很聪明，看出上单和辅助是 J 大的薄弱环节，于是采取游击战术，出其不意地专攻上下两路，全仪等三人被全盘压制了发育，上下路的防御塔被对方推上来，兵败如山倒。

12 分钟，败局已定！

专业选手出身的男解说温子敬不无遗憾地说："虽然咱们的斐神用了一个非常常见的刺客打出了不俗战绩，但 J 大整体表现的确逊色于 G 大，非常遗憾。"

"对哦，正是因为 J 大中单的失误，所以才导致他们队最后团灭。"杜艾莎接话。她看向满脸沮丧的江小鹿，殷红的唇瓣绽放出花般灿烂的笑。

按理说，解说不应带有评价立场，以免影响双方队员的心态及后续发挥。杜艾莎却带着别样心思，明知道解说规则，却故意反其道而行。

台下观众哗然。来自 J 大的观众不满杜艾莎带有引导性的解说，一个个在下面吐槽。

江小鹿手抖了一下。

斐承清显然也是注意到了江小鹿的低落情绪，提醒道："她故意瞎说，别中计了，我们本来已处于大弱势，翻盘的可能性极小！"

可杜艾莎并不是瞎说，最后一把的确是她自己不小心走到了对面辅助的控制范围，被集火秒掉，这才导致最后的团战失利，被对方一举攻破高地。

首战未捷，她非常担心再而衰，三而竭！

休息几分钟后，主持人宣布第二局即将开场。J大五人打得更稳妥，配合默契前所未有。江小鹿很快建立己方中路优势，并上下支援，人头数、推塔数、经济轻松碾压对方，对方阵脚已乱，露出极大破绽，江小鹿他们这边几乎是稳赢的节奏。

正要一波团灭对方，杜艾莎切断正专业解说的温子敬，欢快地开口："哇喔，我们家斐神要带领队友大杀四方了，不过这快节奏让我想起一句木心老爷子著名的慢诗：

从前的日色变得慢

车，马，邮件都慢

一生只够爱一个人。"

莫名其妙的插话，让观众丈二和尚摸不着头脑。

"咱们家斐大可用过此诗，向某俱乐部的一个女同事告过白哦。"

理智告诉江小鹿不该中了杜艾莎的诡计，就算确有此事，她也该顺利打完总决赛再去纠结，可她终究还是情绪波动了。

事关斐承清，她没法置身事外，恍若未闻！

但主角斐承清正全神贯注指挥游戏，丝毫没有留意杜艾莎的"打趣"。

高手对决，是一场技术意识的厮杀，同时也是一场专注力和情绪管理的比拼。

G大刺客趁着江小鹿的法师分心的刹那，一条连招，打出成吨的暴击，江小鹿的世界秒变黑屏。

她懵懂地看向了斐承清，自己又失误了！队友们都会骂死自己吧？江小鹿，你怎么如此废物，你以往的自信到底从何而来。

全仪和顾月昕在她不远处，欲来支援，哪知被对方四人轻松绞杀，对方趁胜追到J大队伍的水晶营地上。赶回营地防守的斐承清和张书嘉团不过对方五人，眼睁睁地看着水晶营的血条迅速变空，回天乏力。

第二局，G 大险胜！全场震惊！

这就是微信区第一王者江小鹿的真实水平？被藉藉无名的 G 大吊打？

甚至有人猜测平时江小鹿直播可能开挂，才能杀人如杀鸡般轻松。当遇上真正的强者时，真实水平就显露出来，所以才连败两局。

总决赛采取BO5的赛制，即5局3胜，也就意味着G大只要再赢一场，夺冠就是铁板钉钉的事实。

荧荧的灯光直射在江小鹿脸上，无数遗憾叹息自四面八方砸来，她的脑海如一团乱麻，只想隐遁到一个无人的角落，安静平复。

可是……比赛还未完结，她没法逃离，不能逃离。

这时，斐承清申请中场休息 15 分钟，得到赛事组委会的许可后，他急躁甚至有些粗鲁地把江小鹿拉进了休息室。

“怎么了，斐神？”江小鹿的问题还梗在嗓子眼。

斐承清温软的唇带着狂风暴雨般的热情压来。

江小鹿喉咙发出一阵本能的、抗拒的低吟，然而全身力气似乎在双唇亲密接触之时，就无声流失，她被紧紧钳在斐承清的怀中，动弹不得。而肇事者斐承清仿佛想把她融入自己的身体，手臂箍得更用力。

明明到了生死对决的关头，这丫头却这么轻易就被杜艾莎那个女人离间成功。她的信任呢？他得好好惩罚她，也得好好开导她。

良久，良久。

房内静似远古洪荒，近在咫尺的呼吸是唯一的声源。

斐承清渐渐松开她，坚毅澄澈的目光紧紧锁住江小鹿红如锦霞的小脸：“我爱你。”

天，这是斐承清的告白吗？这是不是意味着刚才杜艾莎在杜撰虚拟事实故意挑拨？又或许是自己紧张到发昏，而神志失常？

她讷讷地，带着几分慌乱，反问："你在惩罚我刚才的失误，所以开这种不好笑的玩笑来戏弄我？"

斐承清长叹一声，难道她从没有留意围绕在她身边的众多巧合吗？他用壮实的手臂将她揽入怀："唉，你这么傻，是怎么考上J大的。"

"可是？"告白来得太突然，江小鹿还没有理清头绪。

好多问题埋在心里，她迫不及待地想追根究底，正想开口，门口传来了全仪的敲门声："斐神、小鹿，咱们一起讨论下之后的战术吧？"

斐承清爱怜地帮江小鹿理好头发："来日方长，我们先全力搞定游戏。有信心吗？"

他的眼波、他的微笑积蓄着如海浪般汹涌的温柔与力量，江小鹿不由自主地重重点头："嗯，我不会再受杜艾莎的蛊惑了。"

斐承清刮了一下她俊俏的小鼻头："该你上场表演了。"

于是，他俩手牵手出现在全仪等三人面前，全仪三人瞠目结舌，这两人平日经常流转着一些小暧昧，但从未公开关系，如今……这是？大大咧咧的张书嘉正要开口询问，全仪迅速止住了他的话头。

"斐神，接下来怎么打？"

"照常。"

顾月昕皱眉急问："那怎么打得过人家？"

"大家继续选自己拿手的英雄，一切听我指挥，必赢。"

尽管斐承清展现出一副十拿九稳的模样，但其余三人早被G大的强势气焰震慑住，内心并不信任这番话。

几人回到座位上，对面再次抛来挑衅的目光，斐承清装作没看到，如一个入定的老僧，古井无波。

江小鹿深深呼出一口气，将全部的专注力聚焦游戏之上，自此杜艾莎的挑拨、台下的喝倒彩……全然远离她的精神世界。

第三局开始。

J大队伍一改之前的打法,凌厉强势,对手G大节节败退,9分54秒,以江小鹿的漂亮四杀,结束对局。

胜利来得毫不费力!

全场沸腾了。大屏幕上的女子笑意宴宴,一副谈笑间,樯橹灰飞烟灭的模样!

这把杜艾莎并没有解说游戏之外的话题,她亦带着笑看着不远处的J大战队,下把也让你们嚣张嚣张,第五把最终自见分晓。

第四局,G大打得更稳妥,也不缺精彩的双杀三杀,然而他们遇到的是发挥了全部实力的斐承清及江小鹿。结局,自他二人拿出邀月和曜日之时,就已明了。

第五局,G大尝试禁掉法师邀月和刺客曜日,但他们蓦然发现这两人擅长的强势英雄不仅这两人。在J大战队赛上,这两人各自至少擅长五六个英雄,但综合衡量之下,装备成型的般若和宇文护让人更胆颤,几乎无翻盘可能。斟酌之下,他们禁掉了般若和宇文护。

斐承清和江小鹿相视而笑,默契地选定了刺客曜日和法师邀月。

游戏加载进入时,观众这次终于留意到两人头像下的皇冠标记——国服第一。

国服第一曜日,国服第一邀月,这一对身穿史诗级情侣服装的CP英雄引发了台下观众的惊叹与热议——情侣英雄,双双第一,一位是曾经缔造电竞辉煌的前职业选手,一位是专业游戏主播,这两人的组合又是多么浪漫传奇啊!而且这两个英雄都属于高难度英雄,需要极高的操作技能与预判意识才能秀翻全场,最后一局绝对精彩迭出啊!

台下8千双眼睛期待地盯着屏幕之上,参与对决的10人也随之进入了最紧张的决战状态之中。现在战绩为2 ∶ 2,最后一局决定终极胜负，重要程度不言自明。

为缓解极度紧绷的气氛，解说温子敬打趣道：“大家应该都留意到国服第一的邀月和曜日之间的火花了！待会儿我们问问斐神和江小鹿，是不是有故事哦。”

江小鹿羞涩中亦参杂着浓浓的自豪,哪怕只是一个虚拟的游戏角色，她与他的名字终于位列于同一高度，无须仰望，亦不必俯视。

G 大战队在最后一局表现更稳，在前半场，他们通过谨慎的打法与 J 大建立了不相上下的经济优势，然而他们的致命问题也渐渐显露出来，他们其中有两个前期英雄，局势越往后，对团队的贡献就越低。

斐承清敏锐地察觉对方射手心态已崩，他吩咐全仪主动开团，全仪和辅助发动攻势后，对方被迫应战，纷纷交出了技能，这时一直躲在草丛的斐承清绕后截杀掉对方 C 位，团战胜利基石已然夯实。

江小鹿的邀月法师一见自己的天敌被秒，于是立马开大，开启无限连招的疯狂输出模式。其他敌人想优先干掉她却无可奈何——邀月巧妙地利用地形优势，冷却极短的位移技能在穿墙飞来飞去，她招招见血，但敌人却连她的裙子都摸不着。

最后，G 大团灭，邀月成功拿到了双杀。

这场正面硬刚，虽无太大的反转与悬念，但邀月的位移秀给众人留下了极为深刻的视觉印象，第二局他们武断地以为江小鹿只是虚有其名，但自第三局开始后，每一场、每一时……江小鹿的表现似乎都散发着一种“王者降临”的主宰气势，风采甚至盖过了曾经的世界第一中单斐承清。

G 大的人冒出涔涔冷汗，他们后悔没有禁掉邀月，所以才让邀月这种常见的强势英雄统治了峡谷，被压制得几乎无翻身之力。

这时，杜艾莎又开口了："我又忍不住插个话，我们战队集体旅游，那晚其他队友都睡了，斐承清教过我玩中单位置，好像就是江小鹿现在这个玩法……"

"那晚""孤男寡女"实在是两个惹人遐想的艳情词汇，不过观众当时并没有深想，此刻，大屏幕上的精彩对决才最吸引他们的注意力。

江小鹿当然也听到了她状似无意的再次挑拨，然而她冷冷一笑，手中操作的邀月并未失常。

之后，想殊死一搏的G队抓住射手全仪走位失误的时机，发动进攻。

全仪的游戏顿时黑屏，但身带冷却BUFF的邀月趁着上单将对方集体沉默2秒时，在辅助的法术增益下开始放大，她装备六神装（最适合所用英雄的六件装备），一套技能打下去，对方的血噌噌猛掉，射手和法师提前牺牲，肉坦和刺客不敢恋战，欲逃生回防。但在有位移技能的邀月和曜日的追击之下，才走几步，就被送进了黑白世界（游戏术语，英雄死亡后，屏幕将呈现黑色）。

邀月双杀！

邀月三杀！

邀月四杀！

邀月五杀！

观众震惊了！这等集萃了巧妙时机、极速操作、预判意识的精彩画面简直前无古人后无来者，这江小鹿简直就是游戏天才啊。

邀月和曜日乘胜追击，带着小兵，将对方的水晶营地攻破。

"Victory——"胜利的声音响彻峡谷。

辽阔的高地上，邀月与曜日被己方小兵簇拥着，相依相偎……这是第一届高校联赛的最后一个画面的结束，也成为一个永远无法复制的画面定格。

全场沸腾了。

全仪三人狂喜地扔掉了手机，彼此抱头大笑又大哭，情绪激动到难以自抑。而旁边的斐承清和江小鹿的心中虽然喜悦，但千言万语最后只默默化成了一个相视而笑。

而这份荣誉对于所有J大人来说，得来不易，它属于坚持不懈，属于奇迹逆袭，属于台上五人，它也属于全J大人……一刹那间，很多感性的观众及远在南方的J大人都默默流下了欢笑的泪。

战场无情，温子敬第一时间就把祝福献给了胜利者。杜艾莎嫌弃地看了一眼沉浸在无比失落中的G大队伍，低声自语："给你们营造这么好的机会，却还把握不住最后的胜利，简直废物。"

之后，全仪代表J大队伍接受了主办方领导代表颁发的水晶奖杯，然后，主持人开始以一种夸张的口吻宣读全场最佳表现奖的获得者："曾经有人说，游戏是男人的天下，电竞尤其如此。但这个姑娘的出现，让我们见证了电竞战场上，巾帼不让须眉的绝世风范。在第一届高校联赛上，江小鹿的法师团战表现卓著，单带强势压人，这五把对决中，无论输赢，以超高KDA战绩打出最高的伤害，乃当之无愧的MVP……小鹿，有没有什么话想和观众们说？"

惊艳世人的荣耀翩然而来，璀璨华灯在江小鹿身上勾勒出梦幻剪影。此刻，舞台之上的江小鹿就是全世界瞩目的焦点。

"感谢TOP和《峡谷战纪》，也非常感谢我的队友和粉丝。"她朝粉丝群集的角落处挥挥手，"当然，我还想借此机会感谢一个十分特殊的人！"

主持人问："哦，谁呢？"

江小鹿转向斐承清，目光蓄着的感念与深情在华灯的照射下，炫目到惹人沉醉："感谢斐神给我营造那么好的输出机会。我的这份荣誉，应与他共享。”

斐承清低头轻笑。

“哇哇，斐神，请问你有什么想说的吗？”主持人打趣问道，这两人之间不简单。

“其实也没什么好说的。人头，属于女朋友；Buff，自然也是女朋友的；经济，也必先让给女朋友先发育……”

他玉立于聚光灯下，明明是云淡风轻的回答，但嘴角的宠溺笑意却蔓到了全场看客的心里，甜到极致。

主持人哗然，坏笑着问：“那你自己呢？”

“我，更是全身心属于女朋友。”

台上的人震惊了，虽然他们已看出两人之间的暧昧，但并未料想性子疏离的斐神竟然说出这番炙热的告白之语；台下的观众更震惊，成神之人果然不一样，都能把全国总决赛的舞台当作实力宠女友的秀场，他们纷纷掏出了手机，对准了舞台之上……

江小鹿轻飘飘的……游戏、感情两方面的轮番刺激惊喜让她一脸蒙，刚才斐神强势夺吻还不算告白吗，现在他怎么够胆当着全世界……

当事人斐承清是非常清醒的，他早决定和江小鹿坦陈心迹。择日不如撞日，就今天告白吧，但愿此举没有给她造成困扰……

当然，这毕竟是游戏的总决赛现场，偶尔插个无关紧要的话题调剂下观众口味，但时间太久会让人反感。于是，斐承清再次开口，转移话题：“其实，我们队伍还有想感谢的人——那就是G大，他们的意识操作并不逊于职业战队，坚持不弃的态度更让我们佩服，可以说正是因为他们的出色，才让我们有机会体验到这样一场精彩的竞技。非常感谢！”

全场掌声如雷。

竞技不仅是一场技术的比拼，也是气度的较量。J大赢了，全世界折服于他们绽放的风采。

回过神来的主持人忙接下话题："对对，咱们G大的精英实力强劲，看他们战斗就如一场精彩的享受……"

而当晚，Showtime成为直播平台的最大赢家，它争取到的总决赛直播权为它带来了数亿的流量，刷新了直播平台观看数量的最高纪录。

之后的流程有条不紊地完结。主办方在附近五星级酒店设了一场总决赛庆功宴，主办方委派出席的代表是分管运营的高级副总裁，在江小鹿敬酒之时，他眯眯笑道："来来来，敬我们未来的游戏首席体验官。"说罢，他又朝斐承清竖起大拇指。

一个端游世界冠军队最佳MVP中单，一个手游全国联赛队最佳MVP中单；一个运营直播平台的高管，一个借助直播平台的小主播，这一对小情人的配对真真有意思。

斐承清微笑颔首，举杯回敬。

得到最高级别的领导青睐，江小鹿自然成为全场焦点，其他人纷纷举杯，齐道恭喜。当然，杜艾莎除外。

直到晚宴开始，杜艾莎都笼罩在一种极度怨恨与自怜的情绪之中，今晚的游戏战况，她看得分明——那江小鹿表现确然出色，但斐承清数次在关键时刻让她人头经济，甚至不惜牺牲自我，护她周全。

刚开始，她以为这一切只是出于绅士风度。直到斐承清当着全天下人的面，亲口说出那番看似玩笑的告白，她才终于明了，斐承清是真的对那个野草一般的女孩动心了。

但怎么可以对这种女孩子动心——姿色、身材、成就，甚至家世，她哪一点能比过自己？

而且因为她今天解说时，刻意陷害江小鹿，导致俱乐部对她很不满，网上很多媒体和观众在她微博下刷爆了留言，指责她不专业，甚至有聪明的观众猜出她故意针对江小鹿……

她冷哼一声，就是针对江小鹿又如何？以后要是再同台，她一样地会不择手段地玩江小鹿。

第九章 我可能有一个假男朋友？

G 城虽是国内准一线城市，但空运枢纽的晚间班次并不匹配它的地位。

整个机场略显空荡，刚着陆的乘客拎着各自的行李匆匆忙忙地飞奔而走。斐承清、江小鹿走在人流的末端，乐得安静，两人一前一后聊着。

待长长的走道上再无乘客时，斐承清大步一迈，宽厚的手掌拉住了江小鹿的纤纤玉手。

两手掌心抵触之时，一股缠绵的温热立刻汹涌地蔓延到江小鹿脑门。她下意识地想抽回自己的手，谁料斐承清淡淡开口："牵或抱，你选一样。"

"可以不选吗？"

"当然……" 看着她满怀期待的眼神，斐承清难得露出一个狡黠的微笑，“不可以。”

罢了，认命。

虽然在公众场合下，江小鹿觉得和人牵手很是别扭，但相对于公主抱，她默默选择了牵手……

以前的斐承清高冷疏离，她从没想过有朝一日，自己的手能被紧紧裹于他温厚的掌心。现在这种感觉像漫步云端，让人感觉很虚幻，但又那么新鲜……她低头，幸福地偷笑。

出站大厅门口的不远处，一大片人簇拥在一起，彼此小声交谈，似乎在等待着某重要人物的出现。

待江小鹿和斐承清出来，人群涌动了。

“教主夫人出来了，盛教主快接驾。”随着一声洪亮的通知，那人群拥簇着高挑醒目的盛子韬向门口迎来。

江小鹿闻言，脚步滞缓，难道盛子韬带着粉丝来接她了？可盛子韬从未说过此事，其他粉丝也没有显露半点征兆，在这个关头，她该如何应对呢？

意外远甚于惊喜，原本和斐承清紧紧相握的手也不由自主地松了。

斐承清看了看自己空荡的手心，眸子流溢出刹那的讶然，随即他暗叹口气，悄悄地往另一个门走了。

两人正处于转角处，存在视觉障碍，因此对面大片人都没留意到斐承清的消失。

盛子韬举着应援牌，相迎的脚步缓慢而沉重，但仿佛一下子又想到什么，立马换上灿烂的笑容呼喊江小鹿的名字：“小鹿女神，恭喜你。”

其他粉丝立马兴奋地将他俩围在中心。

“教主夫人，荣耀归来”，闪着五彩霓虹的应援牌在人潮中尤为夺目。

江小鹿尴尬地指了指牌子，道：“我有男朋友了。”

“我们都知道呀。”异口同声的回答。

“那你们来干什么？”

“接你啊。本来我想亲临现场观看你比赛，但是主编是个死变态，她压着我不让我走。”盛子韬幽幽地叹了口气，“于是，我就只能深夜带着我的铁杆教众们来接你了。”

“非常感谢。这大晚上的，要不你们早点回去吧？”

“无所谓啊，反正我们经常熬到一两点等教主日更。”粉丝齐道。

“有你们这种死忠粉丝的支持，盛教主很幸福啊。”江小鹿道。

“如果你和斐神分手，我们和教主会更幸福。”一个多嘴的粉丝嚷道。

江小鹿脸上的笑意一下子被冻住，她低头深吸一口气，暗自告诫自己千万不能在粉丝面前失态。于是，她再扬起的脸满溢着温柔：“这个玩笑比现在的气温还冷啊。”

她的回应让盛子韬的丹凤眼涌起了巨大的失落。两小时之前，他到机场时，粉丝怯怯地跟他说斐神已先一步向江小鹿告白了。他震惊、失望，甚至感到前所未有的痛苦纠结。他当时就想返程回家，可若真的退缩，他不仅让粉丝看了笑话，也永远失去了争取的机会吧。

他决定采取迂回政策，暂时不给她压力。他痞痞地笑，脱下自己的外套：“你现在是有夫之妇，不适合钻我怀抱取暖，不过绅士的我，也不忍心看女神受冻，来，穿我的衣服吧。”

江小鹿本能地退后一步，尴尬地摇头拒绝。

粉丝不满了，盛教主不远千里坐飞机赶来迎接，她却一副拒人千里之外的高冷模样，这多让他们心寒啊。

“你这么嫌弃我们教主，我们很伤心耶。”

“就是，你都不知道我们教主等了你几个小时了。”

“斐神也不会介意粉丝的一片心意吧。要不，穿我们的！”

不得不说，盛子韬的粉丝们的游说能力简直可点个大大的赞。这时，盛子韬趁热打铁，忙殷勤地为她穿上衣服，还趁机在她耳畔轻语："看在我这死忠粉的分上，给我点面子啊。"

尽管内心抗拒，江小鹿还是乖乖地披上了盛子韬的西装。

时间嘀嗒而过。江小鹿急于结束这场意料之外的接机，于是开口告辞。粉丝当然想为盛子韬多争取时间，盛子韬却很善解人意地为她脱身："好啦，孩子们，我女神要睡美容觉了，赶紧让她回去吧。"

江小鹿双手合十，忙不迭地朝粉丝们微微鞠躬："谢谢各位远道而来。不过时间太晚，我就先撤了，你们回家也注意安全。"

"嗯，要我们送你们吗？"

"不用，我自己打车回去也很安全。"

盛子韬领着一干粉丝，目送她离去的背影，意犹未尽地道："女神就是女神，穿男人的衣服都显得那么有范……"

粉丝默默送给他一个白眼，明明长着一副勾引良家妇女犯罪的痞子样，却有一颗这么纯洁天真的心，简直不可思议。

江小鹿远离人群，迈出机场大门，第一时间拨通了斐承清的电话。

"你在哪儿，走了吗？"

"你可以走了？"

"嗯嗯，不好意思，久等了。"话还未落应，一只手轻轻搭上她的肩膀："那就走吧。"

凑巧得紧，一辆出租车顺势停在他们面前。

两人坐进后排，司机问去哪儿，斐承清抢先道："J 大西门。"

这……孤男寡女，共乘一辆车，同去一个地方实在让人遐想，江小鹿憋红了脸："你不是想去我那儿吧……我那儿地方很小的。"

斐承清睨了她一眼："你的意思是你想去我那儿？嗯，我很欢迎。"

她简直要抓狂了。按理说，聪明的他应该知道自己不是这个意思呀。

斐承清看她几欲内伤的模样，淡淡失笑，又继续对司机道："再去云栖居。"

"云栖居？好有意境的楼盘名。"

斐承清看了看她上身的外套，眸子里闪着幽暗不可揣测的暗光，不再回应她。

江小鹿以为斐承清嫌弃她话多，所以乖乖地缄默了。

两人心思各异，流转在车内的气氛渐渐冰冷，与窗外呼啸而过的料峭寒风融为一体。

的士顺畅抵达J大西门，江小鹿下车时，披在身上的衣服不小心掉落在地上，她看着躺在地上的西装，这才后知后觉地猜出斐承清的沉默事出有因。她状似无意，却极为磊落地解释道："刚才粉丝担心我冻着，所以开玩笑让盛子韬把衣服借给我穿，我接下来该怎么做，斐神有什么好建议吗？我听你的。"

其实一出机场，斐承清也担心她会冻感冒，但当她披上盛子韬的衣服时，心里便不由自主涌起一阵醋意。不过既然江小鹿顺势给他台阶下了，他也不会过于纠结，他神色舒缓地道："范思哲高定，价格上万！送去干洗店洗了，早点给他寄回去吧。"

"好嘞，我明天就送去洗。那个……都大晚上了，你早点回去休息，我就不邀你上去坐了。"

"那白天可以邀我上去坐了？"解除情敌误会，斐承清心情大好，他挑眉问道。

什么是自己挖坑自己跳，这会儿江小鹿可懂了这种酸爽的感觉。她真的只是客套一番……谁知道这人"找碴儿"的本事倒挺溜的，这反应能力不去当辩手都浪费人才了。

“白天也不可以。”

“为什么？”

“因为我那地方挺狭窄的，容不下两个人。”

“我不介意啊。”

“我介意。”

“那我给你换地方，可以待两个人的地方。”

……

两人正欲不亦乐乎地斗嘴，的士师傅不耐烦地催促着，并缓缓发动车子。江小鹿略害羞地告别，斐承清仿佛没听到师傅的话，继续道：“公司最近会很忙，你自己先安排节奏，有事记得找我。”

的士渐行渐远，在斑斓的夜色中，渐渐无踪。

江小鹿目送斐承清离去，轻飘飘地踏上出租房的楼梯，今日真的是人生中最不可思议的一天。首先，她所在的战队惊险地获得了《峡谷战纪》高校联赛的全国冠军，其次，斐承清竟然在总决赛场上朝自己表白。用互联网新新词汇形容的话，这种非比寻常的感觉大概就是“人生开挂”吧。

斐神在飞机上说，现在她半只脚已向公众人物行列迈进了，今后一定要多注意言行。不过，她只要继续踏踏实实地给粉丝直播游戏，为年轻人带来满满正能量的话，应该也没有什么小辫子会被人抓住，大做文章吧？

话说，要是妈妈知道了今晚的情况，会作何反应呢？她有些忐忑，但又充满着期待。斐承清这样优秀的男人应该能搞定挑剔的老妈吧！

手游《峡谷战纪》高校联赛的总决赛之战掀起了舆论的轩然大波！

媒体群、玩家们对逆袭夺冠的J大战队津津乐道，对唯一的女战神江小鹿也表现出极大的兴趣，并将其定义为手游电竞圈的“杜艾莎”。

但这个女孩和杜艾莎有着明显区别，主玩端游《峡谷战纪》的杜艾莎火爆明丽，主玩手游的江小鹿灵动清致，当然最重要的区别便是感情走向——毕竟能得斐神大胆告白的女人只有江小鹿一人！

斐承清的粉丝本是低调小众，当他们在总决赛之时，看到自己信仰的电竞之神公然向实力派的江小鹿告白时，他们意外惊喜，这江小鹿虽不比杜艾莎的成就和地位，不过斐神喜欢就好。于是本单独支持斐承清的他们纷纷成为两人 CP 的铁杆粉，当仁不让地打起了斐江大旗。

在之后的一段时间内，江小鹿的朋友同学们在大街上闲逛，经常听到情侣玩家们的类似对话："我最近在练邀月，你玩曜日吧，然后我们再买对皮肤，美滋滋地去峡谷虐狗去。"

"你以为我们能有斐神他们的技术啊，这俩英雄操作难度很高的，这波恩爱怕是难得秀起来。"

部分浪漫有才的玩家们难以复制这种秀恩爱的技术和际遇，于是将一腔热情化成同人连载小说进行故事演绎。

斐承清和江小鹿、邀月和曜日刷新全世界玩家对手游电竞的浪漫设想！一时间，这四个名字在搜索引擎的热词榜上居高不下。

金镶玉带着男友来"搓"江小鹿的大餐之时，无意问道："这两天 Showtime 给你推荐位了吗？"

本正欢乐地和大卤猪蹄做斗争的江小鹿顿时哭丧着脸："真怀疑我是不是和 Showtime 八字不合。自从和他们签约以来，我就没得过几次首页或频道推荐，偶尔有几次推荐都被安排在小角落位置，这次我好不容易夺冠了，按理值得被主推一波吧，然而后台邮箱毫无动静。"

金镶玉下意识地又夹了一块猪蹄到她碗里，喃喃分析道："的确不科学。以前你刚签约不推荐倒可以理解，但今时不同往日，他们应该抓住你这个热点啊。话说，是不是你无意中得罪了 Showtime 啊？"

“就是就是，你那男朋友还是 Showtime 副总裁呢，怎么都不给你开后门？要是我家芋头在我旗下，我恨不得天天把最金贵的首页位置送给她呢？”

“莫非江小鹿交的是一个假男朋友？”

江小鹿狠狠啃了一口猪蹄，白了一眼这对无时无刻不秀恩爱的损友：“我家斐神才不是这样损公肥私的人……”

这时，躺在桌面的手机响起微信的提示音。

她点开一看，负责她直播对接事宜的 Showtime 姑娘发来一条信息：“小鹿，恭喜你哦，接下来一个星期，最宝贵首页推荐位置非你莫属。另外，之前一直压着你的运营总监被你的霸道总裁男盆友炒鱿鱼了！”

这则信息包含着极大内容量，江小鹿捧着手机轻微失神。向来大大咧咧率性的损友金镶玉瞥了一眼屏幕，然后立马递给麦芽糖一个饱含意味的眼神。

麦芽糖好奇，忍不住查看这则意外的信息，然后浮起嘿嘿的奸笑：“啪！”

金镶玉：“啪！”

麦芽糖：“啪！”

金镶玉：“打脸。”

麦芽糖：“疼吗？”

异口同声的配合，就似一场精心排演的双簧。江小鹿扶额，无力地吐槽：“你们这对奸夫淫妇，嘲讽人的嘴脸简直是一个模子里印出来的。”

“哟哟，论奸比不过你家斐神，论淫比不过你。是谁在耳边说，要做上得厅堂、下得厨房、进得洞房的明淑暗骚的新女性？”尽管男友在场，但金镶玉的大嘴吐槽起死党的私密发言时，可毫不羞涩。

江小鹿虽然时爆惊人语录，总体来说还是一个羞涩保守的小女人。

向来谈锋犀利的她遇上金镶玉这种大胆不要脸的死党，灰溜溜地败下阵来。不过她可不甘认输，她举起油光闪闪的大猪蹄，干笑着："哇，这家伙油光发亮的，和你打着兰蔻粉底的鼻头遥相呼应啊。"

两个互不相让的女人开始你一言我一语地斗起嘴。麦芽糖宠溺地看着她们，嘴角的微笑如玻璃窗外铺了一地的暖阳，饱满而灿烂……

两个小时前，斐承清办公室内正掀起Showtime第一起高层管理的人事"地震"。

运营总监青筋暴露，几乎跳着脚指着斐承清的鼻子："斐总，辞退一个基础员工都需要正当理由。我是总监，你凭什么无缘无故辞退我？"

斐承清优雅地将一沓文件推到他面前："请看。"

早些日子，兼人事经理的监事向他透露，运营总监私下接触同行竞争对手，当时他吩咐几个同事先秘密调查，不能随意损害高管名誉，但也不可放过伤害公司利益的蠹虫。在他的授意之下，Showtime悄悄查起这个运营总监。

昨晚，这位监事的邮件跃进他的邮箱：Showtime运营总监收受对方送的大额礼品，作为回报，他利用职务之便，雪藏一些和对方平台优秀主播形成直接竞争关系的新人主播，如游戏主播江小鹿、才艺主播妗子衿……

图文证据确凿，兹事体大。斐承清立马转告董事会，董事会连夜召开会议，并一致通过"解雇运营总监职位"的决议。

于是大清早，斐承清将其请进了办公室。

……

运营总监粗粗看完文件内容，大滴的汗珠从额头涔涔流下，他一屁股跌坐在沙发上，自知大势已去……但困兽犹斗，他死死盯着斐承清道：

“斐总，能不能给一个机会？你是不是因为我压制你女朋友江小鹿而故意报复我？”

斐承清摇头：“我不会公器私用，就算之后我提议主推她，也绝不是因为她是我女朋友，而是因为她有这个资格上主推位。”

运营总监呵呵冷笑。冠冕堂皇的解释，罢了，真相通常只由胜利者粉饰，但他迟早会等到斐承清撕下虚伪面具的时候。到时候……别怪他施加双倍报复。当然在此之前，他得先找董事会求情。

然而，他去董事长办公室说情时，董事长对他更不留情，就差要他立马滚蛋了。一来二去，公司同仁猜出事由，当着面就表露出明显的鄙夷，他甚觉难堪，下午就收拾自己的私人物件灰溜溜地离开了公司。

在新任总监上任之前，运营事业部的管理暂时划到斐承清名下。

新官上任三把火。斐承清接手运营事业部后，非常接地气地从具体主推主播的推荐排期管起。

次日，他召开运营事业部例会，问起他们部门今后是否有集中资源推介的主播，全体部门异口同声地推荐江小鹿，斐承清磊落地点头：“她是一匹值得捧的黑马。”

虽然，他的“毫不客气”稍让在场同事意外，但他们本心是非常认同斐承清的推荐安排——这个最近在专业电竞圈及网络世界里名声大噪的主播的确值得 Showtime 的优势资源。

如果说“热点”是一个新鲜出炉的肉包子，那么所有的媒体及自媒体都像一只绝不放过肉包子的“饿狗”。按理说，Showtime 这种新锐互联网从业者更应嗅觉敏锐，在江小鹿代表 J 大进入总决赛之前，就应该借势重点推介江小鹿，以网罗全国各地高校的目标客群，但因运营总监的私人偏见，黑马江小鹿并未得到平台的器重，好在 Showtime 的害群之马被及时清理，江小鹿这颗明珠并未一直蒙尘……

之后，在高校联赛MVP中单、斐承清女友及Showtime主推主播的三重身份的作用下，江小鹿名声大噪，将臻臻等女主播远远地甩在其后。

臻臻和她的小团队着急得不得了，直接拼技术，她远不是江小鹿的对手；拼主持风格，现在多数主播都是娇滴滴的卖萌方式，观众已经审美疲劳了，转而喜欢江小鹿这种逗趣搞笑的风格；若论及才艺，江小鹿明显比不过自己，但是直播市场才艺类直播同质化严重，这种唱歌跳舞吸引不了他们的持续兴趣。

经纪人姐妹珑致宽慰她："我们先静观其变吧，说不定江小鹿自己昙花一现呢！现在娱乐圈直播圈并不乏一夜溅出点小水花，又默默无闻的小明星小主播。"

臻臻打开衣帽间，将一套套名贵衣服翻来翻去，忧心忡忡地说："可她现在这势头哪会一夜回到解放前！人家现在抱稳了Showtime这棵大树，我怕还不等她消失，我就被淘汰了。"

"怎么会呢？别忘了，你现在已有好几家商业代言，咱们的淘宝店开业势头也不错，以后只会越来越好。"

女人的直觉最为敏锐，臻臻很清楚主播的商业价值在于粉丝的关注量及号召力，如果她流失大片粉丝，靠之前的商业代言和淘宝店，她能撑得了几时。

毕竟皮之不存，毛将焉附？

突然，她眉头一皱，计上心来，她从衣柜取出一件粉色修身的蕾丝吊带裙："这件好看吗？"

珑致摇头："好看是好看，但穿这种衣服不符合你的风格定位啊。"

臻臻妩媚地笑了："我也可以根据现实情况改变风格啊，再说，你本来也知道我是什么风格的呀。"

当晚，臻臻的直播房间氛围有大幅度的升温。她化着粉嫩的妆容，一套女人味十足的粉嫩连衣裙衬得她妩媚风情，她的才艺表演也由惯常的古典舞换成火辣性感的夜场舞蹈，迷离的电眼、扭动的腰肢、爆嗨的音乐……简直不逊于酒吧的夜店女王。

她的男粉丝在屏幕上疯狂发着弹幕："哇，我们家的小公主怎么一下子变女人了，美醉我了。"

"少女变少妇啊。可以的，换换风格。"

"今晚这么风骚，我会睡不着。"

这种新鲜又略带尺度的表演让粉丝们耳目一新，互动量及打赏刷新这段时间的历史记录，外头游客的关注量与参与度也有了极大的提高。

直播结束后，兴奋而满足的臻臻和珑致对此复盘总结——其实吸引粉丝的手段多着呢，就算游戏玩不过江小鹿，但她另辟蹊径，说不定仍可与江小鹿瓜分游戏类的直播市场。

然而，笼罩在涨粉幸福中的她却没有关注到——极小极小部分的粉丝悄悄取关了她。部分粉丝关注她本只为游戏，当她的直播偏离游戏的轨迹，转为媚俗的才艺表演，粉丝的需求得不到满足，只能悄然转变自己的关注目标。

和她同一时段直播的江小鹿的粉丝关注量稳步上升，转眼间就超过了 500 万。她只专注游戏直播，对局又都是高星级王者比赛，加之解说风格逗趣轻松，很是得游戏真爱粉的喜欢，很多观众干脆卸载曾经使用的直播平台，只留下 Showtime App。

于是，在此背景下，江小鹿又接到了 Showtime 副总裁兼男友的电话——邀她共进晚餐，理由是答谢她对 Showtime 的贡献。

按理说，处于职场高速上升期的 Showtime 副总裁应该很忙，可这人经常一下班就准时跑她这边吃晚饭。

当然腹黑如他，从不会直截了当说出真心话，而是找尽各种理由：

比如Showtime最新可能会推出某个激励规则，作为平台方管理层的他，想听听一线主播的反馈；再比如今天，他给出的理由是答谢江小鹿对Showtime带来的庞大流量。

“这……师出无名吧，Showtime那么多主播，你一个个请得过来吗？”江小鹿甜蜜地翻了个白眼。

“当然请不过。”

“那我今天不蹭你的饭了吧。”江小鹿正想委婉地拒绝时，手机又嘀嘀地响，斐承清的信息又钻入了她的手机：“我已经到了，下楼吧。老地方‘又一村’。”

江小鹿默默地叹口气，人家常说醉翁之意在美色，这斐翁之意可能在于美食吧。

她稍微收拾一下，风风火火地跑到了楼下的“又一村”餐馆。

那小餐馆老板早认得他们这对熟客，一见两人先后出现，便热情地招呼：“吃点什么？和昨天一样？龙虾已经上市了，我刚采购了新鲜的大龙虾，要不要来两斤。”

斐承清以目光征询江小鹿的意见。作为重口味星人，江小鹿可是小龙虾、火锅、烤串之类的菜肴的忠实拥趸，既然斐承清主动想尝尝鲜，那她更开心了。

两人点菜后，江小鹿突然一本正经地问：“啃龙虾吧，肯定就有损我女神形象，纠结。话说斐哥哥你介意吗？”

斐承清淡淡地瞥了她一眼：“子不嫌母丑，夫当然不嫌妻丑。”

这什么破比喻……夫……妻……这关系定义得也太突飞猛进了吧，他们确定关系才一个月呀？再说，她丑吗？丑吗？过分！

江小鹿清清嗓子，预备反击时，门口突然传来一阵小学生的骚动：“哇，是江小鹿耶，《峡谷战纪》的首席体验官。”

“大家快来看,《峡谷战纪》的首席体验官在这里吃饭。”

……

紧接着，十多个小学生冲到江小鹿的桌旁，一个个像看动物园里的大熊猫般，好奇地瞪大了双眼。

“姐姐，你玩游戏怎么那么厉害啊？”

“哇，你和斐哥哥真的在一起了，不是炒作？话说，斐哥哥好像电视里的明星啊。”要是眼神能 3D 化，几个小女孩们眼中冒出的小星星估计能把这一对盛名在外的模范情侣给淹没了。

有几位食客留意到这边热闹的状况，纷纷掏出手机，将摄像头对准了他们。

“首席体验官是做什么的呀，最近活动界面图都是你的照片，好威风。”

每个人都像连珠炮一般，甩出了好些个问题。

江小鹿无奈地望着他们：“小朋友，我该先回答谁的问题呢？”

“我的。”

“回答我的。”

……

一群小学生七嘴八舌，最后还是没有争出个子卯寅丑。

斐承清开口：“你们列好问题，发到小鹿姐的邮箱，到时候小鹿会一一给你们详细的回复。现在临场问的话，我们最多只能回答三个问题。”

“才三个啊，太少了。”一个领头的小男孩皱眉，随即转身对小伙伴道，“三个问题肯定不够，我们先想好问题，再发他们邮箱好不好？”

这时，店家也趁机开始轰这群不速之客了。

尽管有几个小孩子不乐意这样轻易离去，但只能少数服从多数。在问到江小鹿的邮箱后，这十多位小伙伴一步三回头，十分不舍地同自己大爱的游戏偶像说再见。

没有叽叽喳喳的聒噪，店内一下子清静起来，江小鹿朝男友竖起大拇指：“小哥哥很机智，这么快就把他们打发走了。”

“无他，唯熟练尔。”

江小鹿黑线，这人是在间接自夸嘛！所以他的意思就是他自己经常被围观被搭讪咯，那是男生，还是女生呢？江小鹿有点吃醋地暗想。

“对了，你那房子不能住了。安保存在明显的问题，以后要是有粉丝图谋不轨，伤害你简直易如反掌。明天我帮你去看看房子。”最近《峡谷战纪》遵循赛前的宣传规则，将她聘为首席体验官，从昨天游戏端更新后，她的照片就被挂上主界面，亮相于《峡谷战纪》几亿玩家眼前，知名度可谓噌噌猛蹿。虽然这是高校区，但流动人口多，人口成分复杂，斐承清担忧不已。

“不用啦，我自己去换。”

两人正欲商量重新租房之事，金镶玉的电话跳进来。

这家伙平时只喜欢微信聊天，这次打电话过来，莫非是有什么急事。江小鹿漫不经心地接通电话后，如疾风暴雨的诘责重重在耳旁轰炸：“江小鹿，亏我们是从小玩到大的好朋友，你怎么能把上次代打之事透露给别人，你嘴巴就那么大吗？你现在不是已经很出名嘛，怎么还在这里炒作。”

江小鹿一脸懵懂地盯着手机，这是二十年的死党拨来的电话吗，莫非被绑架了？但涉及曾经的代打事件，她又不便在公众场合下追问情况，于是只能含糊简短地回答：“这种事我怎么会说呢？！”

“但现在网络上的新闻都说我们是欺骗观众的代打骗子。”

“哪儿啊，我确定我没有和任何人提过这回事！”

“铺天盖地的微博和帖子，你自己去看吧。”

还不待江小鹿回答，火爆脾气的金镶玉挂断了电话。江小鹿点开浏览器，一检索自己及香芋的名字，网络上果然出现好多她们的代打新闻，热度很高。她心惊胆战地翻开前几页新闻，其中评论区不乏黑子的强力攻击和粉丝的忠诚维护，并且舆论有爆发的趋势。

作为市场营销的学子，她学过品牌公关的课程，名人如不火速妥善处理好负面新闻，那么后果可能是毁灭性的打击。

尽管香味四溢的小龙虾已端上桌来，江小鹿无心大块朵颐，可也难以向斐承清启齿。

斐承清瞧了她一眼，神色平淡地道："代打之事被网友知道了？"

江小鹿瞪大了双眼："你怎么知道？"

"好像是你早几天说的梦话。"

"胡说，我们都没有……"

斐承清似乎被勾起兴趣，他紧紧盯住江小鹿，饶有兴致地反问："我们还没有做什么？要不找个时机补齐？"

"总之，我从没告诉过你。你是怎么知道的，该如何处理好？"江小鹿底气不足地问。这人是故意的吧，这不就是光明正大地调戏自己吗，不过这个紧要关头，她可没心情配合。

"你上次给金镶玉代打，正好我旁边的队友在观看她的直播。你的紫霞打法太有辨识度，很容易认出。不过那个时候应该没人能看出来，所以应该是你们自己泄露了风声。但别担心，这件事情也不算严重。"斐承清看出女友的焦虑，他握住她的手，期冀将自己的力量传导给她。

"一旦代打的传闻坐实，粉丝就会认定我和她撒谎成性，粉丝的刻板印象很难解除的。"

"你们现在都越来越红，迟早会遇上这种危机公关，不要担心，勇敢面对。"

“嗯，我现在要和香芋、麦芽糖商量怎么处理，要不你先回去吧。”

“我陪你。”

晚餐过后，斐承清驱车将江小鹿送到了金镶玉的家，然而金镶玉却拒不见面！她认定是江小鹿透露代打消息，怒火中烧，想断绝这从穿开裆裤时就建立起来的闺蜜情。

当麦芽糖抱歉地转述女友的情绪态度时，江小鹿几乎被气到昏厥。这死女人平常急急躁躁就罢了，现在遇到一点破事，竟说要断绝闺蜜关系！她江小鹿怕是交了个塑料的假闺蜜吧。

“那你回去转告芋头，反正我没有和任何人说过这事，她要是想断绝关系那就断绝吧。”红通通的眼眶显示着她的委屈，她负气撂下话，转身就钻进了车内。

麦芽糖叹了口气，左右为难。江小鹿本是温和的性子，这会儿都被脾气火暴冲动的女友气到哭。唉，可他在这个关头压根儿不能为小鹿说话，不然会被香芋骂死的。他对江小鹿很愧疚，同时也深深觉得心累。

缄默的斐承清总结性插话：“或许是你们自己内部谈话被人听去了。现在事情既然已经发生，赶紧解决才是正事。小鹿的事情我去搞定，如果你们不知从何着手，建议速度请公关公司处理。”

条理清晰，主动担责，尽显男友力！

麦芽糖连连点头，也不由自主对斐承清多了几分好感。但女友自己的烂摊子还没处理完毕，他无心寒暄，就匆匆返回金镶玉的身边。

斐承清回到车内，发现江小鹿的双眼已哭得通红，大滴大滴的眼泪挂满脸颊，压根儿没有止住的势头。

斐承清知道她平时性子坚韧，受了委屈也不会轻易表露出来，而今天因为死党金镶玉的冤枉，她终于忍不住泪水。

不过这也是好兆头，毕竟痛哭是宣泄，也是愈合的征兆。

斐承清温柔地将江小鹿揽入怀中，轻声哄道："你也不是第一天才知道香芋的个性，实在没必要为她的口不择言而伤心。这样吧，这件事交给我来处理，保证你们三天之后又能恢复到以前的关系，好不好？"

"可是……她……不该说要……断绝……我们的关系啊，我们都认识了二十年了，她怎么不分青红皂白就说要断绝我们的关系呢，我好失望，好伤心。"

断断续续的低声哭诉，仿佛要把这天大的委屈一诉而尽，但委屈的痛感随后越来越强烈，她的哭声反而高起来，颤动的嗓音传导着歇斯底里的难过。

斐承清心疼地抱住了她，宽大的手掌抚摸着她的长发，静默地倾听。

良久。

大概江小鹿是力气乏了，她渐渐止住了哭声。斐承清看着她哭得像红宝石一般的眼睛，无声叹口气，随后，他温软的唇轻轻抵上江小鹿的额头。

"你始终有我。"

咫尺之距，在这突如其来的吻中，消失殆尽。

江小鹿像触电般，瞬间坐直了身子。她瞪大双眼，却看不见他的表情。于是，她怀揣着千般滋味，又缓缓安然地合上双眸。

在遇上斐承清之前，她曾小女生般地幻想谁会拥吻她，谁会在耳畔浪漫告白……可和光环披身的斐承清在一起后，她反倒不敢去想那些缱绻悱恻的画面。在此之前，她的心都飘在半空，时不时都觉得这是一场自己都不愿醒的梦，但直到眉间感受到这温软的唇……

车内很安静，静得只能听到两人的心跳。

突然，斐承清痞痞地开口："挺有料的。"

……

江小鹿又羞又恼地推开他，明明自己这么伤心，这男人却又要流氓，她生气地转头看窗外。

斐承清低声失笑："好了，逗你玩，也到你直播的点儿了，我先送你回去。"

车又驶向江小鹿出租房方向。

江小鹿看着他安静开车的侧脸，心中细想，刚才和他打闹一番，自己好像没有刚才那么痛苦悲伤了。

他或许在以另外一种不动声色的方式安慰她吧。

第十章 情敌暗算

在竞争激烈的直播圈，对手的丑闻，就是自己的良机。

因江小鹿陷入代打风波，臻臻心情大好，迫不及待想看看粉丝的立场，于是提早打开了直播，她的铁杆粉丝一见她上线，忙不迭地转告她这事。

她故作惊讶地道：“啊，今天下午我一直在阳台看书，并不知道这回事呢。不过代打这事也很难操作吧，是不是一场误会呢？”

专情小王子：“虽然没有明确证据，但就算是误会，也够她喝一壶啊。嘿嘿嘿……”

好些脑残粉很热情地附和。

臻臻努力不让自己的得意在粉丝面前流露，可眼角无声爬上的笑还是轻微泄露了她此刻的心情。

少个月亮的包大人：“哇，这样子幸灾乐祸不太好吧。”

这人的话刚飘到屏幕之上，粉丝团就开始围攻他。这人寡不敌众，最后落荒而逃。

待闹剧差不多结束后，臻臻温柔地开口：“那个包大人误会我了呢，宝宝我哪会幸灾乐祸呢，同行相煎何太急呀。话说宝贝们，今晚你们想看什么表演呢？游戏直播，还是唱歌跳舞？或者古筝表演？”

稍微有点色：“跳舞跳舞，爵士、肚皮、探戈、桑巴、印度舞都行。”

别打我野：“今天我想看直播耶，最近新出个英雄，你教教我们怎么玩呗！”

至秦爱：“肚皮舞吧。”

……

最后粉丝达成一致，跳肚皮舞。臻臻去更衣室换衣服之时，盯着镜子里曲线毕露的胴体，嘴角扬起得意的笑。原本以为自己被江小鹿压得翻不了身，谁知道她有个猪队友，请她代打就算了，还堂而皇之在人来人往的校园中扯开嗓门吼。

前晚，她微博收到一条神秘私信，以爆料江小鹿丑闻的理由，约她在校园情人树下见面。

她本忐忑，担心是一场仙人跳。但“江小鹿的秘密”对自己存在着莫大的吸引力。于是她拉上了珑致，一探究竟。谁知道当她赶到之时，情人树下空无一人。

她以为自己被人戏耍了，谁知道微博私信又嘀嘀响起：“我写了一张字条，压在石凳右侧脚下，你自己打开看吧，不要让我失望。”

她迫不及待找到字条，字条上只有简短的一句话：“确切消息，金镶玉首次开直播，请江小鹿代打，代打英雄是紫霞。”

字体是端正纤细的电脑宋体，看得出这个神秘的爆料人不愿意透露自己的真实身份，但狂喜的臻臻也无心去揣测对方身份，她拿到字条立马就开始联系合作已久的公关公司，开始商量对策。

那公关公司策划一份快准狠的全网抹黑方案，下午就将此事捅得全网皆知。

回忆的思绪渐渐收拢，臻臻朝镜中的自己抛出一个飞吻："臻臻，你真聪明，打翻身仗的机会来了。"

八点左右，江小鹿上线。

在她的直播间，等待她的除了死忠粉的支援，还有路人的质问与黑子的辱骂。

尽管事先已为自己打好预防针，但亲眼看到如此阵仗，江小鹿还是慌乱了，实在想坦诚真相。可是目前没有和金镶玉统一口径，她怕自己先承认了，会对金镶玉造成毁灭性的打击。

她决定先不正面回复网友的弹幕，她径直进入游戏直播画面，然而在直播对局中，她失误连连，被队友狂喷。

毕竟，情绪牵一发而动全身，面临如此大的危机，她的心境哪有平常的肃杀强势呢。

中止游戏直播后，她决定再和好友沟通清楚，一起同进同出应对此事。她花了好久时间编辑的信息，却发送失败——香芋把她拉黑了。

这死女人，怎么这么冲动，竟然还玩起拉黑的戏码。她深吸一口气，把信息转发给麦芽糖。

发送完毕后，她呆呆地坐在床上，像一具行尸走肉。原本说闺蜜之间要相扶到白头，谁知道一场误会就轻易终结了这段死党情。

约莫十分钟后，麦芽糖回信息："芋头本不想承认，但刚才她收到了一则粉丝发过来的录制视频——你当初代打的直播视频，看来这个是瞒不下去了。”

“我当时就说过，当开始撒谎后，后续需要一次又一次地连续圆谎。承认吧，再继续瞒着的话，以后大家更累，代价更高。”江小鹿无奈地深吸一口气，放下了手机。

她整理好情绪，走到直播摄像头前：“今晚好多观众在追问代打事件，嗯，这的确是事实。当初那么多人看香芋直播，我手痒了，想炫耀一下自己的技术，所以才不顾后果说要拿香芋的账号玩玩，对不起。”

半醉人间：“我们能怎么办呢，当然是选择原谅你啦。”说罢，他又大手笔地刷了几座游艇……

划船不用桨：“就是，是你帮别人代打，又不是你要别人帮你代打，你还是我们最爱的主播哈。”

离婚律师：“你都那么诚实了，本宝宝表示不计较。”

……

绝大多数粉丝纷纷表示不会计较此事，然后不少路人和黑粉却毫不留情地指责江小鹿存在人品问题。

江小鹿对此照单全收，并一遍又一遍地道歉。

而此刻香芋的直播室里同样不得安生，但她远比江小鹿“凶”多了：“吵什么吵，那天是我逼江小鹿帮我代打的，责任全在我身上，你们骂我无所谓，就算取关我也绝无怨言，但你们没必要去骚扰江小鹿。”

她向来是这种风格，娇滴滴卖萌，但脾气上来就麻辣直爽，连粉丝也开呛，她的粉丝也习惯了这种主播风格，因此并不觉不适。但新涌进来的黑粉借此大做文章，骂她没教养，不知悔改，把网友当猴子戏耍……

金镶玉冷眼看着一群陌生的ID跳脚奓毛，冷冷地说：“最好别让我查出是你们故意抹黑我，否则你们背后的主播绝不会好过。”

黑粉并未偃旗息鼓，他们大概也是第一次看到这么厚颜无耻的女主播，自己直播找好友代打，还死不悔改，竟然还开口威胁自己……

他们也怒了，开始商量报复金镶玉和江小鹿这对难姐难妹。

事件持续发酵。

无实际危机公关处理经验的江小鹿当时以为自己承认错误，真诚道歉就足够平息网民的怒火。谁知道，一场裹挟着电闪雷鸣的特大“暴雨”就在次日爆发了。

事件爆发的第四天下午，江小鹿准备回去医院接母亲出院。当她为母亲办理完出院手续后，一小群初高中生将她和母亲堵在医院门口，手里还举着“庆祝说谎成性的贱货女主播江小鹿的神经病母亲出院”的横幅。

“你们到底要干什么？代打的确是我不对，可请你们别骚扰我的家人。”江小鹿心慌地将母亲护在身后，唯恐这群激愤的少年少女伤害母亲。

“道歉有用的话，那要警察干什么？”

“就是就是。靠这张脸，这具肮脏的身体睡到了斐神，你以为就能飞上枝头变凤凰了？”

……

这群小孩子步步紧逼。

江小鹿慌乱地想拉着母亲退回医院护拦门内，回头一看，却发现院门早被院内的一个少女反锁了，她无处可躲！

那少女得意地晃动手中的门钥匙，怪笑着：“叫你代打，叫你欺负我们臻臻。如果不是我妈妈上个月调到这里当护士，我们都不知道大名鼎鼎的江主播还有个精神病妈妈呢。”

这座精神病院基本实行封闭制管理，大门并非全天候敞开，平时都有保安严格监管。但此刻轮值的保安人员也不知道去哪儿了，情绪萎顿的母亲疑惑发问："小鹿，这群孩子在瞎说什么？肮脏？斐神是谁？他们为什么要堵住我们？"

江小鹿只能以沉默应对。她不愿意在这种情况下告诉母亲她正在做主播，更不愿意在这种关头下告诉她自己正在和斐承清谈恋爱。母亲好不容易暂时康复，受不得任何刺激。

"江小鹿，你说啊，你用了什么手段勾搭上了斐承清？"

"有本事代打，没本事承认吗？"

……

前有脑残粉步步紧逼，后有母亲眼神疑问，但亲情既是软肋，亦是抵挡攻击的厚重盔甲，无处可退的江小鹿终于挺直了脊背，毫无惧色地直视人群："所以你们就算要替臻臻出气，也得让我知道我到底哪里欺负了臻臻？"

缓兵之计。但愿这群智障没有摸清自己的真实用意。她的手指已经悄悄在屏幕上按下了 110。

一群少年少女果然被问住了，面面相觑，不知如何回答。然而门后的女生鬼精又凶狠地提醒同伴："别被她骗了，她在拖时间，你要打就快点，不然保安回来了。"

"还敢戏耍我们？兄弟们，上，打死她。"

一个眼明手快的少年冲过来，把她身后的手机抢了、砸了。

机身顿时四分五裂，原本寄托在这个电话中的求救希望亦破碎成渣。

执着棍棒的几个少年猛地冲上来，近了，更近了……江小鹿认命地闭紧了双眸，对不起，爸爸，我还是没能保护好自己，也没法保护好妈妈。

在杯口粗的棍子落下之前，一阵猛烈尖锐的刹车声自人群之后突然响起，刺破天穹。

众人循着声源转身回头。

一辆路虎越野车在人群前急刹停住，距引擎盖不到 0.5 米的少年被这辆疾驰冲来的大怪兽吓得簌簌发抖，不争气的尿液从裤裆里滴落下来。

轮胎上透着隐约的青烟，焦味四逸。

很快，车上下来一个拿着棒球棍的年轻人，那年轻人身材高大，气势带着难言的阴鸷。

盛子韬！江小鹿惊喜不已。

盛子韬并没有去看江小鹿，他用棒球棍指着领头的少年，几乎是从喉咙里发出低吼："还不滚？信不信我轧死你们？"

"你敢？"一个泼辣的女生仗着人多，不信邪地跑到人群前。

"来，站我车前试试。"盛子韬怒极反笑，转身又回到驾驶座，拉起手刹。

女生眼神怯缩，但又不愿意在同伴前丢脸，竟然真抬步预备走到路虎车前。旁边一个女生眼明手快地拉住她，尖叫着："走吧，我们走吧。"

那去厕所方便回来的保安一见门口如此阵仗，忙执着警棍冲出来，吼道："在医院前聚众闹事，不怕进牢房？"

毕竟是没见什么世面的年轻人，敢以多欺少，却不敢以弱对强，一个个虽嘴硬，却很贪生怕死地撤退了。

江小鹿望着如天神一般降临的盛子韬，破涕而笑："谢谢你，盛教主。"

盛子韬下意识地想将她拥入怀抱，但很快缩回双手："路见不平一声吼啊。你和伯母没事吧。"

"没事，就是不知道我妈妈有没有被吓到。"说罢，她转身想检查母亲的身体。江母摇摇头，表示想赶紧回家。

盛子韬将他们送回静途山，趁着江小鹿母亲去洗手间之时，他悄悄问："这事你怎么处理？"

"承认，然后退出主播圈。"

盛子韬怜惜地看着她："那也是，名利圈向来是复杂的。如果到时候斐承清不养你，记得来找我。"

"不用。"苍白的笑明晰地显露出她的婉拒，一时间，室内气氛静到尴尬，盛子韬以有饭局为由，告别离开。

江小鹿目送他离开，心头百感交集。

她其实知道这段时间盛子韬又在她对面酒店住下了，甚至她与斐承清的约会，他都在不远处旁观。可是感情自有先来后到，她已经心许斐承清，再也容纳不了别人了。

之后，她母亲追问下午被陌生人围堵的缘由，江小鹿避重就轻地把事情解释了一遍。母亲半信半疑，但好在不追根究底，情绪也没有受太大影响。

晚上，她没有登录直播，而是躺在自己的房间，借着斐家给的旧手机，刷新闻、微博。

"说谎、'睡服'Showtime高管、直播时故意欺负同行……"这些关键词组合在一起，成了一条条不惮以最坏恶意揣测她的八卦新闻。厉害的笔杆子们妙笔生花，在他们的描述下，连江小鹿都快相信自己就是这种极品女主播了。几名室友都在试探性地八卦真相，更别说本就不知情的同学、朋友。

手机早被陌生电话打爆了，最后，她烦不胜烦，索性关掉了电话。自此，耳边只有静途山的虫鸣鸟唱，更衬得夜晚静如洪荒。

她成名太快，从未对过往的发展进行复盘，如今她遇上人生中的第一大难题，她需要安静审慎地思索去路及未来发展。

代打掀起风波舆论，她能理解；但网络媒体凭什么说她"睡服"勾引斐承清，难道所有人都以为这个五颜六色的是非地就不能存在真爱吗？所有人都是利用与被利用的关系吗？

这圈子病了，舆论也病了。

凌晨一点多，高速运转的大脑有“休息”的征兆了，江小鹿终于昏昏沉沉地入睡了。半夜，她有些口干舌燥，想起床倒水喝，睁眼一看，突然发现书桌前有个清瘦的剪影在电脑前伏案，她在白天已经受了极大惊吓，乍然看到有人半夜闯进卧室，吓得尖叫。

一听到身后的动静，剪影转头，声音清冷如窗外月芒：“是我，斐承清。”

江小鹿卸下内心的警戒，一下子瘫软在床上：“你怎么进来了？”

斐承清走近，坐在她身畔，轻声道：“让你受到惊吓，对不起，我来晚了。”

“没事，是我低估了他们的疯狂。我明天和观众做个申明，把代打和你的关系说清楚。”

斐承清附和，并表示他已经在和公关公司洽谈，明天下午会在鲁索酒店举行一个简短的媒体说明会。

“如果你怕，我来解决。”

身边男人的目光似熠熠星光。

江小鹿怜爱地抚上他的脸，这个男人曾立于荣耀巅峰，都不愿现身于公众之前，但这次为了她的破事，不惜主动请缨应对媒体。不过他主动张开“双翼”，为她遮风挡雨，她又怎么忍心看到他做自己并不喜欢的事情呢？

她毫不犹豫地拒绝：“你已经帮过我很多次了，这次我想尝试自己能不能飞起来。”

“这么漂亮、这么聪明、这么独立的女孩子都飞不起来，那我真想不到还有谁能飞得起来！”难得地，斐承清用排比句式狠狠夸了她一把。

江小鹿扑哧一笑：“这小嘴可谓甜食本尊了。”

“嗯，我也这么觉得，所以你要不要来尝尝？”

万籁俱寂的静，孤男寡女的撩……暧昧以电流般的速度窜到两人的心口。

夜间的静途山本清冷似霜，但此刻，如焚的身体仿佛置身盛夏。

“我晚上不吃甜食的……”实在不知如何缓解这危险的气氛，江小鹿干干地、闷闷地回答。

“好，等你什么时候有食欲告诉我。”

这……为什么听出一种不可描述的味道？纵然江小鹿平时和金镶玉插科打诨惯了，可真面对如此暧昧境地时，脑子却开始生锈。

好在，斐承清很快君子地摆正了姿态，平静地道：“那我先过去了，好好休息，明早我来接你。”

转眼，室内又空空如也。这一会儿的光阴仿佛是一场梦，可摸着被单上的余温，江小鹿清醒地知道——上一刻的旖旎，是真实的。

尽管江小鹿以为自己只是一个不受主流媒体关注的小主播，但实际上她的影响力却远远超乎她的想象。下午，他们在鲁索五星级酒店召开的临时紧急媒体说明会吸引了好些主流传统媒体及网络新媒体的关注，当她与斐承清赶到时，会场座无虚席，她意外之余，又深感压力。

好在承办方的公关公司给力，将会场秩序维持得井井有条，江小鹿亦可安然地在台上做详细说明：“……公平的竞技才是MOBA游戏的快乐所在，作为游戏主播及手游《峡谷战纪》首席体验官，我很抱歉做出了错误的示范。在此，我愿意接受TOP运营商的处罚……也希望其他玩家不要学我。此外，关于给主播金镶玉直播的代打，其实我之前和粉丝做过说明，是我自己心痒痒，迫不及待想炫技，如今给她和粉丝带来困扰，我很对不起她……”

“你说错了！”

突然，一记响亮的反驳声响起。

顿时，会场所有目光齐齐聚焦这个不请自到的黑裙女子。

“她就是另一女主金镶玉啊。”记者区响起低低的议论声。

金镶玉踏着红色的高跟鞋走到主讲台旁，似女王一般白了一眼台上的江小鹿：“你这小身板还想学人家扛起这不属于你的责任？”

惊喜、意外、震惊……诸多感受齐涌心头，江小鹿呆呆地看着至交好友。虽不知道她接下来要说什么，但不管如何，那个熟悉的金镶玉又回来了，她不再误会自己，不再瞎生气了！

“首播当日，是我逼小鹿给我代打以造噱头，小鹿一直是坚定拒绝的，后来经不住我的软磨硬缠，她答应了。之后总共给我代打过三四次，每次玩的都是紫霞，所以在她自己的直播上，她从不用紫霞直播，原因嘛就是怕大家看出端倪。十分钟之前，我已经向米苏电商提出解约，该赔偿的违约金，该道的歉我一个都不会少，但此事与江小鹿无关，请大家不要乱写。”

江小鹿还想开口，金镶玉用很恼火的眼神制止了她，这个傻丫头竟然这么智障地将不属于她的责任全部揽到身上，怕是不想在直播圈混了吧。

有些记者暗暗点头，这种代打压根儿谈不上是江小鹿的明显黑点，既然她认错态度真诚，那媒体也不会死缠烂打。

“但她自己好像给一些玩家代练过，这种事情放在官方认定的游戏体验官身上，简直是滑天下之大稽，TOP 不是经常说要维护游戏环境的公正公平吗？”一个女记者犀利插话。

江小鹿道：“嗯，虽然我当时很缺钱，迫不得已替玩家代打，但事实就是代打，影响了其他玩家的游戏体验，所以我愿意接受 TOP 的惩罚，明天我将辞去首席游戏体验官一职。”

那女记者得意了，她依然不愿意放过江小鹿，继续道：“听说你昨天去接你患精神病的母亲出院了，对吗？据说你妈妈上次发病将人打成重伤，现在问题处理得如何，精神病有遗传的可能性，你怕吗？你的男友斐承清和他的粉丝怕吗？”

说罢，这言辞刻薄的女记者还得意扬扬地去看斐承清的表情。精神病岳母，可能是天下绝大多数男人都不愿招惹的累赘吧，不知道这个男人会不会免俗呢。

江小鹿狠狠地瞪回去，这是哪家媒体的记者，是上辈子抢了她对象吗，所以连番挑衅，故意弄得自己下不了台。

江小鹿气愤不已，但碍于众多媒体在场，引以为傲的口才不便上场。

金镶玉可不那么客气，她踩着10厘米的高跟鞋，气势汹汹地走到女记者前：“那你这么智障，你爸妈怕吗？”

那女记者也不是省油的灯，她霍地站起身：“金镶玉，就你嚣张是不是？”

“没错，直播圈都知道我金镶玉嚣张。”

“所以你现在要黄了……”

眼见两人杠起来，一直默默陪伴在旁的斐承清站起来，厉声叱喝：“够了，我很早就知道小鹿的家境。她父亲意外身故，母亲思念成疾，她的人生远比你们想象的艰难，但她也比你们想象的要坚韧独立。正因如此，我欣赏她。”话说间，他将凌厉的目光转向女记者，一字一句地道，“丈母娘老了，我养；丈母娘病了，我治。莫非你以为我斐承清没有这个能力吗？”

掷地有声。

众人都被江小鹿的代打隐情及斐承清的霸气回应给震撼到了。这场网红主播说明会在他们丰富的职业生涯中，远远谈不上重大，但这精彩的情节走向足以让人耳目一新。

江小鹿愣愣地看着身旁的男友，被感动到无以复加。身为人女，她从没觉得自己的母亲患精神病丢脸，但她的确……害怕自己男友介意，所以一直以来都不敢向斐承清开口坦白。在发言之前，她私底下纠结许久，也做好了最坏的打算——向世界承认：母亲患病无能力抚养自己上学，她不愿中断学业才出此谋生下策。如果斐承清介意，她绝不会开口挽留！

然而，斐承清并不介意。他在这场说明会上，一开口便震惊四座。

因为金镶玉中途出现和斐承清的霸气揽责，记者们的所有疑惑在顷刻之间烟消云散，这哪是一桩丑闻啊，明显就是姐妹仗义、恋人情深的“偶像剧”故事。

没有太多纠结，媒体们很快就拿着公关公司代发的丰厚“劳务费”欢喜离场了。那位女记者知道单打独斗起不了什么水花，于是心不甘情不愿地撤了。

容纳五六十人的小会场一下子就空空荡荡。

金镶玉潇洒地对斐承清道：“我现在一下子成穷鬼了，你是不是该请我吃顿大餐弥补一下我们的损失啊？”

斐承清双手插裤兜，依旧是平静的模样：“好。”

“哇，我很挑的，会吃得很贵。”

江小鹿看着死党与男友，心中涌起满满的幸福感：“谢谢。”

金镶玉立刻像卸掉了女王的盔甲，耷拉着小脸，嘟嘴道：“亲爱的，我以为是你出卖了我，所以才口不择言，伤害了你。其实代打有没有被揭露，我才不介意。”

她只是怕这二十年的友谊遭受世俗贪欲的污染！

江小鹿大气地甩甩手："罢了罢了，原谅你了。"

斐承清细长有力的双眸浮现如释重负的轻笑。

雨后复晴。

遭受网络抨击的江小鹿在一天之内，名声再次反转。同时，当日下午一则长微博在网络上掀起轩然大波，转发量上万。

撰写者是那个江小鹿很久不曾联系的学生范程。

范程用极为老练的文笔，一五一十地把江小鹿担任家庭教师的敬业公之于众，并表明在江小鹿辅导自己的几个月中，他的成绩火箭般飞到班级第一名。江小鹿深得他爸妈及自己的认可……作为她曾经的学生，他坚定地相信江小鹿的为人。

于是，网民和玩家惊奇地发现江小鹿的故事远比其他主播精彩，她在主播圈像一枝随风摇曳却不被狂风折斩的水边青柳，盈盈惹人怜惜，坚韧让人欣赏，加之还有斐承清这种神仙般男友的守护，她简直成了众望所归的人生赢家。

曾经她有多不幸，现在就有多幸运。

江小鹿的口碑、人设空前好转，男粉丝想保护她，女粉丝羡慕她，好些黑转路人，路转粉……

甚至有同城的小朋友集体去她班级门口送花："小鹿姐，我爸妈都说玩游戏丧志，我让他们看了你和斐承清哥哥的故事，他们也不再觉得游戏是洪水猛兽了。以后我也要去当职业电竞选手。"

其他同学纷纷在旁调侃："胸有大志啊，那你现在打到什么段位了。"

为首手捧鲜花的小男生骄傲道："我现在升到了王者段位。"

江小鹿的同学们灰溜溜地闭嘴了，现在小学生都这么厉害，那他们这些还在铂金段混迹的大学生的老脸往哪儿搁啊。

当然，名声在外的缺点就是江小鹿走到哪儿都可能会被关注拍照，甚至还有人跟踪到她的出租房门口。于是，换一个更隐秘、更安全的房子成为她亟待处理的重中之重。

在原房东的协助下，她在隔壁区保安措施极好的单身公寓楼里租了一小间房。

事件平复后的第二周周日下午。

斐承清把江小鹿约到了自家，但江小鹿来后，就充满着郁闷——这人把自己喊过来，是要看他有多敬业吗？过分哦！

江小鹿趴在沙发上，漫不经心地翻阅着李泽厚的《美的历程》，时不时往书房打量。

斐神不时干咳几声，但完全没有意识到自己的身体小恙，依旧专注地和“工作”为伍。

江小鹿敏锐地察觉到，难道斐神感冒了吗？她放下书本，焦急地跑到小区对面买药。

药房店员问病人是风热，还是风寒。江小鹿一脸尴尬，对哦，斐承清的发病症状属于风热还是风寒。算了，不管了，干脆两种药都买了！

店员乐呵地给这位爽（智）快（障）的买家算好账，以慈爱姨妈般的眼神亲自把江小鹿送出店门。

回到家时，斐神正欲换鞋，江小鹿疑惑：“你要出去吗？”

斐承清默默又换回居家鞋，轻轻敲了她一记栗暴：“找你啊，你为什么不带手机出门……”

“刚出门给你买药，忘记带了。对了，你是风寒感冒，还是风热啊？”

“可能是风寒。昨晚跑步回来没及时洗澡。”

“嗯嗯，那你乖乖坐好。”说罢，江小鹿匆匆忙忙地烧水泡药。

斐承清像大老爷们一般，舒服地躺在布艺沙发上，眼神紧紧跟随跑进跑出的江小鹿，突然开口调侃道："如此贤惠，可否需朕赏赐？"

江小鹿翻了个白眼："有病得治。"

"你拿药来？"

然而当江小鹿把药端上茶几时，他猛地将江小鹿揽入怀中，偷香了一个，说："吃了药，果然就神清气爽。"

江小鹿羞红了脸："老虎不发威，你当我是好欺负的 Hello Kity（凯蒂猫，卡通人物）啊？"

斐承清不回答了，只是默默地看着她。

江小鹿尴尬地以为自己回了一个冷笑话，她想缓解这渐趋平静的气氛。

"吃我一记猛虎出山。"她猛地扑过去，一把抱住斐承清的脖子，带着恶作剧的乐趣与情人的缠绵，在斐承清的脖子上不轻不重地咬了一口，"看你还敢不敢欺负我？"

尽管略觉小痛，斐承清还是很"不要命"地继续说："看样子我还得再接再厉地欺负你。"说罢，他的手悄悄攀上了怀中软玉的纤瘦脊背。

一阵酥麻，江小鹿敏感地察觉到暗中滋生的暧昧，她忙推开斐承清，娇嗔："你故意想把你的风寒传染给我是不是？"

斐承清聪明地察觉到女友的拒绝，压住在身体里乱窜的"心猿意马"，笑答："可不是，独寒寒不如众寒寒。"

江小鹿再次落于下风，好不容易反抗一把，结果还是自己脸皮太薄，架不住斐承清的无耻攻势。

两人打打闹闹时，斐承清的手机屏幕突然显示深蓝的来电，他犹豫一会儿，摁下接听键。

话筒中，深蓝粗着嗓门，带着东北大老爷们的粗犷："斐承清，我就问你，你是不是对艾莎没有半点心思？你知道吗，昨晚艾莎在酒吧喝得烂醉，嘴里一直喊着你的名字。你要是一点都不喜欢她，就不要给她任何希望。从此，她杜艾莎由我深蓝一人守护；你要是对她有好感，兄弟我啥都不说，祝福你们。”

斐承清闲闲地把玩着江小鹿的长发，漫不经心地回答：“我和艾莎一直只是同事。如果你没其他事情，那我们到时候再联系？”

好不容易在家休息一天，身畔温香软玉，他才不想把多余的时间浪费在闲杂人等的身上，于是这句简短的回答也透露着明显的“逐客”味道。

“你够狠！”深蓝咬牙切齿地挂断电话，望着宿醉未醒的女子，心中的悲伤似飓风卷起的海浪。

昨晚，俱乐部的女同事半夜发来微信，告诉他杜艾莎在伯爵夫人酒吧里喝得烂醉如泥。本已准备休息的他，忙驱车前去接她，也多亏他去得及时，不然后果不堪设想。

把杜艾莎载回家，他又手忙脚乱地给她清理完呕吐秽物，折腾下来，到了凌晨三四点了，他睡不着，索性坐在她身旁等天亮，最后终于忍不住，拨通了斐承清的电话。

艾莎的世界向来只围着斐承清转悠。团战时，作为辅助的她，优先保护的不是他这个同路射手，而是斐承清的中单；斐承清退役之后，明明生活与他们这种职业选手再无任何交集，她却依然不愿意放手，无数次撺掇同队队友，提议喊斐承清一起聚会……

为什么他深蓝的好，她视而不见，要去挂念一个对她压根儿不上心的男人！

床上的杜艾莎无意识般地痛苦呻吟：“斐承清，我真的好喜欢你，明明我先出现，你为什么却选择了她？”

深蓝闻言，眉头越发紧蹙，欲愤恨地离开。刚走到门口，他又快步折回身，狠狠在艾莎唇上一吻："你说，我们两个傻子是不是天作之合？"

本能地想索取更多，但他终究克制住了。迟早有一天，你杜艾莎，会全身心属于我，现在，我绝不乘人之危。

斐承清挂断电话，像猫一般的江小鹿立起敏锐的耳朵，似乎在追问其中隐情。

她向来知道合格的恋人该给对象适度的隐私空间，但……一听到杜艾莎这个名字，她就忍不住紧张，毕竟杜艾莎远非一般的莺莺燕燕，她的战斗力可能位列情敌排行榜上的NO.1吧。

斐承清很享受女友的小紧张、小醋意，他脸上的得意扬扬仿佛暗示江小鹿要好好珍惜他。江小鹿傲娇地冷哼一声："你以为就你有桃花运啊。"

下午，他送江小鹿回学校时，充分感受到女友旺盛的桃花运。他陪她逛了小段临湖景观道，先后有两个男生竟然无视他这个正牌男友的存在，光天化日之下前来告白挖墙脚。

第一个是自诩清高浪漫的文科生，一副喜欢你只是我一个人的事情，纵然被江小鹿婉拒，也一副九死不悔的痴情模样；第二个男生家境不错，但浑身上下都透着杀马特气质，这杀马特告白的时候，眼神却老往斐承清身上跑。江小鹿毫不客气："谢谢你的支持，介绍一下，这是我的男朋友。"

"就是因为你是他女朋友，我才来告白的。"说罢，他俊俏的小脸蛋又朝斐承清冷哼一声，扭着婀娜的腰肢走了。

江小鹿不可思议地望着那远走的背影，喃喃道："为什么，我觉得他向我告白其实是为了引起你的注意力啊？"

斐承清淡淡地睨了她一眼："很清奇的解题思路。"

江小鹿咯咯地笑："你们俩要是在一起，你说谁主导呢？"

……

斐承清搂着她肩膀的手紧了紧，不知是小小惩罚她的"童言无忌"，还是想借此人来人往之际，向J大学子宣示他的主权。

H卫视有个王牌综艺节目《分享大玩家》，这个节目的官方微博最近经常收到观众私信，他们纷纷提议节目组围绕游戏女主播，做一期新节目。

节目组策划人员考虑到国内出名的游戏女主播才寥寥几人，撑不起两个小时的节目，于是又特意邀请四位男性知名网络作家担任嘉宾。

江小鹿是节目组第一个邀约的主播，待她签订合作合同时，才得知节目组还邀请了臻臻、杜艾莎、端游女主播翠花姐、盛子韬等七人。

金镶玉担忧江小鹿与杜艾莎、臻臻两人闹矛盾，在节目录制前几天，就传授各种应对技巧……其实，江小鹿也预感三人同台绝不会风平浪静，但无论如何她都不能怯场，就算被这两人拆台，也不能失态。

录制的这天很快来了。

江小鹿赶到节目组化妆间的时候，两位化妆师正给臻臻和艾莎化妆，这从未有过私交的两人仿佛一对亲密的姐妹花，聊得可起劲了。

给臻臻化妆的化妆师看到江小鹿进门，忙不迭拿起一沓本子迎上去："江小姐，我儿子知道你来我们节目组，所以非得让我找你要个签名。"

江小鹿一看她手中的一大沓本子，吓了一跳，这……估计他儿子把全班的本子都拿过来要签名了吧。

化妆师尴尬地笑："他那些同学也再三拜托我了，你帮忙顺道签个名呗。"

江小鹿礼貌地接过这些作业本，温婉地笑笑："没问题，您先忙吧。"

被冷落的臻臻与艾莎交换一个眼神，故作不屑之中，又分明流露出只有她们两人才看得懂的羡慕。

江小鹿签完名，就坐在一旁，乖巧地等着排队化妆。谁知道已化完妆的杜艾莎又嚷着要化妆师给她换另外一个妆容，化妆师内心不满，但也只能配合她。

另外一个化妆师也开始化翠花姐的妆面，仅剩江小鹿傻傻干等。

江小鹿边玩手机，内心边腹诽不已，都快开场倒计时了，难道真要她素颜上阵吗?

好在那负责翠花姐的化妆师利落地搞定翠花姐的妆容，迫不及待地拿起工具帮江小鹿服务。然而要在上台前15分钟化一个精细全套的妆容，对于老手来说，都颇有难度啊。

“没事，那就简单点吧。”

反正臻臻、艾莎她们已经美得不像话了，她再精心装扮，也没法“艳压”人家的，索性破罐子破摔了。

化妆师也是有些本事的，她见时间赶不及，就只挑江小鹿的眉毛、鼻部、唇部三处着手，最后江小鹿黑长直的头发也被她束成简单精神的高马尾，精致效果比不得其他三位姑娘，但胜在别致干练，让人耳目一新。

在江小鹿涂上口红的最后一刻，导演和监制来化妆间催人上台了。

节目的流程和台本早就分发给入场嘉宾，首先是4男4女分别搭配，进行节目表演。

开场曲目由多才多艺的臻臻和子杰领衔，臻臻一开嗓，竟然唱得比原唱好听，主持人和观众们都有些小震惊，臻臻暗中也多了几分得意。

江小鹿的表演搭档则是万众期待的盛子韬，这两人也是不少网友认定的CP。其实在登台之前，盛子韬就逮着休息室无人的时候，贱兮兮地道：“你知不知道为了和你搭档，我找了多少关系啊？你看我今天的造型帅不帅？”

盛子韬长得本高挑，细长的眉毛下漾着两只能放电的桃花眼，是个痞帅痞帅的阳光大男孩。此时，他挑眉的模样，似勾引，又似撒娇。

饶是江小鹿心志坚定，心也忍不住怦怦乱跳，她退后几步，正色点头：“挺帅的。”

盛子韬立刻像个得到老师奖励的小孩，眉开眼笑。他正欲臭屁，江小鹿又继续道：“不过我家斐神还是比你帅一丢丢。”

“笨女人，你是嫌我身上的刀子不够多吗？”尽管内心涌起了巨大的失落，但盛子韬的脸上依旧挂着玩世不恭的笑。

江小鹿尴尬地扯扯嘴角，加快了步伐。

尽管昨天事先仅彩排了一遍，他俩的默契却出奇得高，连主持人都打趣：“斐承清看到后会吃醋的。”

江小鹿莞尔以对。这醋他早就悄悄吃了，现在也只有看着直播吹胡子瞪眼了。

这个综艺节目定位娱乐有趣，因此嘉宾与嘉宾之间的互动非常频繁，其中一个主力游戏环节是通过嘴咬皮筋考验默契。在主持人分组时，臻臻突然娇笑道：“哇，翠花姐和我都是美美的长裙，一看我们就很有默契，所以我和她一组，可以吗？”

她都如此提出来，主持人当然不会不同意，于是剩下的江小鹿自然和艾莎一组。

艾莎故作不经意地瞄了一眼江小鹿，似笑非笑道：“你小心。”

江小鹿点头：“待会儿你打下手势，我们一起张嘴松皮筋。”

杜莎莎将可伸缩的皮筋拉得老长，也并没给江小鹿传达信号就突然张嘴松掉皮筋。江小鹿反应不及，扯得老长的皮筋嗖嗖划破空气，狠狠弹在她的嘴唇上。

“啊，不好意思，我以为大家会一起松嘴，你痛不痛？”

乍然的插曲吸引了全台人的注意力。

主持人及其他嘉宾立马上前查看情况：“痛不痛？”

“没什么大碍吧？”

江小鹿内心恼火，但只能忍着剧痛，转移话题：“没关系，不痛。那么接下来轮到我们的作家大大们表演了，是吗？”

怎么不痛呢，在皮筋弹到嘴唇的那一刻，她痛得都要掉眼泪了。可是在这么多双眼睛的注视下，她怎么能发作呢。

一群玲珑心肝的主持人当下就明白事情真相，但他们只能故作不知，继续顺着江小鹿的话题，进行后续流程。

盛子韬关怀的眼神在问，是否有事？

江小鹿微微摇头。

男生默契多了，两小队都很和谐地完成了任务。

接下来，还有一个男女 PK 的游戏。盛子韬开口打断固有分配：“大家都知道我的女神是江小鹿对不对，今天既然难得我们俩同台，又趁着斐神不在，那你们说要不要给我们单独相处的机会啊？”

台下起哄：“在一起，在一起。”

盛子韬笑：“在一起就不必了，我怕斐神会灭了我，不过让我和女神一起组队总没问题吧。”

旁边的三位网络作家本就唯盛子韬马首是瞻，自然在旁附和。主持人怕江小鹿再被女生们针对，于是也趁机圆场，打破常规模式，按两男两女的方式分组。

在之后的游戏中，两队竞争陷入白热化，闹出不少笑点，不过好在各路人马都平安度过了下半场。

临结束之时，几个主持人也暗自松了一口气。

“其实我们今天请来的群体都很特殊，女游戏选手和男网文作家，大家可谓承载着不少年轻人的梦想，在游戏最后结束之时，我想代表广大观众问问你们的梦想是什么？”

“其实没有什么梦想，说赚钱会不会太直接了点？”翠花姐笑。

“我的梦想就是和大家分享我所喜欢的游戏啊、歌舞啊，大家开心，我就开心。”臻臻清新娇俏地说。

“除了游戏，我什么也不会，所以玩游戏就是我的梦想吧。”杜艾莎耸耸肩。

大家都一愣，真以游戏为梦想的女生非常少，杜艾莎的确特别，也怪不得她能以一介女流的身份，在男人的电竞圈里闯出一片天地。

“那么小鹿你呢？”主持人饶有兴趣地问道，眼前这个女孩子明明是业余的娱乐型主播，但技术丝毫不逊顶级职业选手，大家都非常期待她的回答。

“我的梦想非常空乏，甚至有些圣母。从小我就希望自己有朝一日能为社会带来不一样的体验，或许是某种发明，或许是某种娱乐模式。不过现在我阴差阳错踏上了游戏主播之路，和大家分享游戏，其实也很幸福。”

“那么，我们可以理解你的梦想已经改变了吗？”

“没有，它一直蛰伏在我心里，或许迟早有一天，大家能看到我的成果哦。”

台上的人心思各异，却都笑了。

或许有人笑她的不自量力，也有人笑她的年轻稚嫩，当然也有阅尽千帆的人对江小鹿一颗赤子之心的赞许……

在观众的不舍之中，节目渐渐落下帷幕。

观看节目的网友们惊奇地发现，站在两大超级美女旁的江小鹿，气质容颜丝毫不逊臻臻和杜艾莎，而且，她在遭受杜艾莎的故意折磨后，依然保持着风度，由此可见情商非同一般。

于是，她又圈了一波粉，名气压过臻臻，甚至成为热搜榜上的最红女主播。而杜艾莎因三番两次故意针对江小鹿，被不少媒体和粉丝追着 diss 批评……但杜艾莎内心并不 care，她遗憾的只是没让江小鹿当众出糗。

金镶玉全程暴怒地看完节目直播，怒其不争地叹气 :“唉，实在是他们没邀我上台，不然杜艾莎这个蠢货可能会被我打得回她老妈的子宫。”

江小鹿 :“社会我金姐，人狠话也多。”

金镶玉不解 :“第一次在静途山见杜艾莎的时候，她还挺绿茶婊，很会装啊，怎么现在竟敢公然欺负你？不过你也是个包子……人家绿茶婊的时候，你斗不过人家 ; 现在人家堂而皇之玩恶毒，你也落于下风。”

“我没你的战斗力嘛。”

金镶玉白了她一眼 :“你个猪，和我斗嘴倒是有气力，被杜艾莎、臻臻这种女人欺负，屁都不敢放一个。”

“嗯哼，你觉得我是那么圣母的白莲花吗？”江小鹿笑眯眯地看着好友。臻臻这女人嘛，自己迟早会逼得她退出游戏直播圈 ; 至于杜艾莎嘛，她俩的确没有交集处，但她与斐承清幸福甜蜜，就是无言的强势报复。

那晚，录完节目直播。

斐承清正好在 H 卫视所在的城市开会，节目完毕之后前来接她，他当时还没看电视，不知道她为什么会顶着一张“性感殷红”的唇，关怀地问她是不是磕碰到，或者被蚊虫蜇了。

江小鹿本非当众秀得起恩爱的人，但当她的目光扫过身后的杜艾莎时，心念电转，可爱地噘着小嘴："嗯嗯，不小心碰了一下，性不性感，要不要亲亲？"

斐承清又气又笑，不过难得这傻女人这么主动，他当即就很给面子地在她唇上轻轻一吻。随后，他看到了不远处的杜艾莎，他轻轻颔首示意，随后拥过女友，转身往外走。

江小鹿回头，把杜艾莎的仓皇失落尽纳眼底，扯出了一个得意的鬼脸，叫你故意打我，当真以为我不知道你的心机吗。

最爱的男人抱着最讨厌的女人离开，这画面残酷到剜心伤肺，刺激得杜艾莎银牙咬碎，却无可奈何。

此回合，江小鹿大胜。

"厉害了，我的鹿。"听完江小鹿的描述，金镶玉笑惨了，她从没想到过小白兔一般的死党复制出演电视剧女配的经典桥段，看样子深藏不露啊，"那你说，要是你家斐神知道你也是个心机婊，会不会后悔一腔情意错付于人啊？"

"我路上就和他坦白从宽了。"回忆往事，江小鹿嘴角浮起甜甜的笑意。

那日，听完江小鹿坦白，斐承清讶然："没想到你是个小坏蛋，竟然利用我报复杜艾莎。"

江小鹿急了，难道斐神讨厌自己这样的心机？于是，她忙道歉辩解："对不起，只是她好几次故意针对我，我就……你生气了吗？"

"我当然生气啊。你说，你当时干吗只要我亲亲啊，我们肯定要来个连环恩爱秀啊，比如壁咚、公主抱，再加法式湿吻……"

这，江小鹿哑然。

逗弄完毕，斐承清揽过她，继续轻声道："我生气自己没有保护好你，让你受了闲杂人等的欺负，现在还疼吗？"

江小鹿摇头，其实唇瓣还肿胀着，但这点小疼又算什么呢。

听完死党的复述，金镶玉像扇子一般的假睫毛扑棱扑棱地眨巴着，她充满着无限向往："你们家斐神平时在我们外人面前，就是一副高冷的模样；但在你面前，就是一个可爱的小骚男。哇，你美死了。"

"没有啊，他大部分时间是高冷不理人的。每次约会他基本都会提着电脑加班，忙得不得了。不过有时候的确挺闷骚的。"江小鹿谦虚地吐槽，"对了，今天没看到你和麦芽糖组队秀恩爱了，你俩最近相处如何？"

金镶玉的眼神闪过一丝阴霾，像喝酒一般，端着剩余的咖啡，一饮而尽。

"正如钱锺书所说，细看对丑人是一种残忍，细看男人的手机对感情也是一种残忍。"

第十一章 优雅回击

感情的上限是什么？一千对情侣可能有一千种理解。感情的底线是什么？一千对情侣可能有相同的认知——心力交瘁。

无法再包容的心累，无法再强留的决绝！

其实江小鹿很早就察觉麦芽糖对金镶玉的感情开始变质了，以前他会全然包容金镶玉，但这段时间他的眼里总是不经意地流出一些不耐烦。虽然金镶玉浑然不觉，依旧没心没肺，但她内心是惊颤的，只是碍于身份，不便多问。谁知道猜测很快成了真，这对青梅竹马罅隙丛生，进入了前所未有的冷战期。

那晚，两人逛完街。

麦芽糖的手机里突然钻出一条微信：今天我又去上次那家饭店吃你

喜欢的酸菜鱼，一如既往的好吃耶。

金镶玉狐疑地拿过手机，想查看历史纪录。谁知麦芽糖抢过手机，立马删掉了。

金镶玉脸色顿时大变，这人的头像是一个女孩子的自拍，说话又那么暧昧不清，她作为女朋友难道连翻看手机的权利都没有吗。

“她是我学妹，上次社团一起聚餐吃了个饭而已。你别多想了。”

金镶玉爹毛了，普通的学妹会大晚上的发这种暧昧的信息给他吗？就算他们之间真的没有任何纠葛，为什么他要抢过手机删记录？正常女人都会怀疑啊。

她当时就给了麦芽糖一个巴掌，二十多年的感情，他现在竟然蠢蠢欲动？麦芽糖捂着脸，眼中竟然透着一些疲倦与厌恶。

“芋头，我觉得我们需要分开一段时间，大家都冷静冷静。”

金镶玉不可置信地看着自己的手掌。她怎么也想不到自己竟然动手打了他，可麦芽糖决然转身离去，让她的心情更添几分绝望。

事后，麦芽糖找江小鹿倾诉，他和那学妹没有任何关系，之所以急于删记录，也是下意识怕金镶玉暴怒。谁知道处理不当，捅了马蜂窝，但他不想再去争取了，他心累了。

江小鹿夹在中间左右为难，一方面她怜悯金镶玉，可内心也隐约理解麦芽糖。于是，在这特殊阶段，匀给友情的时间越来越多，这可让旁边的斐承清十分不满，他好不容易与江小鹿约会一次，她竟然心不在焉。

他说：“所以，在约会的时候，你的朋友比我还重要？”

江小鹿赔笑：“你真会冤枉我，我脸上明明就差写着‘重色轻友帮帮主’了。”

“哪有写？”

斐承清摇摇头，而后竟然拿过书桌上的笔："别动，我补。"

江小鹿起初没领会他的意图，但当看到他近身而来之时，她警铃大作，终于明白这人想捉弄自己，于是连连倒退，奈何男人步步紧逼，最后她无处可去，跌坐到沙发上。

这正称了斐承清的心意，他顺势欺压过来，将她抱个满怀。

"不要写啦。"她吓得紧紧闭上了眼。

谁知斐承清没有在她脸上捣鼓，而是将头埋进了她的脖颈儿，似叹息，又似闲谈地轻语："我不太喜欢盛子韬。"

最近，他那帮本不八卦的商业朋友在饭局上难得发问，他的墙脚会不会被那个如雷贯耳的网络作家盛子韬挖走。毕竟现在全世界都知道盛子韬对江小鹿的喜欢与追逐：每晚八点准时守着江小鹿直播，一掷千金地刷着几百万的礼物；万众期待的新书以江小鹿为同名女主……

甚至有一个和盛家走得近的企业家还道：盛子韬已为江小鹿和家里数次闹矛盾……

当时，斐承清只轻描淡写地答道："不足挂齿。"

但他内心却还是被此事触动了情绪——盛子韬是劲敌，他确实有危机感。

"这……"江小鹿并未料想斐承清突然提及盛子韬,既然他表示介意，她当然得第一时间打消他的担忧，"虽然我长得很招蜂引蝶，但奴家还是对斐大人很忠情的呢！"说罢，她故意递给他一个娇滴滴的媚眼。

"那就好，看看这个礼物喜不喜欢？"斐承清对女友"表忠心"很是满意，手掌像变戏法一样托出一个精美时尚的香奈儿礼盒。

"包包？香水？围巾？"

她对奢侈品了解实在有限，纵然现在成为大红主播，收入直追二三线明星，不过她也没有花太多心思去了解学业及游戏以外的知识，这个礼盒装着的神秘礼物可能还真的超出了她的认知范畴。

“打开看看。”

浅白条纹的香奈儿小方包，最近上市的限量版。

江小鹿惊喜不已，当即就送上一个么么哒：“好喜欢哦，我该回什么礼物给大神呢？”

“不用了。”

虽然斐承清决不许她回礼，但江小鹿开始暗自物色高档的男士礼物了。礼尚往来，这是她的家教，也是她推崇的新时代女性的言行准则。

黑云压城。

窗外狂风催叶折枝。

今年的第一场风暴即将登陆 G 城。

江小鹿忧心忡忡地坐在五星级酒店自助餐厅里，懊悔不该将盛子韬约在今日下午。

约 17：40 时。

盛子韬以一副风流不羁的纨绔子弟的模样出现在她身旁：“嗨，这个大美人，一看就是等我的啊。”

她微笑招呼：“坐呀，话说好久不见，最近忙不忙？”

“忙，读者催更催得我快神经衰弱了。不过女神召唤，我再忙也得来。”盛子韬痞兮兮地笑，其实一股后怕之情已在心内发酵。

前晚，他收到江小鹿的信息——约他今日一聚。

他咯噔一下，平时他微信话痨地找她闲谈，她从来不会热情回应。就算他在直播房间内豪掷千金，她待自己与其他粉丝也别无二致，现在她主动约自己见面，必然不是什么好事。

“盛子韬，你说说你为什么会喜欢我吧？”江小鹿开门见山，直奔谈话主题。

“真聪明，看出了我喜欢你。首先你会玩游戏，长得吧……嗯，还行，私底下性格应该也很好玩，也挺独立的。不过你不要误会，我还喜欢很多网红，一个个都波霸网红脸，超级正点，还随我调戏，和她们在一起，比和你在一起要轻松。不信，你看看我们的聊天记录。”盛子韬毫不介意地滑动着自己的手机微信，仿佛急于证明他不是在说假话。

然而，一缕明显的失落却仓皇地跑出了眼底。

江小鹿心底叹口气，故意视而不见，配合着他的“调侃”：“哇，厉害了，盛老板开了后宫。”

话说间，一声滔天巨响砸到雨雾弥漫的地面，不远处的香樟树被闪电劈成两半。

江小鹿压了压猛烈跳动的心脏，莞尔：“另外，我还想说一个事儿，以后你不要这么大方打赏我了，我之所以做直播，也是想赚点钱为妈妈治病，现在治疗费赚够了。”

“那可不行，千金难买爷开心。”

“那我到时候把你打赏的钱以你的名义捐赠给基金会之类的。你看行吗？”江小鹿圆场，但并没说出内心最主要的想法：她怕承清不开心。

只知表面意思的盛子韬愕然，这年头还有对钱不动心的女人。

其实江小鹿倒也不是不动心，只是她全家对金钱都没那么渴求——否则，当时完全可以轻轻松松领着巨额的拆迁费，过着舒坦的日子。后来之所以踏入赚快钱的主播圈，也无非是被迫无奈，否则她安安心心当着自己的小代练，日子自在又惬意。

“好吧，你开心就好。”

“对了，教主，你信不信一见钟情？”

“当然信。一见钟情，有关色相；细水长流，有关品性。”

“没错。我第一次见到斐承清之时，我就喜欢他了，当然只是肤浅地醉心于他的脸和气质。后来相处久了，我发现我是真的很爱他。都说久处生厌，但现在在我眼里，他还是完美得跟神一样，现在我心里容不下任何人。”

盛子韬再也装不出无所畏惧的模样，他狼狈地说：“恶心又肉麻。在单身狗面前秀恩爱干吗？你不知道要爱护小动物吗？”

“哦，对哦，那你应该喜欢吃这里现烤的大脆骨，我去给你装点过来。”

“你……”

这女人，还真把他当狗了？盛子韬黑线地看着江小鹿的背影，随后又放松了身体，瘫在沙发上，她或许只是故意给自己一些独处时间去调整心态吧！

不过现在自己的心，碎得就像寿司区的那碟红色的鱼子啊！

接下来，两人边聊边吃，到了晚上九点，饭局结束了，这暴雨还没有止住的趋势，马路都被淹没了四五厘米，视线所及之处，没有任何车辆行人。

半空的电闪雷鸣与地下的空寂清冷形成鲜明的对比，此时的G城，像一座死城。

江小鹿匆匆和斐承清打电话报备了一下情况，斐承清要过来接她，她强烈反对——暴雨滂沱，能见度这么低，她怎么放心让他这个时候跨越半个城区来接她。

最后，斐承清没辙，讪讪作罢，又提议她在酒店先歇息一晚，明早再做打算。

江小鹿犹豫，所谓“瓜田不纳履，李下不整冠”，她与盛子韬本就是千万双眼睛紧紧盯住的公众人物，如再不保持分寸，还在同一间酒店过夜，估计会被有心之人曲解为别样意思啊。

可此时的天气不容讲究这些顾忌。

她很磊落地对盛子韬道："抱歉，我约的可真不是时候。你要是不介意，那就在酒店住一晚？"

"你呢？"

"这雨我也回去不了啊？"

盛子韬眉飞色舞，坏坏地问："一起？"

江小鹿狠狠甩了个白眼给他："想得美，我可不会和你一层。"

"唉，好吧。"尽管江小鹿透着明显的拒绝，但盛子韬内心还是有丝窃喜。

当晚，这家五星级酒店就迎来了当红主播和网文大神的下榻，然而纵使两人间隔一个小时登记入住，并特地提出不同的楼层需求，但两位八卦的前台却还是暗地挤眉弄眼。

准点在直播房间等待的粉丝迟迟没有等到江小鹿的出现，他们百无聊赖地刷着弹幕：

江小鹿的迷弟1号："今晚G城下大雨，我们家江小鹿不会有事吧？"

Showtime老男孩："是啊，以前她好敬业，几乎都不会迟到呢？"

斐江CP粉："应该不会出事吧，我宁愿她此刻在和斐神愉快地滚着床单啊！"

琳琳小主："哈哈哈，楼上的，说不定人家正在和万年备胎盛教主滚床单。"

江城子："嘴巴这么贱，现实生活中一定过得很苦吧。"

……

狂风，继续，暴雨，依旧，这夜的闪电与雷声仿佛在比谁的阵仗更大，硬生生地将平日繁华静好的城市演绎成一个好莱坞般的灾难片现场。

躺在床上的江小鹿见归家无望，只能逼自己安心入眠。而楼上的盛子韬懒懒斜倚窗前，眼盯着瓢泼大雨，脑海却浮想联翩，闪现的都是与江小鹿为数不多的相处片段。

惊艳于她的游戏天分，动心于她那刹羞恼的娇俏模样。她主播时候的幽默风趣；当真正线下见面时，她的机灵可爱，自强坚韧，甚至她对情敌斐承清的忠贞模样，都成了引他持续中蛊的一味剧毒……

该放弃吗？内心告诉他，不该，不能！

主编安雅的电话跃进手机屏幕，他一把挂断。他连载的小说尚有存稿，助理已经帮他准点发布了，这个老女人又打什么电话过来。

当真以为她搞定了父亲，就能让自己一直乖乖听她的话吗？

翌日清晨，雨后复晴。

江小鹿在酒店大堂刚退完房，一群举着话筒，背着摄像头的记者跑过来，紧紧包围着她。她暗想，完了，肯定被人爆料了，希望盛子韬晚些退房，不要这个时候跑下来。

但说曹操，曹操就到。

盛子韬精神抖擞地下了电梯，虽然看到了周边媒体记者，却只径直朝她灿烂道："睡好了吧？"

旁人听在耳里，自动解读成一句意味深长的双关语，记者们又纷纷迎着盛子韬："昨晚，你们是怎么安排的？"

"睡在一起吗？"

"江小鹿，请问斐神知道吗？"

江小鹿正色："昨晚，我本只是约盛教主闲聊。没想到雨太大了，所以我就和他在这个酒店分别订了房间。请大家不要误会，更不要乱写。"

盛子韬拨开记者，拥住江小鹿的肩膀："没错，我和女神什么都没发生，不信可以去查查客房记录，我在七楼，她在八楼。"

江小鹿不适地打掉肩膀上的手："监控也可以证明！前台，我想申请监控。"

但在大众眼中，虽然这个"无情妾"表面要自证清白，但实际上谁又能拒绝一个知名、多金又帅气的"有情郎"呢？或许分开登记房间只是两人的暗度陈仓之计呢。

有关两人名声，酒店当然同意把相关监控摄像调出来——昨夜 12：30，盛子韬的确外出了半小时，但正对江小鹿房间监控的摄像头却正好罢工了！

本存着疑惑，又唯恐天下不乱的部分记者们更乐了，那么，现在谁能证明他俩没有偷情？

于是，他们写的报道内容情节详实，语气肯定，仿佛自己就亲历现场，见证他们偷情一般。

一时间，这段无中生有的艳情八卦在记者及新媒体的加工下，在网友"空口验尿"的揣测下，在主播同行的顺势引导下，空前的"反鹿"情绪暴涨——"水性杨花江小鹿滚出直播圈"话题迅速蹿火，无数人联名驱逐江小鹿。

同时，因当事男主盛子韬并没发表澄清说明，由此可见，两人奸情可能是真实存在的。

江小鹿一开直播，收到的不再是礼物，而是成片成片的辱骂与苛责。

粉丝们未曾料想自己喜欢的主播竟然是如此朝秦暮楚之人，明明她已拥有神仙一般的完美男人，却还出轨粉丝，贪心不足又脑残……

她辜负了 700 万粉丝的信任，江小鹿不配在 Showtime 直播！

江小鹿愣愣地看着直播间的辱骂弹幕，眼泪无声滑落。前晚，她就该在酒店大堂歇息一晚，而不应该去开房睡觉。

尽管江小鹿知道大部分粉丝不会相信她的解释，但她还是一遍又一遍发言："你们为什么不相信我？那晚G城特大暴雨，出行十分危险，所以我们才就近在酒店订了房间，但都是分开的，我怎么会背叛承清？"

江小鹿的迷弟1号："鹿鹿，你别哭啊，我心都碎了。我相信你了。"

陪伴她一路走来的忠实粉丝开始摇摆，这种伤风败俗的事情完全不符合江小鹿的性格作风。但潜伏在粉丝群中的黑粉和其他女主播的粉丝则不一样，他们十分得意，选择性失聪，继续大肆抹黑江小鹿。

莎的脑残粉儿："斐承清真是瞎了眼，竟然喜欢上你这个贱女人。"

江小鹿再次陷入舆论旋涡，金镶玉忧心忡忡。据圈内的网红姐妹透露，这个话题之所以这么火爆，就是因为有人借机引导，恶意炒作，部分小格局的女主播嫉恨江小鹿的好运气——入圈不久就获得总裁级男友的垂青，众多铁粉的拥护。所以她们趁着她的舆论危机，蠢蠢欲动，恨不得除江小鹿而后快。

尽管金镶玉每天都嚷着要自家粉丝相信她的闺蜜江小鹿，然而她的粉丝联合起来也不过千把万，要和上亿网民抗衡，实在是蚍蜉撼大树。

而江小鹿几乎快被平台冷藏，忠实粉丝大片大片流失，压根儿控制不住成倍上涨的黑粉，所以这段时间，她状态非常差。

作为这股神秘力量的发起人，臻臻自然是最大的受益者，这段时间内，无论直播，还是日常上学，浑身上下透露着一股子得意。

某日，她们在学校迎面相遇，江小鹿对她视而不见。本是温婉清新人设的臻臻按捺不住内心的得意，喊住江小鹿："风水轮流转，之前你多得意啊，现在被网络抛弃是什么感觉？记得你以前好像和我叫过板哦，怎么现在不回击了？"

“会回击的呀。”

谁知江小鹿的话还未落音，一个生鸡蛋径直砸向她的脑门，蛋液顺着脸庞迅速流到了两颊，顿时，她狼狈不堪。

不远处的小学生肇事者正咯咯笑：“你是江小鹿吗？刚才有人出钱要我用鸡蛋扔你，不好意思啊。”

从未有过的羞恼与愤恨冲向脑门，她江小鹿何罪之有，这些宵小之辈凭什么装作正义勇士来侮辱她。

“哈哈，瞧你，就这样回击我的吗？”旁观者臻臻笑得更欢了。真好，一出精彩好戏要上演了。

江小鹿狼狈地打开手机，对着前置摄像头，擦掉脸上黏糊的鸡蛋液。

她没有去搭理那熊孩子，只是铁青着脸，对臻臻道：“看着我被人砸鸡蛋，你很满意？！”

“我是很开心。不过把你彻底赶出主播圈后，我会更开心。”

“有人跟我说，一些同行故意炒作那条无中生有的新闻，这群同行中应该也包括你吧？”

“这都不用猜呀，你代打的事也是我揭发的呀。哎，可惜了，连着两次丑闻都还没把你赶走，可能是我们下药不够猛。”

“你们为什么要这么做？我什么时候得罪你了？”

“同行相轻，简单，不爽你比我红而已。”

“原来如此，那你现在多开心一会儿，以后你会笑不出来的。”

江小鹿转身，离开。女王气场全开！

仿佛局势牢牢掌握在自己手中。

臻臻目送强势敌人离去，顿时怅然若失。明明这个女人面临巨大危机，但为什么现在感觉她好像什么事情都没有发生。

罢了，女主播一旦陷入性丑闻，那么打击必是致命性的，她江小鹿不过是秋后蚱蜢，蹦跶不了多久。

晚上，江小鹿的直播房间多了一位前所未见的重要嘉宾——斐承清。

黑鹿 100 年：“哟，江小鹿是让我们看看斐神的帽子有多绿吗？”

玉碎 & 心醉：“斐神好帅……嘤嘤嘤，我都快晕了。”

……

斐承清一踏入镜头前，几百万的粉丝顿时沸腾了。昨晚，江小鹿说今晚直播会出现一个重要的嘉宾，并且会公布事件的背后隐情及来龙去脉，本对她失望至极的粉丝又在今晚齐齐回归，并且很多路人看客也忍不住好奇，钻进了直播房间。

直播镜头下的斐承清颜如冠玉，浸淫顶级互联网商业圈的稀缺阅历助他清隽气质中多了几分迫人的冷峻：“事发四天，按理说，作为男友的我早该站出来表明态度。但证据才是最有力的解释，所以这段时间我一直在搜集事件证据。小鹿约盛教主面谈的事情我是知道的，当晚特大暴雨，我说过我要去接她，不过雨势太大，小鹿阻止我，然后我提议她在酒店休息一晚。当晚她没带充电器，所以那天并没开直播，但大概晚上 12 点，我们有一次短暂的通话。”

粉丝问：“那你怎么确定她在你们通话之后没有和盛教主私会呢？”

斐承清插播了剪辑整合好的酒店电梯楼梯及走廊通道的监控录像及巡查人员的口讯，经过事件的推理及证据的分析，当晚两人的确没有私下会面。当被问及盛子韬半夜出门所为何事时，斐承清表示对于盛子韬的私人行程无可奉告，只是很坚定地道，他相信女友清白。

虽然斐神摆出了昭然的证据，但人的天性是倾向八卦的，哪怕是编造出来的像故事一般的八卦，所以部分路人依然半信半疑。

这时，江小鹿充满元气的笑脸跃入直播镜头：“嗨，虽然你们不想我，但我很想你们呀，所以我这张老脸又来镜头前蹦跶啦。”

划船不用桨：“想。就是不知道你值不值得我们想。”

这次江小鹿面对粉丝的质疑，不再如以前伤心，她言笑晏晏道：“昨天，我在学校被扔鸡蛋了，凑巧我的前辈及同行臻臻在场，然后她很高兴看到我的遭遇，大家想不想听听她是怎么说的呀？”

粉丝异口同声地答道：“想。”

江小鹿笑着，按下了播放键。

“看着我被人砸鸡蛋，你很满意？！”

“我是很开心。不过把你彻底赶出主播圈后，我会更开心。”

“有人跟我说，一些同行故意炒作那条无中生有的新闻，这群同行中应该也包括你吧？”

“这都不用猜呀，你代打的事也是我揭发的呀。唉，可惜了，连着两次丑闻都还没把你赶走，可能是我们下药不够猛。”

“你们为什么要这么做？我什么时候得罪你了？”

“同行相轻，简单，不爽你比我红而已。”

尽管手机录音有些失真，但部分网友还是能清楚地辨出声源——臻臻。

集体哗然。

同行竞争在所难免，但以如此见不得光的手段打压同校同行学妹，未免太过下作无耻。有人弱弱地怀疑是不是江小鹿编造录音构陷臻臻，可这娇媚的声音的确出自臻臻啊。

江小鹿：“我从没想过我的校友前辈会这么残酷待我。那次代打，她借助公关公司的力量推波助澜全网黑我，我并没有资格责怪她。毕竟代打本违背了游戏的公平原则。这次她竟然能用一个子虚乌有的事情大肆抹黑我，我很失望。平心而论，我只想和大家简简单单地分享游戏，从没动过除游戏以外的心思。而且，我真的是清白的，我并没有辜负大家，更没有对不起承清。”话说间，她的声音哽咽了，晶莹的泪珠悄悄从眼眶中涌出来！

她本不是楚楚可怜的长相，但此时泫然欲泣的脸却强烈激发了粉丝的保护欲。

喜欢看撕逼：“乖啊，不哭，我们相信你是清白的。”

小鹿的迷弟 1 号：“哎呀，斐神，快来哄哄你女朋友啊！”

嗦粉小公主：“那个，虽然我以前是臻臻的粉丝，但我也忍不住想说句公道话，江小鹿真的很敬业耶，观众要带上分，她从不拒绝；队友那么坑，她从没有骂过谁；过了直播的点，但观众要求多打几盘，她也不介意。”

……

直播房间内的气氛瞬间变了，网友立场顿时一边倒向江小鹿。

“大家理解就好。”江小鹿朝镜头深深地鞠了一躬，然后说，“接下来半个月，我会带我妈妈去美国治病，当然我会争取在空闲时间继续直播游戏，大家要一如既往地支持我们哦。”

看她鞠躬致谢，粉丝都荣幸不已。当听到江小鹿说要消失个把月时，不舍的情绪又占据了他们心头。

就算全网纷纷认定江小鹿劈腿盛教主，粉丝们内心也从未设想过江小鹿会真的离开，现在误会都解除了，江小鹿却说要离开半个月之久，恕他们接受无能。

远在另一座城市的盛子韬失神地看着直播画面，他知道，或许今晚，他永远地在江小鹿的世界里出局了。

中心地段的超高层公寓视野极好，饱览一城繁华，但极致的璀璨并不能让他消弭内心的巨大失落。

他发了一条信息给安雅："待会儿过来给我带几瓶酒。"

告别的当晚，江小鹿拉上斐承清组队，再次直播邀月和曜日，这对冠军情侣英雄配合默契，在危机重重的峡谷中，如入无人之境，大杀四方，精彩连招与风骚走位丝毫不逊色于职业赛。

然而，这场前所未有的直播如烟花一样，绽放、消逝、沉寂，留给人无限回味的是不可复制的绚烂风华。

那晚之后，江小鹿中止了直播，不再现身网络。粉丝们开启怀念模式，在久久唤不回江小鹿后，他们不理智地转移了目标，把思念转化为对臻臻的嫌弃，臻臻自己水平那么差，还有脸去陷害别人。

臻臻人气大规模下跌，原本六七百万的粉丝顷刻只剩下了一百多万，这数据充其量也就是一个三流小主播的流量，原本有几家小品牌的代言都装模做样地开始发律师函讨要赔偿……

臻臻气得咬牙切齿，这江小鹿看上去简简单单，实则腹黑狠辣。谁知道那天她竟然神不知鬼不觉地把对话录音了呢！

游戏直播是彻底不行了，或许只能剑走偏锋，才能在直播市场生存下去。

她当然不甘愿就这样过气，她想联系那个曾告诉她江小鹿代练的神秘人，说不定这人还知道江小鹿更多秘密，但在她被粉丝抛弃之时，这个神秘人正与江小鹿博弈。

江小鹿睨着桌对面正襟危坐的室友秋秋，似笑非笑："什么时候开始的？"

秋秋还欲装傻："什么意思？"

"你是什么时候决定陷害我的？"她从没想过自己寝室的姐妹会勾结外人构陷自己。按理说，秋秋在学业上，与江小鹿不存在利益关系，自己也不值得她费尽心机，莫非是情感？

江小鹿皱眉："你喜欢斐承清？"

"哟，大忙人终于看出来了？"

回忆纷至，秋秋遇上男神的那日，正好是斐承清去图书馆找自己的那日。

"你知道我有多喜欢斐承清吗？网上对他的蛛丝马迹的报道刊载我都看得滚瓜烂熟，他的贴吧与官网我现在已经是顶级会员了；他的老家L市，我去过两次；我在Showtime办公楼的地下停车场堵了他两次，告白了两次，他看都不看我一眼。当然，我也从没奢望过他喜欢我，我其实只想告诉他——这个世界，有这么一个傻女生默默地喜欢着他。"秋秋凄怆地笑了。

不对等的爱恋，本来就卑微到尘埃里。

江小鹿心下酸涩，但随即又把注意力转到话题，她无奈地笑："所以这就是你陷害我的理由？你们不过是擦肩而过，你怎么会这么……喜欢他？"

"白首如新，倾盖如故，冥冥之中的缘分你不懂吗？你是得到了承清的心，你知道全天下有多少女人嫉恨你吗？纵然你挡住我这场劫难，你能挡住杜艾莎？你参与决赛和综艺节目直播的那晚，杜艾莎明显针对你，你未必没察觉到？"秋秋嘲讽道，丝毫不觉愧疚。欲戴其冠，必承其重啊！

"那这等桃花劫来一个我便灭一个，来两个我便灭一双。"每一个从牙缝挤出的字眼都带着肃杀的气势与果决，江小鹿正视着室友的双眼，"不管是你，还是杜艾莎，斐承清只属于我。"

秋秋的脸色拉下来，她明白江小鹿的自信不是空中楼阁，她有资格放出这等豪言。

“秋秋，你可以选择做我的敌人，但就算你做我的敌人，斐承清也未必会关注你，现在他身边多的是成功的女性。你要想吸引他的注意，倒不如先把精力放在学习上，优秀的你肯定会遇到比他更优秀的男人。”

“你现在不怪我了？”敏锐的秋秋听出言和的迹象，反倒有些怯懦。

“当然怪。不过，你说得很对，斐承清注定不是普通人，我也没时间去天天修理那些烂桃花，倒不如把有限的精力用于充实自己。”江小鹿磊落地笑了。

桃花劫要除，但自己未来也要博。为斐承清，更为自己！

秋秋失神，她一向觉得江小鹿只是个玩游戏厉害，运气比其他人好的女孩，但现在江小鹿身上所绽放的璀璨光芒深深折服了她。

“我其实从没想过要害你。”气势一软，秋秋的语气便怯弱了，“但我嫉妒心很强，我忍受不了我的室友霸占了我的男神。”

江小鹿讶然，这是什么无理逻辑。

“不过我请求你先别和小双她们说，她们性格直，嫉恶如仇，如果知道我做了蠢事，肯定不会原谅我。室友抬头不见低头见，闹难堪了，这几年大家都不好过。”

江小鹿答应了，她也不想把其他室友扯进来。

“自习时间到了，我要去图书馆了。关于这事，我什么时候想通了，就会给你一个交代的。不过不管怎么样，你都无法阻止我对斐承清的喜欢。”

尽管没有彻底说服秋秋，但应该暂时不会来构陷自己了。江小鹿心情大好，当天特意主动请斐承清去共进晚餐。尽管斐承清这段时间忙于将公司推入创业板上市，但还是抽空，捧了女友的场。

下班后，他径直从公司赶来，一副西装革履的精英打扮。在他驶到商场露天停车场，迈出车子时，江小鹿分明听到了周边几个女孩讶然的议论声。

承清的确是人中之龙，但自己也不差，那些莺莺燕燕，胭脂俗粉怎么能轻易抢走她的斐神呢！

她扬起灿烂的笑，踩着高跟鞋，踏出迎接的步伐。

飞往大洋彼岸的飞机刚起航时，气流对冲颠簸不已，但很快趋于平稳。

母亲初坐飞机，十分新鲜，口头忍不住埋怨道："我知道我有病，在国内治疗不就好了，去美国肯定花了不少钱吧？"

"妈，现在我赚的钱足够我们治病了，不要担心。"

"我当然担心，这钱赚得太快，总觉得不安心，毕竟不比国家的拆迁补贴。"大病一场的江母失去往日的强硬，神态之中透着掩不住的疲软与憔悴。

"不用担心，我赚的是正经钱。再说，您舍得把房子拆了吗？"

"当然舍不得，那可是你爸爸留下来的基业啊。"江母生怕女儿动拆迁念头，忙反驳。

江小鹿喉头一阵哽咽，谁说世间无长情，爸妈不就是最好的反驳案例吗？可是，想到自己的闺蜜与发小分道扬镳，她心中也是郁结无比。

上飞机之前，一直忙于学业课程的麦芽糖终于抽出时间，前来送机。麦芽糖委顿不堪，看得出很是伤心，但他的语气却透露十足的分手念头。

江小鹿不解，想做些劝慰："十多年的感情，你舍得吗？"

麦芽糖苦笑："可我累了，不想继续了。小鹿，你是我们共同的好朋友，我们分手并不意味你也会顺带和谁断绝关系，我希望你不要插进来，不然我和她都会很难堪。"

以温顺见长的麦芽糖难得强硬。

“我也承认香芋的脾气说来就来，但你也不能因此否认掉你们俩这么多年的感情，你们调整下相处方式啊，感情最重要的就是沟通啊。”

“我知道，所以我现在只要求先冷静下，还没彻底分手。”

江小鹿瞠目结舌，长时间的冷静不就等于彻底分手吗。

“如果你对芋头真的没有感情了，那就做个彻底的了结，不要耽误三个人。”

“感情还是有的，只是变淡了很多。”麦芽糖斩钉截铁地说，“我真的需要一段时间去冷静审视我们的过去及未来。”

“你就向芋头认个错嘛，事后再去协商两人之间的相处模式，不好吗？”

“为什么每次都是我低头、我包容？”

江小鹿语塞，他俩曾经的相处对于麦芽糖来说，的确不公平。她一个旁观者，也无法评判谁是谁非。

“我快出发了，有什么需要我代购的吗？”江小鹿看了下时间，预备结束话题，返回候机室。

“没有，你和伯母注意安全。”

临行前，她仿佛又想到了什么，转头笑道：“香芋第一次为你做菜准备做四道不同的主菜，磨着四位不同的大厨教的，是不是还是做得很难吃？”

麦芽糖愕然。往事的闸门大开，脑海里走马灯地回忆起香芋为他奉献过的第一次：第一次为他下厨，第一次为他织围巾……麦芽糖蓦然发现，其实金镶玉也在以自己的方式付出。

可付出再多，若方式不对，结局又怎么能改变呢？他依然喜欢金镶玉，但真的已经厌倦了过去的相处方式了。

再回神时，机场已报送江小鹿航班起飞的语音。

麦芽糖默默仰望天空。

小鹿，无论我和香芋感情走向如何，你至少要比我们幸福！

晴空丽日。

绵绵轻薄的云层在眼前忽闪而逝，也不知这掠过的是哪个角落的领空。

江小鹿头轻轻靠在窗户旁，困乏地闭上了双眸。

这段时间事情一件接着一件，让人喘不过气，虽然事情都处理妥当，但她仍然后怕不已——网络的力量实在太强大，她可在一夜之间增粉几十万，也可能因一件子虚乌有之事硬生生接受铺天盖地的责骂。

她开始懂了，在这个社会中，努力当然是一切荣耀的基石，适当的小心机也是绝处逢生的撒手锏。

这次她洗刷污名，顺道报复了臻臻，也是靠着公布录音和监控视频才转危为安。

这个圈子，金钱、荣誉像龙卷风一样，来得太快，但一着不慎满盘皆输。她如今深有体会，也注定她今后会更小心。

刚下飞机，关掉手机飞行模式，斐承清的电话就打了过来："平安到了吧？"

"谢谢斐神关心，平安着陆。"刚抵达闻名遐迩的国际性大都市，浓烈的异域风情吸引着母女俩的注意力。

母亲狐疑地问："斐承清？"

江小鹿点点头。

她甚少玩智能手机，并不知道女儿历经的坎坷风波，不知道女儿与斐承清的恋情火爆了全网。斐家这孩子年纪轻轻就是企业高管，的确是青年才俊，可他对女儿到底是不是真心的呢。

“这孩子太优秀了，你小心被骗了。”

斐母并没有刻意压低嗓门，因此斐承清那边都一字不落地纳入了耳中，他笑：“你说我什么时候拜见岳母大人好？”

虽然他们私底下早就过上了没羞没臊的恋人生活，但当着病母的面，江小鹿还是不敢造次：“你瞎说什么，我先挂电话了。”

“注意安全。”斐承清挂断了电话，江小鹿的呢喃软语仿佛还回荡在心里，勾得人心痒痒的，他抱起被子蹭了蹭脸，随即安然地进入深眠。

窗外星月依旧。

明天，某蛰伏多年的女天后开全球演唱会，届时 Showtime 将全程提供网络直播技术和平台的支持，这是他与运营部同事争取一个月之久才能得来的好时机，期望女天后的影响力能助 Showtime 的数据更漂亮。

这次江小鹿通过医院院长直接预约到美国治疗狂躁抑郁症的金牌权威专家，上周医生助手通知江小鹿，可带母亲过来治疗。江小鹿欣喜若狂，恰巧暑假已来，她暂时中断直播，前来陪母亲治病。

专家对母亲的病症很有经验，只是精神疾病不比其他病症，它治疗缓慢，周期略长，江小鹿也做好长期鏖战的准备。

她租了一间小公寓，白天送母亲去医生诊所治病，晚上则看看书，刷刷网络新闻和微博。有时候一些微商品牌或者小品牌请她代言产品，考虑到各种因素，她暂时都委婉拒绝了。

没有工作，无须学习，无须应对观众和媒体的日子很惬意，就是苦了某人。

斐承清不止一次问：“小鹿，妈妈治疗进展怎么样，你们要快回来了，我就给你们订机票。”

“你走了多久，我就加了多少天班。”

……

某天，江小鹿看到他发来的信息：“你现在最想的人是谁？”

江小鹿乐呵，这个人又故意臭美了：“远在天边。”

斐承清回答：“想不想他近在眼前？”

江小鹿心跳，何曾不想呢。半个月未见，她是多么期待与他相见，一诉相思之情：“当然想，但怎么可能？”

“当然可能，开门吧。”

啊，难道他真的来这里了吗？不，肯定是骗人的。

尽管内心不确信，江小鹿还是充满期待，兴冲冲地跑到门口，不过，很快她伸出的右手又颤抖地收回来。

他一定是逗自己玩的，毕竟他“前科”累累了。

“叮叮叮。”此时，门铃轻响。

她几乎扑到门口，紧张地打开门。

门外，身穿浅灰棉麻衬衫的斐承清含笑而立，他怀中的娇艳玫瑰殷红如火。

“山不过来，我就过去；你不回来，我就只能过来了。”

江小鹿惊喜地嘤咛一声，抱住他精壮的腰身。

“怎么办，彻底成了你的小迷妹了。”

他碰碰她的脸蛋，不满地说：“这么晚才成为我的小迷妹，晚到让我想惩罚你。”

柔软炙热的唇落在她的唇瓣之上。

江小鹿起初不自在地拉开身子，但很快，她便以更狂热的姿势回应着横隔在两人之间半月之久的干涸。

探索、较量，最后两只舌头达到最均衡的姿态，而后缠绵在一起，难舍难分。

直到……

“咳咳，成什么样子？”江母皱眉看着这对小情侣。换做以前，她早开始骂起女儿不知羞耻了，但最近的治疗约莫起了些作用，她的心态已经平和许多了。

“伯母好，最近心情好些了吗？”相对于女友的害羞，斐承清却十分坦然，坦然到江母一脸愕然。

江母不知该怎么回复这男孩子，最后只能尴尬地笑：“好了，谢谢你关心，快进来坐吧。”

江小鹿红着脸理了理自己衣领，接过玫瑰，把斐承清迎进房子。

当晚，江小鹿送斐承清去对面酒店入住，江小鹿即将离开之时，斐承清一把拉住她的手，下巴抵在她的脑顶：“想不想我？”

“挺想的。你呢？”

男人叹了一口气：“不想你，怎么会飞那么远来看你，我后天就得回国。”

“这么快啊？”

“嗯，所以乖乖别动。”

气氛越加暧昧，两人几乎亲密无间的距离呈现出危险的趋势。江小鹿想挣扎离开：“我妈知道会骂死我的，我现在得走了。”

“我知道，所以我只敢抱抱你。”他的手臂紧紧环在江小鹿的腰背上，久久不松。

江小鹿静静地站立着，安然享受着久违的美好。

约莫几分钟后，斐承清松开了手：“那明天见。”

江小鹿理了理垂散的发，轻声道："你早点休息，明天我晚点过来叫你。"

斐承清点头，十多天不见，她眉间沉淀的温婉气质，暖得他舒心不已。

不得不承认，在这份感情之中，他与江小鹿都有着明显的成长。

让人欢喜，让人沉醉。

第十二章 努力的方向是你

东西更替，南北循环。

这个蔚蓝的星球在周而复始，彻夜不息地转动着。

在斐承清与江小鹿所在的西半球A国月落星沉之时，端游《峡谷战纪》第二届世界联赛于东半球K国首府举行。

然而，强龙不敌地头蛇，第一届征服全球玩家眼球的冠军队风之谷战队屈居第二，K国QO战队以微弱的优势问鼎冠军宝座。

全战队一年的努力，付之东流。队长兼射手位置的深蓝失声痛哭。

辅助杜艾莎怜悯地望着身旁的男人，深蓝的倾力付出，全队有目共睹。此次折戟，他心中的伤痛远非常人可比。其实，深蓝并没有自己认知中那么糟糕，他不是标准意义上的帅哥，但他高，举止潇洒，这两种特质和谐地组合在一起——在人群中不失为亮眼的存在。

只是太阳升起，群星暗淡。斐承清就是她世界中那束炫目而遥不可及的金色光芒。但当他消失，周边的月亮与星星一样清辉遍洒，点缀人间。

深蓝便是这颗散发微光的星星，细看之下，独有魅力。

深蓝留意到杜艾莎的注视，他破涕苦笑："你的斐神只会带领我们走向胜利，像我这种废物永远是千年老二。"

杜艾莎给他一个安慰的笑："我们都努力了，是对手太强。"

深蓝愕然。

这是曾经只会嘲笑自己的高冷女神吗？肯定是自己太逊太可怜，她才忍不住安慰自己吧。

他有些自艾自怜。

第二届总决赛冲冠失败，全世界的人更会以为首次的荣誉全属于斐承清的功劳吧。可恶，明明这一年来，他是战队中最刻苦训练的人，这次在指挥上也没有出现失误，但就是无缘金牌啊。

他已经二十多岁了，是高龄选手了，或许没有东山再起的机会了。

在颁奖的舞台上，全世界的目光紧紧聚焦 QO 战队，毕竟掌声与灯光向来属于第一名。亚军与季军队伍的失意当然也有粉丝看到，但粉丝们又有什么能力去挽救去疼惜呢。

次日，前队友把结果发给斐承清时，斐承清正牵着江小鹿逛街。

他望着手机上的信息微微失落，风之谷战队由他与经纪人一手创办，正式队员和后备队员都是他们从各大战区中选拔上来的。之前参加过好多场国内不同规格的电竞赛事，与另一支强势战队分庭抗礼，成绩斐然，在首届世界联赛上击败几大世界强敌，取得开门红。按理说，历经一年冲刺，在第二届赛事上夺冠概率更大，可没想到他们竟然不敌 K 国 QO 战队，要知道这支战队去年连总决赛都没进入啊。

江小鹿敏锐地感知到男友的低落情绪：“怎么了？公司发生什么事情了？”

“没什么，我们战队总决赛冲冠失败。”

“这……不过只是小小失利，亚军也很棒了。”

“不一样。”

他自小就参与国内国际各大游戏的电竞赛事，深知职业选手对排名有多看重。

江小鹿默然，此时保持安静或许就是对男友最大的安慰。

好在今天所选择的景点呈长形带状，一段时间的沉寂与缄默也不会影响整个游玩体验。

斐承清冷寂无声，身畔的热闹近在咫尺，却仿佛远在天涯。

而江小鹿却截然相反，她很安静地、喜悦地欣赏着这大洋彼岸的异域风情，偶有本地人朝他俩打招呼，她则会举起手，欢快地回应。

两人心思各异地走着，突然一辆摩托车狂啸着从他们身边掠过，而走在他们前面的戴着耳机的小男孩沉浸在音乐世界，丝毫没有察觉冲过来的危险。

江小鹿尖叫，本能地飞速奔过去，抱住小男孩躲过摩托车的撞击，两人双双跌在水泥地面上。

小男孩惊魂甫定，看着绝尘而去的摩托车，颤抖的喉咙半天才挤出话：“Thanks。Are you ok?”

她看了看自己急速流血的大腿伤口，忍住剧痛，强笑道：“NO problme.Be careful next time.(没事。下次小心。)”

斐承清冲到江小鹿身旁，着急地问：“你没事吧？”

他懊悔自己分了心，不然江小鹿就不会在自己眼皮底下出事。

周围往来的大妈大叔们给见义勇为的江小鹿鼓掌，江小鹿扯出一个尴尬的微笑。在异国他乡，她并不希望成为人群的焦点。

白人小孩的手掌只轻微磕破点皮，他仿佛怕被铁青脸色的斐承清责骂，立马站起来，一溜烟消失在人群中。

斐承清心疼地用手帕压住她流血不止的伤口，气骂："笨蛋。"

热心的大妈忙指着前方的小诊所，提醒江小鹿他们赶紧过去清创缝合。斐承清闻言，大力而不失温柔地将她打横抱起："我抱你过去，你压住伤口。"

"没事，我自己走过去吧。"

斐承清没有接话，加快了脚下的步伐。

他很骄傲女友如此善良，但他绝不愿意女友因善良导致自己身陷危险。如果善良与平安只能选其一，那他宁可江小鹿冷漠地平安着。

国外就诊不似国内便利，医生细致也拖沓，江小鹿他们等了半天，还不见医护人员前来处理。斐承清踱来踱去，都快爆炸了。

"不用担心了，现在血已经止住了。"江小鹿拉了拉斐承清的衣袖，示意他少安毋躁。

但向来以冷静著称的斐承清一反常态，并未因女友的劝慰而宽怀。

"Please deal with my girlfriend's wound immediately,as soon as possible。（请立即处理我女朋友的伤口，越快越好。）"他终于在诊所里吼出来了。

胖胖的护士怕了这尊凶神，嘴里虽嘟囔抱怨着，但还是拿着工具走到了江小鹿身旁。

斐承清小心翼翼地盯着医护人员的手，生怕他们弄疼了江小鹿。

江小鹿盯着斐承清的侧脸，心像容纳半壁夕阳的海面，宁谧而饱满。

金镶玉曾经说，斐承清声名煊赫，能力超群，高冷不近人情，据说Showtime从高管到基层员工都惧怕他。江小鹿自始至终从未有如此感觉，和她相处的斐承清体贴、温柔，有时候还很风趣闷骚，越相处就越喜欢。曾经迷醉于他的脸，他的气度，现在连握着自己手掌的指尖，她都觉得纤细可爱……

之后，医生清创缝合之后，斐承清把江小鹿送回公寓，但考虑江小鹿不便接正在诊所接受专家治疗的江母，斐承清自告奋勇承担接送的任务。

江小鹿闲着无聊，开始刷微博。

刷着刷着，她的账户突然冒进大量@她的评论及私信。

其中一个活跃的资深粉丝@陌陌飞舞@Showtime-江小鹿：“小鹿，你去美利坚助人为乐了啊？好正能量。”配图是江小鹿飞身救小男孩的画面。

当然网络也存在一些并不和谐的声音，在一些本不喜欢江小鹿的黑粉的带领下，很多人认为这是一场精心策划的炒作，否则她见义勇为又为何不早不晚地被路人拍到高清正脸？这概率太小！在娱乐圈自媒体发达的今天，许多网友更习惯用阴谋论去推断一些反常的事实。

面对大量的质疑，江小鹿当然得第一时间为自己辩解，她在个人微博上把事件的来龙去脉诠释清楚，至于其他刻意的解读，她也只能顺其自然。

若换作其他小有影响力的主播，早就找公关公司协助平息负面舆论了，但江小鹿自身对负面舆论处理并不是那么有经验，尽管偶尔Showtime运营方会给他们这批签约主播上多体系的网络培训课，但总的来说，江小鹿不太精于危机处理，也没有花巨资请公关公司维护口碑。

这个话题很快力压娱乐圈明星的话题，占据热搜榜第一名。

人红是非多啊。

江小鹿的声名在这一事件的衬托下，越加大噪。

她的死对头臻臻得意地刷着微博热评，嘴边的笑容都快抵达耳边。

江小鹿，在你根基稳固之前，滔天的名声并不是件好事，说不定还会反噬其身，让你摔得更惨。

珑致问她为何笑得如此开心，莫非有土豪打赏大额礼物。

“这可比粉丝打赏更大快人心，真希望江小鹿这个腹黑女赶快唱凉凉。”

珑致翻了个白眼，现在江小鹿断播两个星期，但她的直播间每晚都有几十万活跃粉丝闲聊等待，这粉丝基础不容小觑。且反观臻臻因为上次故意陷害江小鹿的录音公布后，大批粉丝选择取关，她现在总体订阅量和打赏量甚至还不如江小鹿的三分之一。作为经纪人兼好友，面对着这般心态的臻臻，她坐困愁城。

“你最近和艾莎联系过吗？她有没有新招对付江小鹿？”

“没了斐承清，这届世界联赛上，他们只夺了个亚军，现在都被国内玩家骂惨了，估计她现在没什么心情去想江小鹿的事情。”臻臻不以为意。

以前，她认为艾莎是个厉害角色，两人联袂，或许能把江小鹿扫出直播圈。可后来发现，杜艾莎喜欢正面针对江小鹿，与自己暗里算计的方式截然相反，于是理念不合的两人分道扬镳，各自为政。

“今晚直播什么好呢？我发现粉丝的要求越来越下流了，难道我的尺度还要再大吗？”浅啜小口咖啡，她支着下巴，忧心忡忡地想着。

可恶，她虽外放，但也抗拒以媚俗的方式公然卖弄风情，曾经一半才艺表演，一半直播游戏的日子多么轻松愉悦，现在……倒成了一个“云舞女”。

都怪那个江小鹿，她简直就是自己的梦魇一般。自从她踏入直播圈，自己的直播状况就江河日下，甚至自己精心策划的主题性直播，都敌不过江小鹿随口哼唧。

一个月前。

在公关人士的策划下，她以出道两年为由，举办了一场主播与职业选手的联袂直播感恩之夜。她不惜代价，邀请几名当红网红及知名的男职业选手与自己直播互动，甚至背诵了一篇极煽情真诚的发言稿。她本料想在职业选手与其他几名网红的联动下，或许能挽回大批粉丝，届时做几篇新闻通稿，再炒炒话题，吸引媒体的关注，营造曾经的巅峰盛况。

谁知当天，江小鹿竟然在粉丝群宣告——晚上，她要首展歌喉，敬请期待！

江小鹿原本的粉丝当然云集响应，一般路人忍不住好奇，纷纷前去她的 Showtime 直播间。

一些八九线的小网红约莫是想讨好江小鹿，当晚也自动自发地带着自己的一批粉丝前去她的直播间查房（直播术语，主播带着自己的粉丝去观看另一个主播的直播）。

全网流量绝大多数流向江小鹿的直播间，而她的房间则门庭冷落，她与几名网红及职业选手面面相觑，恼得想砸掉手机。

次日，两仇敌竟然又意外地在学校碰面了。

湖畔绿道上，斐承清和江小鹿相谈甚欢。失意沮丧的臻臻怒气不打一处来，于是再也不顾往日淑女人设，狰狞道："承清，我和你妈妈是老乡，我很担心你被江小鹿骗了。昨晚她明明知道我策划了活动，却故意针对我，临时说要唱歌给粉丝听，这女人可不是一般的有心计啊。你得小心她，免得到时候被戴绿帽子了都不知情。"

故意祭出的感情牌并没舒缓斐承清脸上的冷漠，他慵懒地轻启唇瓣，仿佛连回应都不乐意："有劳费心。"

臻臻不甘心地继续挑拨："这种女人你都喜欢？"

斐承清深情款款地望着江小鹿："对，无论她什么模样，我都喜欢。"

顿时，臻臻像吃了苍蝇般，不可置信地望着这两人。难道传闻中的斐神莫非是绿帽癖的智障？否则世间哪有男人喜欢一个心机这般深沉的女人。

江小鹿眼角眉梢挂着清浅的笑意，她不搭腔，只是静静地看着臻臻。

但这种眼神无疑最虐心，臻臻憋住心头狂暴的气愤，腰肢摆得很用力，踩着高跟鞋离开了。

待她离开后，江小鹿细细打量着斐承清，笑道："演技不错，五星好评！"

"夫人客气了。"斐承清道。

江小鹿气笑了："演技一流，脸皮一流。"

"彼此彼此。"

尽管江小鹿异国救人事件爆发后，臻臻暗中推波助澜，带动舆论风向，导致江小鹿粉丝一夜间下降了几十万，不少新媒体又开始蠢蠢欲动数江小鹿的"黑历史"。但当今互联网的力量是强大的，第二日，那个被救小男孩的父母在本国的社交媒体发表了一则微博，内容佐证了江小鹿的见义勇为，并对江小鹿表示感谢。

一些粉丝翻墙把这篇微博截取下来，用以反驳黑粉及路人的质疑。

舆论的风向立马大变，媒体的报道及描述不惜各种溢美之词，江小鹿的媒体指数已然从游戏类一线女主播晋级为一线全网女主播。

待江小鹿带母亲回国那天，无数粉丝前来应援接机，场面夸张到让不知情的路人以为是哪个大明星来了。

自此，江小鹿的直播红红火火，稳中有升，在诡谲多变的主播圈内，影响力及数据基本维持在全网前三。

而她的男友斐承清也因出色的战略智慧及管理能力，成为互联网及财经版最受关注的新锐总裁，但斐承清作风一如既往的低调，不愿接受媒介专访，亦很少代表Showtime出席峰会等活动。公众蓦然发现他们在互联网上看到的照片基本都出自他为女友召开发布会的那日。

春华秋实，时光如梭。弹指间，江小鹿已升到大四，毕业大事终于来临。

江小鹿趴在斐承清大办公室的真皮沙发上，愁问："好烦哟，我们这届除了要交常规的毕业论文，还要准备一个商业企划书，这两样过关了，学校才会顺利放我们走。"

斐承清含笑道："需要我帮忙吗？"作为兼工商管理学院硕士及两年实战高层管理经验的全能人才，一个本科生的商业企划书对他来说，实在是易如反掌。

江小鹿摇头，她是真心热爱市场营销专业，如今要毕业了，她当然要交出一份最出色的方案回报这四年的努力。

"直播知识竞答如何？"

斐承清双眼一亮，这想法的确别具创意，浸淫商场两年，他见过听过诸多新商业模式，但直播知识竞答可谓别开生面，他忍不住鼓励江小鹿说得更详细些。

"我以前一直有个梦想，就是给社会带来更多不一样的新鲜玩法，有趣好玩的同时，能汲取更多的知识财富，现在直播这么火，我们可以把直播和知识结合起来。比如我是主持人，粉丝连续答对我的出题，那么可以瓜分奖金。"

"对于商业模型来说，有清晰的盈利模式才能吸引投资人的支持。"

"这个采用商家赞助和冠名的形式如何？双赢呀。"

斐承清思忖良久："如果参与观众达到一定数量，的确会得到品牌的参与。这个商业创意你不仅可以用于你的商业企划书，还可以尝试推动它落地。”

得到男友的认可，江小鹿嘿嘿地笑，低头就找负责她论文和企划书的导师协商这 idae（想法）的可行性。

导师的回复与斐承清如出一辙，支持江小鹿尝试，并明言如果她能拉到投资，可以围绕此主题创业，学校会大力支持学生创业。

男友及导师的肯定强烈激发了江小鹿的兴趣。

这梦想自她幼时萌发，之后便一直蛰伏于她心头，现在的她处在直播圈、名利场，身上所拥有的号召力与资源更能助力她梦想的践行。

她是说干就干的性子，当下就搬出斐承清的笔记本开始查阅资料，着手方案。没想到最后她的兴致越来越高，竟然忙到了天黑。

“时间过得好快哦，竟然晚上了。”理清了大致的思路，她终于回归现实。

斐承清含笑轻问：“饿不饿？”

“不好意思啊，本来说好陪你加班一上午，结果是你陪我加班一整天，今晚我请你吧。”江小鹿满含歉意。

昨晚，她问斐承清周末有何安排，斐承清道公司临时有几个方案需要审核，他需加班半天，百无聊赖的她弱弱地问：“在不打扰你的情况下，我可以去你办公室陪你加班吗？”

“当然可以。”

彼时，江小鹿天真自恋地以为她肯定不会打扰他的加班，但他应该会时不时开会儿小差，陪自己聊聊天吧，毕竟美女在旁耶。但谁知……斐承清竟然心无旁骛，不喝水不玩手机不上洗手间地工作了一上午，压根儿就把她当作空气！

这超强的专注力，江小鹿的交际圈里，无人能出其右！

江小鹿渐渐明白为什么有些人无论做什么，都能取得卓尔不凡的成绩了。没有谁是天生的成功者，超群之人在微薄天赋的基础上，更多的是专注与勤奋！

不过专注的人其实更容易饿……所以她专注了一下午，五脏庙的确在集体“造反”了，

“对面开了一家淮扬菜，去试试？”

“好耶。”

两人走出办公室，恰巧碰到了周末值班的运营部及公关部的同事，那几人终于得见这对传说中虐狗情侣同框，忍不住兴奋，其中一人大胆调侃：“斐总，什么时候请我们喝喜酒？”

斐承清温柔地看了一眼江小鹿，破天荒地收回脸上的冷凝：“这得问我们家小鹿。”

江小鹿羞赧地瞪了他一眼，两人都这么年轻，怎能进入婚姻的围城呢。那几人虽没得到八卦的答案，但他们待两人离开办公室后，一致八婆地得出了结论：这两人是真爱！

江小鹿记挂着直播知识竞答，晚上好奇地问粉丝：“假如有个 APP 连续答对 12 题、24 题分别能瓜分 50 万、100 万？你们有兴趣参加吗？”

粉丝众说纷纭，有人表示游戏才是唯一真爱，也有人表示闲暇时间愿意尝试这种新鲜玩法。

但不少敏感的粉丝却从中猜测江小鹿下阶段的重点会转向创业。

江小鹿的迷弟 1 号：“江小鹿，你以后还会继续直播吗？我们很舍不得你哦。”

粉丝真可爱！

江小鹿笑答：“我还没赚够违约金。”

今年上半年，她在二环内买了一套 80 多平方米的住宅，不大，但

首付就已把她这两年的纯积蓄耗光殆尽。

前段时间，Showtime又重新跟江小鹿续签了一份为期一年的合同，合同约定Showtime会花更多的资源去推介她，包装她，但合同期内，江小鹿若主动解约，则需赔偿数百万。因此，从资产负债上来说，她现在没有多余的钱财去支付这大笔违约金，她虽然迫不及待地想尝试创业，但也不会贸然解约。

“唉，可惜我们都是穷狗，要是盛教主还在就好了。”一些粉丝开始怀念一掷千金的盛子韬。

自从那次两人“酒店私会”事发，盛子韬就逐渐消失在江小鹿的世界。

江小鹿虽有些惋惜，但更多的是释然——她的心再容不下其他人，而盛子韬绝对值得拥有一颗百分百属于他的真心。

“据说盛教主现在继承千亿家业了，他不和我们这种酱油党玩在一起啦。”江小鹿调侃道。

粉丝深深叹口气，盛教主本是现在全国前三甲商业地产帝国的太子爷，他自己的网文创作生涯又顺风顺水，年入千万，实乃他们这种普通人望尘莫及的大赢家。

“以前也有一低调的土豪经常给江小鹿打赏，后来斐大在总决赛上向小鹿告白，那人好像再也没有上过江小鹿的直播房间了。”

“对对，我记得，那人网名叫知味。”

江小鹿心中警铃大作，她怕粉丝猜出曾经的“知味”就是现在的斐承清，忙转移话题:“嘀嘀嘀，我的五黑车队要开了，还有一个靠窗宝座，谁来？”

“老司机，带带我。”

一个水平不错的低星王者踊跃申请加入队伍，她同意了，五人开始随机排位，游戏直播开始……盛教主和“知味”也立马被粉丝忘到九霄云外。

然而缘分很奇妙，有些人可能许久不曾被回忆，但一旦某日脑海记忆昙花一现，那命运或许会再次馈赠一份意外之礼——次日，江小鹿收到了盛子韬家族企业媒体公关部的邀请函——出席某二线城市一家大中型游乐园开业庆典。

爱惜羽毛的江小鹿在品牌代言和参加商业活动时，会甄别厂家或主办方的名声及资质，劣质品牌或不诚信开发商她都避而远之，但盛氏企业口碑良好，加之这个游乐园项目又受全国瞩目，江小鹿没有考虑多久，就应邀了。

毕竟是正式的商业活动，哪怕是再知名的网红主播，也只起个点缀作用，因此江小鹿献上一支流行歌曲后，就在后台休息。

这时，门外传来一道由远而近的叫声："听说这次活动我们家请了一大主播啊，不知道是不是见光死啊，哈哈。"

粗狂的声音透着一丝尖刻。

相由心生，言能露性，这人必然轻浮。

之后，江小鹿证实了自己的猜测，来者穿着显贵，一双桃花眼扫来扫去，并不安分。

尾随而进的女子是江小鹿熟悉的"朋友"，杜艾莎。

"原来是江小鹿啊，我哥曾经的白月光。虽然没艾莎好看，不过也很对我的口味，今晚要不要一起玩啊？"说罢，那人伸出了手，欲挑江小鹿的下巴。

早就听说盛氏董事长的侄子盛子琪好色无礼，斐承清昨日还特意交代要离他远些，没想到今日就碰到这个瘟疫了。

江小鹿不卑不亢地后退几步，凛凛道："请你自重！"

她的话还未落音，熟稔的声音自门外穿透："盛子琪，滚开。"

这时，身着笔挺西装的盛子韬有如神降，破门而入，曾经挂在脸上的招牌痞笑被冷漠取代，浑身上下散发着生人勿近的气势。

那盛子琪显然是忌讳这个堂哥的，他收回半空中的手，讪讪地笑：“你不去陪你的主编大人，干吗来打扰我调戏小主播？”

艾莎全程未开口插话，她双手环胸，对两兄弟的争执淡漠无言，目光只在江小鹿脸上逡巡。她一直不甘心江小鹿这个只会玩游戏的女人能稳占承清女友的宝座，但如今来看，江小鹿处变不惊，还是有些胆识的。

眉心紧皱的盛子韬仿佛没有看见江小鹿般，他继续对堂弟道：“平时你玩小主播我管不着，可今天在场任一嘉宾，你都不能碰，盛氏名声容不得你抹黑。”

“怕只是这个女人我不能碰吧。”盛子琪嘀咕。在前几年除夕全家族团聚餐上，这个情圣堂哥可还为了这个小主播和伯父吵架。现在却不惜当着众人的面，与江小鹿划得泾渭分明，表面的没心没肺实际掩盖着内心的至情至深呢。

两兄弟针锋相对，瞧两人这对峙的气氛，仿佛要打起来。

此时，门外传来一道利落响亮的女声：“子琪，盛董在前厅有话问你。”

“好嘞，雅姐，我现在就去。”盛子琪如蒙大赦，顺着台阶就下了。他只是一个挂职混分红的小蠹虫，可不敢和盛氏帝国正式的接班人正面为敌。

见不成器的堂弟和杜艾莎已离开，盛子韬暗地里松口气，可依然紧抿着嘴，似乎不想多看江小鹿一眼，转身离开。

“谢谢。”江小鹿内心深叹口气，嘴上却很礼貌轻柔地道了声谢。

他轻“嗯”一声，脚步在门口停滞几秒，最终消失在长廊尽头。

不属于自己的风景，连留恋，他都没资格！

江小鹿正以为休息室或许可以安静了，这时一个玲珑身材的短发女生款步迈进休息室，她的眸光平和柔软，但下垂的嘴角却隐约宣告着她的强势。

“久闻大名，终得一见。你好，江小鹿，我叫安雅，是子韬的小时玩伴，曾经的频道主编，现在的未婚妻。”利落、有力的自我介绍完毕后，安雅朝江小鹿伸出右手。

“你好，安雅。”江小鹿笑笑，这女子如此与众不同，应该能与不羁的盛子韬擦出精彩的火花吧！

“冒犯了，子琪年轻不懂事，我代盛董和子韬道歉。”

“他的确让我有些意外，不过，我接受你们的道歉。”挺直的脊背，昭示着江小鹿的泰然自信。

她性子遇强则强，安雅干练有力，她的气场也不会伏地示弱。

安雅愕然，但她随即又轻笑了，毕竟是子韬喜欢过的女人，不是那些瑟缩的小学生妹可比的。

“我还要协助盛董招待客人，我就不陪你了，你先休息，晚宴上见。”

江小鹿微笑着送她离去。

这安雅看似小巧，但这寥寥几语已将她强大的气量与能力显露无疑，盛子韬福气不浅，得了一个贤内助啊！

不过当晚的感恩宴上，江小鹿并没有时间享受。因为她在晚宴之前，接到了一个陌生投资机构的电话，约她次日下午面谈创业思路与方案。

她惊喜不已，料想或是斐承清帮她联系了投资人，尽管对方定的节奏仓促紧急，她还是应承明天带更详细的方案面谈。

但还有一个附属方案没有彻底完善，因此，她在晚宴上仅仅匆匆吃了几枚糕点充饥，之后就借用盛氏媒体公关部的笔记本电脑开始着手准备附属方案。

为梦想拼搏，为喜欢的事情努力，人会不断地刷新专注度，江小鹿尤其如此。尽管身畔人来人往，负责对接她的工作人员几次提议她去客房歇息，江小鹿摇头拒绝，随后又一头扎入方案之中——她现在不想动来动去，打断创作思路。

不远处陪着父亲应酬敬酒的盛子韬剑眉紧蹙，私下吩咐侍者送一份海鲜寿司过去，不远处的安雅对他的心思了如指掌，她没有声张，只是静静苦笑。

她一直都懂盛子韬的心思，她明明是个注重效率与结果的性子，但叱咤职场的百炼钢在这冤家前，就软成了一段绕指柔。

盛子韬自讨苦吃，她安雅一厢情愿，都是活该。

红尘中的痴男怨女，无非就是诸般爱别离与求不得。她认命了。

以盛子琪的朋友身份出席宴会的杜艾莎神色复杂，之前江小鹿接电话时她正好在不远处，从那通电话得知她即将创业。刚开始不以为然，但现在看着她的投入状态，杜艾莎心头酸涩又嫉妒。她终于了悟，江小鹿和斐承清面对工作和梦想时，就是同一类人，或许这也是他们相互吸引的重要原因吧。

旁边的盛子琪不以为然地撇撇嘴："说不定那江小鹿是装认真呢，我就不信在这种情况下，还有人能工作下去。"

杜艾莎默然，或许是，但愿是吧！

翌日。

S 市创业孵化创业园咖啡厅。

江小鹿垂头丧气地拎着手提袋走出来，精心的妆容掩不住眉间的失意。第一次拉投资，以绝对的失败告终！那投资者粗粗看过她的方案，就开始大肆指点，她的创业思路被批得体无完肤，最后那人扯完专业相关内容，又十分不屑："江小姐，如果不是看在你男朋友的面子上，我是不会考虑来见你，你的方案真是烂透了……现在的小年轻都不知脚踏实地，从基础干起，刚毕业有点想法就想吃个大胖子……”

江小鹿起初挫败无比，毕竟她辛苦一个月之久的商业计划书和品牌方案被全盘否定了。之后那投资者越说越离谱，江小鹿一腔失落转为无奈，两个小时后，就对这个还没有止住话头的投资者生出了厌恶之情。

三个小时后，投资者谈话结束，她可以离开了。

江小鹿暗自松口气，结完账，转身离开。

回到G城，斐承清问她：“你们谈得怎么样了？”

她噘嘴，将见面的情况一五一十地转述给他，随后又反问：“不过我的思路和方案真的那么差劲吗？”

斐承清早清楚她的方案和思路，虽然从格式及表述上，江小鹿的方案算不上顶优秀，但商业模式和运营思路是非常新颖清晰的，并不失为一个前景可观的投资项目。

他揉了揉女友挫败的脸：“你可以多参考参考网上一些模板，再优化一下你的表述及术语。另外，你还可以做个详实的问卷调查，把市场的数据写透……加油，你可以的。”

得到男友的分析与鼓励，本像蔫茄子的江小鹿立马又自打满满的鸡血，她挣脱斐承清的臂弯，冲到书房打开了电脑。

斐承清看着空荡的怀抱，无可奈何地笑。

“对了，我现在要是和你们Showtime解约，要赔偿多少啊？”不一会儿，书房门口探出一张狐疑的脸。

“好像是200多万吧。”

“啊，这么多啊，我现在赔不起耶，到时候开公司也需要大笔钱。”江小鹿的五官苦恼地挤在一起。

正在沙发上阅读的斐承清听出江小鹿的惋惜与无力，他愕然地抬头。起初他以为她只是心血来潮，现在看她这认真的模样，应该是真心想创业。

“如果你真的考虑清楚要解约，赔偿金我可以先帮你代付。”

江小鹿的头摇得像拨浪鼓，两片可疑的红霞在她脸上悄然栖下：“不不不，我不能动你的老婆本。”

斐承清勾唇轻笑：“反正给你用的。”

江小鹿再次明确拒绝，但之后她的直播时间更长，她经纪人代接的商业活动频次也更多。

斐承清明白，她想在毕业之前，把违约金赚够。

金镶玉为此很不平地对斐承清道：“你们 Showtime 这两年这么赚钱，而且她又是你的女朋友，你就不能给她开个后门吗？”

江小鹿拦不住口无遮拦的死党，只能转头对斐神说：“不要听她的，我自己能赚够违约金，没必要为我破坏你们公司的规矩。”

“小鹿，对不起。公司已经准备 IPO（公开募股），节骨眼上，不能出事。”

他与江小鹿都是极受公众与媒体关注的，一招不慎可能衍生出后果不可设想的舆论危机，他不敢拿公司的未来去赌。

金镶玉却站在死党的立场，对斐承清的理智嗤之以鼻。

斐承清当时并未辩解，但当晚把自己的工资卡交给江小鹿：“密码是我们的纪念日，随便花。”

尽管情节说辞都很老套，江小鹿还是心动到一塌糊涂，然后……拒绝了。

斐承清把卡随手扔在茶几上，一副你不要也得要的霸气模样。

江小鹿嘀咕着：“斐大爷，这卡存着几百万，你就不能小心些吗？”

“我经常丢东西，不适合保管财产。”

江小鹿已扯出的嘴角弧度僵住了，第一次看到有人这么主动把卡给女朋友保管，第一次听到这么清新脱俗的保管理由。

半个月后。

江小鹿接到国内知名投资机构绿宸资本合伙人顾长生的电话，洽谈地点就定在 Showtime 新办公楼对面的咖啡厅。

前天她虽把方案投给绿宸资本，但并未抱任何希望。毕竟据坊间传言，这金牌投资人每天接的创业计划书很多，并不乏创意与执行双优的项目。她自信完善后的方案并不逊色，但两天之内就获得面谈资格，这让她有点不可置信，加之这人又约在 Showtime 对面……她忍不住怀疑这人与斐承清有着千丝万缕的关系，可承清并未提及这事啊。

为了让自己更熟悉方案及推介说辞，江小鹿提早半个小时赶到咖啡厅，反复揣摩背诵要点，因此当投资人进门的时候，见到的画面就是江小鹿像个小学生一般，默记“课文”。

他好感顿生。

“很紧张吗？江小姐。”

江小鹿忙起身欢迎：“顾总见笑了，方案虽然是我自己写的，也得多多熟练才能把自己的‘子女’推荐给您嘛。”

“你的企划书我看过了，定位很有新意，落地操作的难度也并不大，盈利模式设计得算科学，不过我还想了解一下你的项目推广策略……”顾长生认真而好奇地盯着江小鹿，这么成熟完善的方案真的是她做出来的吗？难道不是斐承清那家伙代笔？

此时江小鹿可猜不到他复杂的心思，她详实地阐述了自己前中后期的策略及推广铺排，顾长生被深深折服了。洽谈议题完毕后，顾长生也在内心做出了基本的判断，不过还是明确表示要再过几天才能给出具体答复。江小鹿不能强求，就先行离开了。

她消失十多分钟后，斐承清坐上了她原先的位置。

“我曾经见过她。”顾长生道。

斐承清饶有兴趣：“什么时候？”

“很久了，那个时候她还没开始直播，她和她的两个朋友说，要征服斐承清。后来，你们公布了，我才知道，原来她真的搞定你了。”

果然不愧是他的江小鹿，言行深得他心，故事男主角斐承清失笑，浅啜小口咖啡：“言归正传，她的方案如何？”

“就算不精彩，我都会给你面子，更何况，她的想法的确充满‘钱’景呢。我相信我定下的项目会一本万利。”顾长生豪气地笑道。

他的投资生涯所涉及的项目遍布诸行诸业，不乏数次创业的业界领袖，也有独具远见的新锐毕业生……而大部分投资结果印证了他超前的眼光与抉择。

对于这次的投资，他当然也充满自信。

“非常感谢，顾总。”

“不必放心上，咱们是朋友。话说，你是打算一直不让她知道我俩的关系？”

“我也没刻意瞒她，是这段时间她一心扑在这个项目上，没时间也没心思问我俩的关系。”

“了不得，了不得，这互联网迟早是你们俩夫妻的天下啊。”顾长生半开玩笑半认真道。

现在 Showtime 俨然稳坐直播市场的头把交椅，前年开始成立演艺子公司，一举吸纳了数十位国内一线网红大咖，当年年底就实现 400% 的利润；去年年初涉足内容创作领域，一年不到，用户已上亿，据说今年他们董事会筹谋的决策可能影响互联网的半壁江山……作为这条磅礴发展的巨舰执行者，斐承清可称得是全球互联网共同关注的最年轻的

CEO。而他的女友提出的想法也开行业先河，缔造了互联网的下一个风口经济，这对情侣不得不让人注目。

“我们可都是为你们打工的呀。”斐承清调侃回去。

在顾长生的支持下，江小鹿的新公司风风火火地面世了。她与Showtime解约，恢复到自由主播的身份，一边组建专业团队，一边准备毕业事宜，忙得不亦乐乎。

斐承清好些次劝她不必如此辛苦，他有能力负担她的未来，但江小鹿总是婉拒：“你已经帮过我很多次了，现在我也慢慢有能力去实现自己一直以来的梦想了。”

“古今中外，没有一条圆梦的路好走。如果你不介意，让我帮你完成，好吗？”

“可我不想一直做主播啊。小时候我就幻想成为女强人，靠自己的创意影响社会，现在我就快做到了，你就不要拖我后腿啦，斐大爷。”

“哟，现在还嫌我烦了啊，让我来摸摸，翅膀是不是硬啦。”

江小鹿怕刚才的一番话伤到斐承清，因此这会儿乖乖地凑到斐承清面前，讨好般地说：“我的翅膀还没长出来呢，不信你来摸摸。”

斐承清宽厚的手掌轻轻在江小鹿纤瘦的脊背摩挲，一个饿狼扑食，猛然将江小鹿压在身下，声音荡漾着几许暧昧：“嗯，你的翅膀好像还没硬，不过我……”

第十三章 千言万语不敌我愿意

毕业前夕，因江小鹿醉心“直播知识竞答”的创业项目，游戏直播事业不可避免地被中断了，经常整周整周地不上线，不少粉丝取消关注了。

但依然有大量铁粉会按时去她的直播间打卡。

斐江 CP：“江小鹿走的第 35 天，想她想她想她。”

骨灰老粉：“现在玩这个游戏没动力，好多朋友也离开了，小鹿也不直播了，我觉得我迟早会放弃峡谷的。”

蓝若思：“一个手游坚持三年不错啦，虽然现在江小鹿很少直播游戏，不过据说她新的 App 也快上线了，到时候也是她做答题主持人吧？”

江小鹿的迷弟 1 号：“对啊，对啊，到时候我们继续支持她的新梦想嘛。”

忠诚可爱的粉丝一致达成共识，久不登录 Showtime 的江小鹿一看这番对话，备受感动，于是向粉丝许诺，以后她会争取每周直播两次。

被偶像发了一颗“大白兔奶糖”的粉丝们满心欢喜。

“创业很辛苦吧？江小鹿，你不要太累哦。”

“创业非常辛苦，不过一步步走向目标，内心非常有成就感。大家以后有什么小目标，也不要轻言放弃哦。无论做什么事都是一样的道理，熬不住就出局，熬得住就出众。”元气满满的江小鹿朝镜头做了一个 V 的胜利手势。

粉丝心疼不已，忙发弹幕劝慰。

突然，她的视野转向了另一方，随即满目怔然。

今日她约了斐承清一起回静途山，斐承清临时有客人造访，她就先在写字楼大堂坐等着，谁知斐承清的客人竟然是杜艾莎。

斐承清和杜艾莎一前一后迈出电梯，杜艾莎先看到江小鹿，随即走来。

“江小鹿，恭喜你，你赢了。”杜艾莎淡红的眼眶蓄满了泪水，明显充满不甘。

这两年她一直没有停止对他的明追暗缠，全电竞圈都知道她杜艾莎锲而不舍地想插入斐江的感情，不惧成为第三者，可穷尽心思，斐承清依然流水无情。

江小鹿当然也知道这两年她的心思与行动，可每次想光明正大地回击时，总碍于杜艾莎与斐承清曾经的战友身份而作罢。现在杜艾莎主动放弃，也算了却了自己的一桩心事。

她笑笑：“你值得更好的男人。”

尾随而来的斐承清揽过江小鹿的肩膀，朝杜艾莎道：“艾莎，那我就不送了，你一路平安。”

明显的逐客令。

杜艾莎悲怆的笑中带泪：“斐承清，再见了。”

再也不要毫无尊严地痴缠，再也不需受冷眼相待的嫌弃，斐承清，老娘我放弃了。

黑色的高跟鞋决然迈出了 Showtime 的写字楼大堂，杜艾莎告别了充盈着她整个青春期的男人。

“她回去了吗？”

“去法国了吧。”斐承清仿佛不想过多提及她，转移话题说，“恭喜你终于毕业了！”

“四年的求学生涯终于结束了，失落又开心。”

“什么时候去庆祝一番？”

“改天吧，现在回家吧，不然妈妈等急了。”

昨晚，她妈妈竟然破天荒开口，要邀斐承清回家吃饭，这指令可透露出一股不得了的信息。面对如此重要场合，她可不敢带头懈怠。

G 城机场。

人来人往的候机室。

戴着眼镜口罩的杜艾莎终于卸下伪装的坚强，抱着肩膀无声哭泣。她执着多年的单恋终于化为一阵渺茫的青烟，消了，散了，她伤心、失落，为自己的付出心有不甘。

突然，一只捏着纸巾的宽厚大手朝她伸来，她抬头，深蓝俊朗阳刚的脸映入双眸。

“艾莎，好巧，我也要去法国。”

杜艾莎接过纸巾，擦拭掉眼泪：“你去法国干什么？”

“换个地方，继续做一个公主从未正眼瞧过的骑士。”

谈及感情，杜艾莎好不容易止住的泪似雪崩，她哽咽：“明明我是最先认识斐承清的女人，但为什么是我最早说离别，感情是不是没有先来后到啊？”

深蓝揽过她的头，心疼地说：“当然有先来后到。比如，你是第一个出现在我世界的女人，那这辈子你就永远是我的第一。”

杜艾莎的脸紧紧贴在深蓝的心口，渐渐破涕而笑：“法国不是很好玩，你也要去吗？”

深蓝的心从未感受过如此剧烈的跳动，他从杜艾莎的回答中，听出了一丝希望。狂喜之中，他又怀疑地反问：“那你是接受了吗？”

杜艾莎坐正身子，恢复到曾经的高冷：“谁说我接受了，还得看你表现！”

“在你面前，我的表现绝不会差。”

喧嚣聒噪的候机室里，杜艾莎的脸在深蓝专注的眸子中默然绽放，如一朵静夜的花。

斐承清和江小鹿两人驱车驶到静途山时，金镶玉和新男友已领着傻狗“西红柿”在院门口迎接了。

张扬的金镶玉见面第一句话便是问江小鹿：“我的男神帅不帅？”

江小鹿认真打量着她的新男友，随即认真道：“挺帅的，不过还是没我家大神帅。”

两个原本全然陌生的男人因俩女生的对话而生涩感尽消，金镶玉的新男友是投行精英，交际能力一流，和斐承清也有共同话题，于是两人相谈甚欢。

江小鹿和金镶玉则跑进厨房，帮江母打下手。

“麦芽糖知道你有新男朋友了吗？”江小鹿压低声音道。

当年的嫌隙，让这对青梅竹马的感情元气大伤，之后麦芽糖到底不愿伤害金镶玉，于是又想回头。

然而金镶玉坚定地认为这份感情已经变质了，也不想再“折磨”他，于是两人彻底分手，各自开始新的生活。

分手半年后，那个欲插足两人感情的小学妹也终于让自己在麦芽糖的世界转了正。

金镶玉痛定思痛后，决然地迈向了单身生活。在这两年中，她不断磨炼自己急躁任性的脾气，终于以温柔女神的形象结交了投行新男友。

“他好像快结婚了，不过我可不想祝福他，我不希望他比我幸福。”说到前任，金镶玉的双眸还是露出一丝阴霾。

“那他要是问我呢？”

“顺其自然吧。对了，你知道我今天上街看到谁了不？”

“臻臻？”江小鹿的脑海本能地钻出曾经的竞争对手的名字。

“对。她在给一家新开业的商场做活动主持，不得不说咱们直播圈太残酷了，成名快，过气更快。”金镶玉无不叹息地道。现在她已转型做幕后的网红管理，但对这圈子的铁律仍是心有余悸。

江小鹿正欲接话，江母叫道：“可以准备碗筷吃饭了，承清把你哥哥嫂子他们喊过来吃饭。”

话题戛然而止，江小鹿的心湖却未平静。

臻臻害她在先，她事后私下报复过臻臻，但碍于同校之谊，并未赶尽杀绝。

可粉丝是直接而残忍的，臻臻的人设和产生的直播内容不对他们的口味，他们开始抛弃臻臻，臻臻的地位从一线主播滑落到四五线小主播。最后为了挽回颓势，直播尺度越来越大，某天竟然公然跳起脱衣舞，平台不管不顾，粉丝们却集体向相关部门举报，网信部下令封杀她。

之后，墙倒众人推，臻臻和土豪粉丝上床的消息被匿名曝光，在政府、媒体的双重打击之下，从此，她算是在直播圈彻底销声匿迹了，再也没有人记得曾盛极一时的主播臻臻了。

命运把所有馈赠的“礼物”都暗中标好了价格，只是当时臻臻太年轻，不知道走捷径是要付出代价的。

下午，金镶玉和投行男友告辞不久，小胖墩就蹦蹦跳跳地放学归来，一听妈妈说江小鹿姐姐回家了，他立马拿着手机就往江家赶：“江小鹿姐，快带我飞。”

江小鹿虽想好好陪陪小胖墩，但工作的事情的确让人抽不开身，她委婉地说：“我正在做新公司的规章制度呢，比较赶，要不你先玩。”

小胖顿噘嘴：“好吧，不过恭喜你终于实现你小时候的梦想啦。”

“呃，你怎么知道？”

“嘿嘿，我上次不小心翻到了你小时候的作文本了。”

江小鹿大囧，她内心的梦想自幼年伊始，就一脉相承，从未变过。但小时候的童言童语肯定稚嫩天真，她羞赧自己的作文被小胖墩看到，生气道：“小胖墩，过来，让我捏捏你的皮有多厚。”

机灵的小胖墩早就钻出她的房间：“你别害羞啊，你的梦想还是挺伟大的，不丢脸。”

其实，偷看她作文本的那晚，小胖墩就向爸爸提起江小鹿的梦想，他笑她幼稚，但爸爸却正色道：“梦想没有幼稚成熟之分，再幼稚的梦想只要努力，就可能成为现实；然而再成熟的想法，不经奋斗，永远是空中楼阁。小鹿姐现在已经开始以自己的力量去改变社会，哪怕微乎其微，她也是值得我们敬佩学习的……”

其实小胖墩现在都不懂什么是改变社会的梦想，但他喜欢这样认真，又那么与众不同的小鹿姐。

晚上，江小鹿想弥补白天小胖墩的遗憾，预备带他上分。谁知，本忙于审核公司运营季报的斐承清心情大好地表示要上车队。

粉丝雀跃不已，这对情侣可是一直流传在游戏直播届的浪漫传奇，今天久不出山的大神斐承清竟然要一起排位，简直是天大的福利啊！

于是，直播房的弹幕刷个不停。

待两人联手将对方五黑车队打爆，奉献一场精彩绝伦的高星王者对局后，房间礼物更是刷新了这半年来的纪录。

江小鹿道："兄 dei（弟）们，你们很不给我面子啊！难道你们更爱斐神吗？"

江小鹿迷弟 2 号："都爱，但我们更爱你。"

斐承清看着女友故意挑起醋意，轻声失笑："可以把镜头给我吗，我想和你的粉丝们说几句话。"

江小鹿如坠云雾，以前粉丝经常嚷着要他出境，但他并不乐意，怎么今天一反常态。

斐承清出现在镜头里，他道："各位朋友，今天想让大家见证一个事儿。"

王家卫的 2046："啥事？"

不八卦不疯魔："直觉告诉我，是大事。"

斐承清看着屏幕上的弹幕，轻笑："我和江小鹿认识三年多，在一起两年半。今天是小鹿毕业的特殊日子，也是小鹿的公司在法律意义上成立的特殊日子，在这么多朋友的见证下，小鹿，请你嫁给我。"

说话间，一颗硕大的璀璨的钻戒像变魔法一般，出现在斐承清的指尖。

在线的三百多万粉丝压根儿没有想到能见证斐神与江小鹿的求婚仪式，他们激动得不得了，心有灵犀地齐刷着弹幕："在一起，在一起！"

隔壁的小胖墩也惊喜尖叫："爸妈，叔叔向小鹿姐求婚啦。"

不远处正遛"西红柿"的江母听到小胖墩的惊叫，仰头凝望着天边的一轮弯月，欣慰地笑了。修平，你看到了吗？我们的女儿快要嫁人了呢。

而此时，被求婚的女主江小鹿无心回应见证者们的高涨热情，她定定地看着钻戒，一时间没有反应。

这是梦寐以求、心心念念的时刻，但她没想到来得如此突然，如此意外，心中翻江倒海的惊喜里，夹杂着许多的不可置信。

婚姻是一辈子的事情，她有勇气现在就接受斐神的求婚吗？

脑海中像走马灯回放着认识三年的点点滴滴。

"人头，是女朋友的；Buff，自然也是女朋友的；经济，也必先让给女朋友先发育……"

"如果你怕，我来解决。"

"春夏秋冬，寒来暑往，万花遍开，一朵独采。"

"密码是我们的纪念日，随便花。"

……

这个送她神秘电容麦克风的斐承清；这个在考核之夜为她引来几十万新粉的斐承清；这个为她创业，而不停牵线搭桥的斐承清；这个为她而拒绝了各种名媛姝丽示好的斐承清；这个从不介意自己患病母亲的斐承清；这个默默付出千般，但从不邀功的斐承清，此时在问她，是否愿意嫁给他。

泪如泉涌，千言万语如鲠在喉。

"江小鹿，你愿意吗？"

江小鹿，你愿意吗?

夜晚十点，满月无声高悬，光芒洒遍静途山的万亩林海，蛰伏在角落的夏虫奏响夜的交响曲。

跋山涉水而来的风跳过窗户拂动她鬓角的长发，似乎迫不及待想聆听她的回答。

“我……愿意！”